李景平 著

山西出版传媒集团 北岳文艺出版社

· 太原 ·

图书在版编目（CIP）数据

云下山河 / 李景平著. -- 太原 ： 北岳文艺出版社,
2024.10. -- ISBN 978-7-5378-6953-9

Ⅰ. I267

中国国家版本馆CIP数据核字第2024G5K466号

云下山河
YUN XIA SHANHE

李景平 / 著

//

出品人
郭文礼

出版发行：山西出版传媒集团·北岳文艺出版社

地址：山西省太原市并州南路 57 号　邮编：030012

电话：0351-5628696（发行部）　0351-5628688（总编室）

选题策划
贾江涛

经销商：新华书店

印刷装订：山西人民印刷有限责任公司

责任编辑
贾江涛

开本：890mm×1240mm　1/32

字数：252 千字

书籍设计
张永文

印张：11.75

版次：2024 年 10 月第 1 版

印次：2024 年 10 月山西第 1 次印刷

印装监制
郭　勇

书号：ISBN 978-7-5378-6953-9

定价：79.00 元

走汾河

——自序

生态文学是一种行动的文学，也是行走的文学。

在收到《云下山河》书稿校样的时候，我没顾得上多看，就跑到汾河上去了，去做一个生态文学的纪实采访。从汾河源头到汾河河尾，跑了3000公里。驰行在与汾河平行的堤顶公路上，看山看水，看天看地，也看在这片资源、能源富有的大地上，我的生态文学该有怎样的观察视角和抒写维度。

我在汾河上看到了汾河之水发生的改变。

在汾河，我灌了6瓶水，水是清的；到了黄河，我灌了1瓶水，水也近乎清了。千里汾河，从头到尾，河是清的，水是清的，可谓一泓清水入黄河。当然，不光是水，水之上，岸是绿的，地是绿的；绿之上，天是蓝的，云是白的，是所谓蓝天绿地白云归。这是我曾经不曾想到的现实。曾经，被称为山西母亲河的汾河，有水的时候，水是黑的；无水的时候，河是黑的；水边的土地和土地上的天空，也都是黑的。那个时候，被称为中国母亲河的黄河，流着浓稠的黄泥汤。黄河与汾河相交的地方，是黄黑握手、黄黑交会、黄黑融合，也就是说，黄河接纳的，是汾河的黑泥水。

30年过去，历史扭转了，现实改变了，生态文学怎么做？

我感觉，生态环境的改变是中国最大的改变。生态文学生于忧患长于忧患，当它所忧患的历史已经发生改变，那么，生态文学的视野和维度，就该聚焦于已经改变的现实，聚焦于历史走向现实的过程，聚焦于扭转历史和改变现实的故事，聚焦于现实走向未来的进程。生态文学创作与生态环境保护并行不悖。生态文学开始的时候，之所以忧患、之所以呼号，就在于疾呼改变所忧患的生态历史和环境现实，而当历史发生巨大的扭转、现实发生巨大的改变的时候，生态文学对于生态历史的扭转和环境现实的改变，给予反观、追踪、挖掘、记录、再现、表现，就成为它的现代使命。

从这个意义上看，《云下山河》关注了这样的改变。

我在汾河上看到了汾河岸畔工业发生的巨变。

我是看着汾河上的工业走过来的。曾经，汾河边的乡土工业烟熏火燎，黑水流进汾河，黑烟漫向天空；汾河畔的能源工业浓烟滚滚，污水排进汾河，污烟飘上长天。在汾河的世界里，许多名叫"工业"的人举着烟囱和烟，呼突呼突吐出一个黑色的世界。但那不是汾河想要的世界。而今，曾经的土小工业不存在了，汾河边上竖起的是蓝色的工业巨构；曾经的黑色世界也不存在了，汾河之畔铺开的是绿色的工业世界。我去寻找一个曾经的化学工业集群，结果只找到一片深没于绿野的工业遗迹；我去探访一个曾经的焦化工业重镇，结果看到了一座座崛起的氢能工业构建。就这样，一个曾经的中国能源重化工基地，变成了一个新型的中国能源领跑者基地。

在一个能源工业发生巨变的地方，生态文学又怎么做？

我想，绿色转型发展是中国最大的转型发展。生态文学不是工业文学，但生态文学要关注工业的绿色转型发展，而且，这恰恰是从根本上关注生态环境的改善。生态环境的改善，绿色转型发展是前提也是后盾。绿色转型发展作为前提，是思维方式的转变、理念观念的转变、生产方式的转变、生活方式的转变；绿色转型发展作为后盾，是土小生产的取缔、落后工业的淘汰、污染企业的关停、能源产业的改造。所有这一切，经历了壮士断腕的决心、断尾求生的勇气、脱胎换骨的拼搏、凤凰涅槃的苦痛。生态文学抒写绿色转型发展，就要抒写绿色转型发展背后的人，人的思想、人的情感、人的行动、人的故事。这样，生态文学也就回到了人学的本质。

从这个意义上说，《云下山河》抒写了这样的巨变。

我在汾河上看到了汾河沿线城市发生的嬗变。

汾河边的城市，越来越成为宜人的现代居住空间，而城市的现代空间，也越来越向高向远拓展。以前仅仅守在汾河一岸的城市，而今长大了，它跨过汾河，成为延绵汾河两岸的大城市。城市居于汾河一岸的时候，曾是被列为中国和世界污染之最的城市，是被称为不适宜人类居住的地方；城市跨越两岸的时候，甩掉了中国和世界污染第一的帽子，成为中国和联合国人居环境范例城市。我在汾河上看见，每座城市都建在了长长的汾河湿地公园上，而整条汾河，已经成为山西最长最大的自然公园。汾河边上的所有城市，山西所有的城市，正在走向公园城市，像国家提出的公园城市，不是把公园建在城市里，而是把城市建在公园里。

在一个城市发生嬗变的地方，生态文学又该怎么做？

应该说，城市的嬗变是中国最大的时代嬗变。这样的嬗变，融合历史的演变，融合现实的新变，也将融合未来的流变，融合人类一切的改变。我们从农业城镇走向工业城市，由工业城市走向现代城市，由现代城市走向未来城市，将最终通向一个地方，这就是生态文明的城市。农业文明最终通向生态文明，工业文明最终通向生态文明，城市文明最终通向生态文明，人类文明也将最终通向生态文明。生态文明是人与自然和谐共生的世界文明。我们的现代化是人与自然和谐共生的现代化，我们的城市也将是人与自然和谐共生的现代城市。在现代生态文学的视野和维度上，应该抒写汾河城市、山西城市、中国城市正在发生的宏阔的嬗变。

从这个意义上说，《云下山河》抒写了这样的嬗变。

　　我在汾河上也看到了汾河之野发生的异变。

　　我循着流入汾河的小溪走进了自然深处，走进石膏山。在那里，我听到了从来没有听到过的夏虫和鸣。我惊异于漫山遍野的啾啾鸣叫，惊奇于昼夜吟唱的细碎之声。巡山的人告诉我，是蝉鸣，是夏蝉的和鸣。我回到城市，耳边似乎依然回响着悠长的蝉鸣，但仔细辨别，城市里的确少了蝉声，我甚至到汾河公园去寻找，也没寻到夏蝉和鸣。我想起了春天的时候去看梨花时，在汾河边的梨花林里，村姑们拿着长杆给梨花授粉的场景。那时曾写下"蜜蜂忙不过来"的句子。其实，当时在现场实际只看到不多的蜜蜂，后来在手机视频看到，许多蜜蜂无缘无故地死亡。朋友圈也说，在乡村，蜜蜂无缘无故地少了。如此的自然现象，在城市和乡村发生，是我完全没有想到的事情。

　　在城市和乡村发生异变的时候，生态文学能做什么？

　　这也许是一个新的问题，是现实给出的一个新的提问。我们的城市是发生了历史的嬗变，我们的工业是发生了巨大的改变，我们的生态是发生了现实的改善，但是，我们的城市、我们的生态、我们的环境，离自然依然具有长长的距离。天空是蓝了，河流是清了，城市是绿了，鸟群是回来了，但城市少了夏蝉，乡村也少了蜜蜂，曾经的自然精灵与城市和乡村依然存在距离。生态文学是宏大的文学也是微观的文学，是人文的文学也是自然的文学，是现代的文学也是古老的文学，它依然存有发现的空间、发问的空间、追问的空间、建树的空间、展望的空间。现代的、现实的、生长的、创新的、时代的生态文学，应该也是人与自然之间警钟长鸣的文学。

从这个意义上说，《云下山河》又发现了追问的维度和视角。

从汾河归来再阅《云下山河》，我就带了行走汾河发现和重新发现的眼光。这样看《云下山河》的时候，看到它对山河生态环境改善的聚焦与描述，我是欣慰的；看到它对山西绿色转型发展的关注与记录，我是欣喜的；看到它对中国生态文明进程的追逐与抒写，触发了我新的激情。

生态文学于我，也许又进入一种新的启程。

2024 年 6 月 5 日于太原汾水之滨

目录

城村／他乡依稀故乡

工业 / 风光不在别处

远处 / 又是谁家风景

归去/依然回望世界

河流 / 归来依旧少年

汾河消息

汾河被人找回来的时候，惊动了这个世界。许许多多的人，奔走着，都来看她；许许多多的云，也簇拥着，挤进了河里，与她拥抱……

于是，一条汾河，清风涟漪，绿水微波，激动了一河的水一河的云，哗哗啦啦地叙说着说也说不尽的絮语，絮语着聊也聊不完的事情……

这个时候，我牵着可可的手，走在汾河的河岸，看河。

这是 2020 年 5 月 12 日。我和外孙可可走在汾河公园的时候，可可突然惊叫："姥爷姥爷，你看，汾河的芦苇长高了，汾河的河岸长矮了，汾河的河水长胖了，汾河长大了。"

我惊异于外孙对汾河的这种别样的感觉。

这感觉，我是说不出来的。

也许，这就是大人世界与儿童世界的不一样？

不过，一样的，是我也感觉到汾河变了。芦苇不一样了，芦苇的尖冲直冒了起来，穿过了秋时遗留的黄叶，翠生生地撑起了漫空的亮绿；苇下的水流不一样了，水涌涌地流动，水深了许多厚了许多却也清了许多，是涨起来和高起来了，有了一种胖起来的感觉；而水胖起来的时候，岸自然也不一样了，河岸似乎突然变得低低的矮矮的了，水就越发地近人越发地动人。人呢，禁不住张开手臂朝着河流"啊啊"呼喊起来。这一呼喊，就惊得芦苇丛里扑啦啦飞起来一群大鸟。

汾河归来，一切就归来。现代城市的河流之上，于是鲜活了自然的生命和物的形象。水是鲜活的，草是鲜活的，人是鲜活的，鸟是鲜活的，鱼是鲜活的，河流之上的空气是鲜活的，穿梭于城市大桥左右的船只是鲜活的，连倒影在水中的城市楼群以及天空的白云，也影影绰绰抖动着，抖动出来一种奇异的鲜活。鲜活的汾河如此地不一样，在于一切凝聚于一个不一样的凸显，就如可可说的，是河水长胖了，汾河长大了！只是，我说不出来可可那样的感觉、那样的形容。

晚上回到家里看电视，又突然一惊：就在我和可可走在迎泽桥和漪汾桥之间的河岸看着汾河长大的时候，总书记也走在晋阳桥和通达桥之间的河岸在视察着汾河。哦，我们和总书记走在同一条河流上，在看着同一条长大的河流呢。电视新闻里说，总书记赞美汾河的沧桑巨变，说太原三面环山、一水中分，自古被称为"锦绣太原城"。如今，这"锦绣太原城"的美景，正在变为现实。他殷切地嘱咐说，要保护好治理好汾河，再现古晋阳汾河晚渡美景，让一泓清水入黄河。

总书记说这话的时候，汾河浩浩荡荡，一派大河风光。汾河左右，现代的堤岸上，参差凸立而延绵着的，是绿化树；汾河南北，浩瀚的河水上，赤橙青黛矗立和横卧着的，是钢铁桥；三五只快艇哗地犁破水面，风驰而去，河水顿时被划出了雪浪一样的水练。汾河似乎回归了"山衔落日千林紫，渡口归来簇如蚁。中流轧轧橹声清，沙际纷纷雁行起"的晴日晚渡，且以一条现代色彩的汾河，在太行山与吕梁山的臂弯里，澎湃激荡着，激起了长长的亮亮的蓝天白云颜色的水波。

这水波，是汾河历史上的素波吗？

这水波，是汾河远离了洪水的历史了吗？

这水波，是汾河告别了污水也告别了无水的历史了吗？

这个时候，我想起了汾河的演变，也沉入了汾河的历史。

人们知道，5000年前，台骀治汾，治的是洪水；4000年前，大禹治黄，治的是洪水。2600年前，秦穆公救急晋国饥荒而开启"泛舟之役"的运粮船队，走过的是浑水还是清水，不得而知。知道的是，2100年前，汉武帝的楼船行走在汾河的时候，"泛楼船兮济汾河""横中流兮扬素波"，汾河的波涛是素波，汉武帝以《秋风辞》证之；1400年前，唐太宗书《晋祠之铭并序》

的时候，"临汾川而降祉，临汾水而濯心"，汾河的波涛也是素波，若不素，何以降祉和濯心？

但人们也许不知道，当那些皇家的船队由汾之阴的万荣秋风楼直溯汾之阳的宁武汾阳宫的时候，民间的木筏长龙则由汾河源头的宁武直泻至汾河河尾的万荣。此所谓的"楼船上汾源""万木下汾河"。当这满载着森林巨木的木筏倾泻直入汾河而至于黄河的时候，皇家的宫殿和民间的庙宇耸立起来了，而深藏着汾河源头的森林生态却渐渐坍塌了。于是，汾河水流本身萎缩、萎缩，萎缩而竟终至于再也载不动了漂流的木筏，只载着了干旱与洪水轮回交替的生态灾患。

终于，在20世纪60年代，山西人人拉肩扛在汾河上建筑了山西第一大水库，给农业以水，给工业以水。当拯救干旱与水患的现代水坝耸立在汾河之上的时候，谁也没想到，汾河，被截断了长流也截断了云雨；而当开发资源和能源的现代工业铁爪挖掘在汾河之下的时候，人又没想到，汾河，被戳漏了地层也污染了地表。于是，60年前汾河流水哗啦啦，50年前汾河流泥稀溜溜，40年前汾河流石干巴巴，30年前汾河流污黑乎乎。人说，汾河已经死了；还说，汾河抢救无效。

而在20年前，汾河开启了回归和改善之路："治好母亲河，绿化两座山""引来黄河水，滋润太原城"，治污，治污，治污——绿化，绿化，绿化——引水，引水，引水——清河，清河，清河。一切是拯救性的行动，一切是创新性的工程，一切是现代性的挺进。在一个全国污染之最的地方，汾河要清起来，谈何容易？

在一个全国缺水严重的地方，汾河要流起来，又何其艰难？回归沉重而缓慢，改善决绝而坚毅。唯有实干，唯有坚持。于是，到 2016 年，汾河，已经水波微漾。

那个时候，汾河源头已经引来了黄河流水。

那个时候，汾河水库已经融汇了黄河的水体。

那个时候，汾河沿线已经荡漾起了城市的水域。

我是看着汾河黯然流逝的，也是看着汾河欣然归来的。

那是在 2017 年 6 月 23 日。我和外孙走在汾河岸畔的晋祠园里，追着流泉，追着瀑布，追着水，看啊看。智者乐水。外孙可可也是一个爱极了喷泉、爱极了瀑布、爱极了看水的孩子。

水，就是可可追逐着的欢乐的童话。

在晋祠，我追着可可看难老泉流泻，那时的难老泉，枯竭断流 21 年之后慢慢归来，水位已经回升了 21 米，难老泉已然复流。我追着可可看智伯渠流清，那时的智伯渠，源源不绝地流淌了碧波如玉的难老清泉，复又浇灌着消失多年的晋祠稻田。我追着可可看台骀泽流瀑，那时的台骀泽，已非古时的台骀泽，而是掩映在晋祠绿园里的一片重新激荡的水乡泽国。难老泉，这千里汾河的一个地标性名泉，水的回升，无疑是汾河生态和生态汾河归来的一个历史与现实的标志。

而这夜，我打开微信浏览消息，竟突然看到了，就在我和外孙可可在晋祠看水看瀑看流泉的时候，总书记也在山西的汾河岸畔视察呢。后来知道，当时，总书记就下榻在晋祠台骀泽畔的宾馆。晋祠，一个千年万年与水融在一起的地方，一个世世代代漂在水上的绿园，一个年年月月讲着水母故事的所在。水就是晋祠的母乳、晋祠的生命。那个时候，总书记说，汾河是山西的母亲河，要保护好山西的母亲河，让汾河水量丰起来，水质好起来，风光美起来！

我知道，那个时候的汾河，流域千里，河道千里，在汾河之上，已经串起了亮圆如镜的污水净化企业，也串起了碧水绿岸的汾河湿地公园。凡有城市的地方，几乎都建起了汾河生态湿地；凡有湿地的地方，几乎都建起了汾河城市公园；而且，凡有城市的地方，统统都建起了污水处理企业。当21世纪的中国城市进入高速发展的现代化的时候，这太行山与吕梁山间的山西城市，一样地旋转着现代化的甚至是绿色现代化的速率，一样地在汾河之上旋转着绿色现代化的驱动。

这个时候，汾河，虽然不再是曾经的"有河必干无水不污"，虽然不再是过去的"流污流血流脓流泪"，然而汾河流入黄河的，却依然是劣Ⅴ类水体。中国的地表水按水域环境功能划为五类：Ⅰ类水体为源头水和自然保护区水体，Ⅱ类水体为饮用水源一级保护区和珍稀水生物栖息水体，Ⅲ类水体为饮用水源二级保护区和水产养殖水体，Ⅳ类水体为工业用水和人体非接触水体，Ⅴ类水体为农业用水和一般景观水体。劣Ⅴ类水体，即是失去了水体功能和水域生命的污染水体。

那么，怎样消除汾河流域的劣Ⅴ类水质？

那么，怎样消灭山西黄河流域的劣Ⅴ类水体？

那么，怎样摘掉山西河流污染劣Ⅴ类的黑色帽子？

汾河之上，于是又铺开两个行动：杜绝排污、生态补水。

杜绝排污，这是一个老词，即，汾河全线堵死排污口，不许一滴污水流入汾河。但是，这老词赋予的新内涵，是宁可将GDP指标降下来，也要把生态环保搞上去。其背后，是一个个政府河长的环境责任加码升级，是一个个污水处理单位的设施能力提标升级，是一个个工业企业的环保改造换档升级，是千万个生态环境执法者们流血流汗的日夜奔波守护，是一座座城市、一座座城镇在汾河干流和支流的河道上铺开的淘汰落后生产方式的大决战。

生态补水，这是一个新词，即黄河向山西输水，水库向河流输水，千里汾河复流，千里桑干河复活。这个新词给予汾河的，是汾河水库每年向汾河补水2.3亿立方米，给汾河送回大河风光。这个新词给予桑干河的，是黄河每年向桑干河补水2亿立方米，给北京送去永定河水色。于是，作为山西两大河流发源地的宁武，在其管涔山分水岭两侧，汾河，一条大河归来，滚滚滔滔，归向黄河；桑干河，一条长河归来，弯弯曲曲，流向北京。山西不仅给山西输水，而且给首都输水。

河流上的现代水库，是外国人首创，但大坝阻断了生态。外国人曾说，要生态，炸水坝。山西第一座汾河水库，建在娄烦，水库曾阻断了汾河的流淌。娄烦人也说，要想富，炸水库。山西轰轰隆隆的工厂，建在河流之上，工厂污染了河流。山西人也曾说，要环保，炸工厂。而今，黄河落天走山西，没有炸水库，没有炸大坝，也没有炸工厂，一条汾河却依然飘扬起了青葱碧绿的水的飘带。给河流以生态补水，给河流以复清，绝对是一个时代性的世纪性的绿色壮举！

2000多年前，汉武帝时代，仅仅5000万人的汉代中国，大自然却给了人类丰沛的水量；2000多年后，生态文明时代，已经是14亿人的现代中国，大自然却给了人类危机的水体。仅仅2000多年的时间，河与人竟如此悖逆。而今，人不仅以人力恢复和丰沛了一条河的水量，而且以人力净化和恢复了一条河的水质。悲哀与欢悦兼之，欣慰与忧患兼之。然而在现实性的生态环境危机时代，也只有创造生态文明思想理念与建设实践的人们，才能获得自然世界的垂青和天人合一的垂爱。

于是，2020年6月底，汾河流域彻底消除了劣V类水体，河流恢复并保持了具有水体功能的水质。

于是，2020年12月底，山西黄河流域消除了劣V类水体，水流恢复并保持了具有水体功能的水质。

于是，与曾经规划里汾河流域2025至2030年彻底消除劣V类水体的目标相比，这个消除，提前了5至10年。

这样，总书记行走在2020年的汾河之上的时候，汾河，已经是呈现在蓝天白云之下、流淌在太行吕梁腹地、穿越了现代高原城市的一条驭水归来的绿意磅礴的大河了。

也就是在这个时候，总书记又在汾河岸畔提出"治山、治水、治气、治城一体推进"。这与总书记之前提出的"山水林田湖草沙一体化保护和系统治理"，共同成为中国城乡生态文明建设的现代绿色构想。事实上，生态汾河和生态山西，已经有了这样的实践和实现，已经在做着这样的诠释和印证。汾河的归来，是"山水林田湖草"生态循环的归来；山西的改善，是"治山、治水、治气、治城"绿色融合的改善。一条大河的复活，是现代天人和谐与现代绿色发展新的构建。

事实上，任何河流都是生态的河流，汾河无疑也是生态的河流。生态汾河，是线性奔流的河流，是平面汇流的河流，是立体环流的河流，是人河交流的河流。自然生态决定这条河流，经济生态决定这条河流，社会生态决定这条河流，政治生态决定这条河流，文化生态决定这条河流，精神生态决定这条河流。汾河已经回不到原初的模样，人们也不可能回到原初的生态。山西人再造的，是一条现代意义的生态汾河；山西人重建的，是一种人对于河流的感恩与憧憬。

就在汾河归来的时候，一个最新消息爆出：山西将投资870亿元，用15年时间，将千里汾河打造成一个水利长廊、生态游廊、文旅走廊、绿色林廊，将汾河塑造成一条生态河幸福河。那么，我想，这条山西最长最大的河流，将一定是山西最长最大的山水风景带、山西最长最大的人居环境带、山西最长最大的文化旅游带、山西最长最大的生态文明带。汾河牵动的绿色转型绿色发展，将使这个曾经给中国输送黑色能源的煤炭基地，成为给中国输送绿色能源的生态基地。

之前，我在媒体上看到两个消息，一个是说，中国是全球植被生态覆盖率增长最快的国家，2000 年至 2017 年，全球绿化面积增加了 5%，仅中国就增加 25%，位居全球第一；一个是说，山西是中国植被生态质量改善最快的省份，2000 年至 2017 年，全国 31 个省、市、自治区植被生态质量均呈现增长改善趋势，山西，位居全国第一；而吕梁，是山西植被生态质量改善最好的地区，山西植被生态质量指数达到 67.7，吕梁植被生态质量指数则达到了 70，位居山西第一。

无疑，吕梁山是汾河的源头，管涔山是汾河的源头，森林是汾河的自然源头，那么，一个生态文明的时代，则是生态汾河的现代源头……

汾河被重新找回，汾水的如约归来，是许许多多的人们，在守护着她长大、长大，是整个吕梁山太行山的绿，在簇拥着她长流、长流……

汾河雁过

我在汾河岸上走过的时候，大雁也在汾河之上飞过。

大雁飞过的时候，天不高，云也不高，太阳高不高看不见，浓厚而呈铅灰色的云浪把太阳淹没了。空间却是旷阔的透彻的清丽的，看得见东山西山的青黛以及南北诗一样的远方。

这是一场多年未遇的连绵秋雨初歇之后，汾河边的城市换了一遍空气，城市里的楼群换了一层光彩，楼群间的花草树木换了一派色泽，大雁就由远而来拜访清秋里的汾河了。

雁群飞得也不高，据说大雁是可以飞到万米高空的，是可以与飞机飞到一样高度的，但大雁在汾河上飞过的时候，飞得并不高，似乎比汾河岸畔的城市楼群也高不出去许多。

雁群飞过一座桥，飞过又一座桥，雁看到，汾河之上，居然有一座桥，构筑成为一只现代的银色的大雁形象，凝固地飞架在汾河的碧波之间。雁们嘎嘎嘎嘎地欢悦起来。

于是在天空写着一个"人"字，沿着汾河，嘎嘎嘎地叫着慢慢飞过。它们是想看看雨后的城市么？是想亲近蓝色的汾河吗？抑或，是想在汾河之上寻找自己祖先的雪泥鸿爪？

我站在汾河岸边，看着雁群飞进由远而来的历史。

雁群飞飞，飞进了汉武大帝的秋风雁阵里。

此刻，汉武帝刘彻恰泛舟北上，由黄河渡入汾河，立在金碧辉煌的皇家楼船上，要到晋地万荣的后土庙朝拜后土圣母。汉武帝踌躇满志、心潮逐浪，把酒极乐于天地之间。然而也就在他突然俯仰之间，天上，白云秋雁御风而过；地上，黄草素波滚滚而逝。这胸怀抱负犹如胸怀佳人而须臾不忘的一代天骄，竟感怀浩叹，吟诵出一曲千古绝唱《秋风辞》。

> 秋风起兮白云飞，草木黄落兮雁南归。//兰有秀兮菊有芳，怀佳人兮不能忘。//泛楼船兮济汾河，横中流兮扬素波。//箫鼓鸣兮发棹歌，欢乐极兮哀情多。少壮几时兮奈老何！

秋风，白云，素波，雁阵。那时的雁阵就是从汾河之上飞过去的，飞过黄河，飞过长江，飞到南方去了。据说，大雁飞去的南方，不只是中国的南方，而是世界的南方，是赤道或者非洲更远更远的南方。如此飞来飞去，雁阵年年过，河汾日日流，水把人流老了，雁把人飞老了……即使这一代天骄，或者，越是这一代天骄，就越发地慨叹人生易老、人生易逝。是啊，河汾俱在、江山俱在，帝王或者凡人，人生皆如这雁去水逝，将不复存在。人不由悲从中来、哀从中来。

雁群，你感觉到你给汉武大帝带来的千古悲伤了吗？

雁群飞飞，飞进金代诗人元好问的汾河雁丘里。

此刻，汾河畔匆匆走来一位赶考的书生，却意外与一位捕雁者相遇。捕雁者志忑地告诉他："我早晨捕了一只大雁把它杀了，另一只本来已逃脱的大雁看到同伴被杀，不但不逃，反而哀鸣着从天空一头栽下来，撞在地上，死了，你说怪不怪？"书生听了，悲从中来，花钱买下两只大雁，把它们埋葬在汾河边上，命名这雁坟为雁丘，并写下一首《雁丘词》。

> 问世间，情是何物，直教生死相许？// 天南地北双飞客，老翅几回寒暑。// 欢乐趣，离别苦，就中更有痴儿女。// 君应有语：// 渺万里层云，千山暮雪，只影向谁去？// 横汾路，寂寞当年箫鼓，荒烟依旧平楚。// 招魂楚些何嗟及，山鬼暗啼风雨。// 天也妒，未信与，莺儿燕子俱黄土。// 千秋万古，为留待骚人，狂歌痛饮，来访雁丘处。

雁丘就在这汾河之上，雁的爱情也在这汾河之上。这恰印证了一个说法：雁不独活。雁不独活的精神屡屡被赞，而不独活的大雁却屡屡被杀。自然社会总缠绕于自相矛盾。元好问的《雁丘词》是人类推崇的大雁忠贞不渝的爱情，这忠贞不渝的爱情里却是人类对大雁的残忍击杀。山西古晋剧《汾河湾》叙说的打雁，居然是古人的一种生活。而今，不独活的大雁作了古，葬大雁的诗人也作了古，"雁丘词"却千秋万代。如元好问所预言，我来访雁丘了，雁来访雁丘了，雁丘却沉重。

想想，雁群，哪里又能忍受了元好问这悼雁的悲哀？

雁群飞飞，飞进明代诗人张颐的汾河雁行里。

此刻，张颐逡巡在汾河岸畔的夕阳里，夕阳的余晖把汾河上的诗人、诗人背后的太原城，以及出入古城和来往于渡口的人们，都笼罩在云蒸霞蔚里。汾河东岸的太原城，犹如一幅清明上河图，汾河西岸的西山，恰似一幅千里江山图。两幅图画之间，南来北往的商船，东渡西运的舟楫，惊起了一片雁飞。于是，诗人张颐写下了一首绝咏《汾河晚渡》。

> 山衔落日千林紫，渡口归来簇如蚁。// 中流轧轧橹声清，沙际纷纷雁行起。// 遥忆横流游幸秋，当时意气谁能俦。// 楼船箫鼓今何在？红蓼年年下白鸥。

看看，这个时候，汾河岸畔，那苍茫的大山里，生长的，居然是千林，是红蓼；草木沙滩，那看不见的地方，飞起的，居然是大雁，是白鸥。而且，汾河中流清清的摇橹声，居然就把平沙水草间的大雁惊动起来，飞上天空，与盘绕飞旋的白鸥交织在一起，织出一幅天水鸟唱图，织出一幅自然不朽画。只是，在这样热烈的自然背景上，在这样永恒的自然天籁里，人皆熙攘，然都将老去。纵然汉武大帝那样无人能俦的一代英雄，也熬不过自然天地里的草绿草黄、雁来雁去。

雁群，雁群，你看到张颐诗里飞起的雁行了吗？

雁群飞飞，飞进当代诗人梁志宏的雁踪期盼里。

此刻，诗人行走在汾河水边。汾河，虽然不再是汉唐时代的浩浩荡荡，不再是金元时期的沸沸汤汤，不再是明清时代的滚滚滔滔，甚至不再是当代之初的哗哗啦啦……但汾河经历了断流、污染、复流、清流之后，终于归来。归来已是再生，归来已是亦梦亦幻，归来已是美轮美奂。然而汾河，似乎缺了什么。缺了什么呢？诗人终于《突然想起大雁》。

秋天踩着霜白赶路 // 风把蓝天吹得空阔，清爽 // 望朵朵白云和纸鸢恣意抒情 // 突然想起大雁，那栖息于汾河湾 // 穿越李白范仲淹元好问诗意的雁声 // 久无踪影，不见秋气里雁阵远翔 // 我来叩访汾岸雁丘，调取当年 // 元好问行走河边招手蓝天雁唱 // 那一道落雁殉情的电光 // 那一声诗人掩面之悲怆 // 一曲雁丘词，问世间情为何物 // 不见雁影，我心若逝水情寄何方？

这时，汾河之上，已经没有了大雁，没有了汉武帝的枯草素波南飞雁，没有了元好问的汾河滩涂殉情雁，没有了张颐的汾河晚渡雁行起，只留下一座巨石竖立的雁丘，也已经不是古时原初的模样。如此，纵是有多少人来看雁丘，纵是有多少人来寄爱情，然雁丘上不但没有了雁的影子，而且，长空里也不见了南来北往的雁踪。没有了雁的行迹，不见了雁的踪影，殉情之雁的那份绝世之爱、人世之间的那份旷古之情，也似乎难以有所依附、有所寄托了。大雁啊，何时归来？

雁群，在梁志宏的企想里，你可看见那个惆怅的背影？

而今，诗人的怅望，不再是怅望。

在汉武帝的"雁南归"2000多年之后，在元好问的"雁丘词"1000多年之后，在张颐的"雁行起"500多年之后，在梁志宏的"雁阵远"不多年之后，雁群，终于又过汾河。

雁群飞过汾河，不再是萧瑟悲秋。汾河的现代水域里、汾河的生态湿地上、汾河的彩色林带间，已经万鸟群集、群鸟和唱。汾河，已经成了一个诗意的音乐的生灵栖息的世界。

天鹅来了，黑鹳来了，红嘴鸥来了，白鹭来了，翠鸟、花凫、鸬鹚、大鸨、红隼、大鵟、鸳鸯、苍鹭、秋沙鸭、白骨顶、大苇莺、东方白鹳、白尾海雕……许许多多，都来了。

许多的没有见过的南方的鸟，落在许多的没有见过的北方的树上，落在许多的没有见过的南北的草间，于是许多的"鸟人"

伸出长长的镜头，聚焦了金秋里的鹅、鹳、鹤、雁……

　　实际呢，雁群飞过的时候，已经有大雁栖息在汾河水域。它们看到雁群，便鼓起翅膀飞离水岸，嘎嘎嘎地叫着，似乎在欢呼着想要雁群降落，又似乎在呼唤着想要追赶雁群。

　　雁群飞着，向南，向南，向更南的南方去了……

玉门河叙事

　　玉门河是从太原西山的玉门沟里流出来的，也是从城市楼群的沟壑里流出来的。河里流着沉云落玉的水，天空流着滚雪卷浪的云，一条玉门河，就这样晴云碧水地流进汾河。

　　我居住的地方，就是玉门河与汾河交汇的夹角。

　　这地方，看得见汾河之水天上来，一川清波走长云；也看得见玉门远上白云间，碧水一线下蓝天。如此，即使玉门河不从玉门沟流出，也称得上这冰清玉洁的名字了：玉门河。

　　玉门河流淌的，就应该是这琼浆玉液般的流水。

　　不过，曾经的玉门河，不是这样。

　　曾经的玉门河，河里流的，是黑的脏的污染的水，而且是不羞不臊地流进汾河。

那时，春天的时候，青绿的河滩流着的，是黑色的水；夏天的时候，绿的草遮掩着黑的水，空气里却荡起熏人的臭；秋天的时候，河岸的树冠金亮起来了，黑色的水和熏人的臭，却给河岸金色的树，涂上了一种蒙羞的色气；而冬天的时候，雪覆盖了黄草的河滩，却覆盖不了流泻的污水。污水就那样黑乎乎地流过河道，如一条蜿蜒的长蛇，放肆地直陈在城市楼群的眼皮底下，大摇大摆、无所顾忌地伸进了汾河。

城市走过四季，玉门河却只流着一种颜色——黑色。

这不应是一条河四季的颜色，也不应是这个地方的颜色。

这个地方应该是什么颜色？这个地方应该是——绿色。

这个地方，生态环境保护机构所在，理当是绿色的。

世界环境保护诞生的时候，是以绿为颜色的；中国环境保护诞生的时候，是以绿为颜色的；山西环境保护诞生的时候，也是以绿为颜色的。生态保护的绿，环境保护的绿，是颜色，也不仅仅是颜色。实质上，应该是干净、洁净、纯净，是不被异化、不被污染、不被破坏。因而，树应该是绿的，草应该是绿的，河应该是绿的，水应该是绿的。

要说，这里的绿，也不负这个颜色。树是绿的，草是绿的，楼虽不是绿的，但楼里酝酿的决策却是绿的。

这绿的决策，与头顶的蓝天白云有关，与地上的河流湖泊有关，当然，与楼外的这条玉门河，也应该有关。

但是那个时候，眼皮底下的这条玉门河，却与绿和绿的决策相悖。

这于是成为许多人的一个痛：心痛，隐痛，久痛。

多少年前，这座楼立在这里的时候，这里还是城中村。

那时，河里就流着黑水了，不仅北面的玉门河流着黑水，西面的城村渠也流着黑水；不仅西面的城村渠流着黑水，东面的汾河公园暗涵也流着污水。那时候，一个局长，盖起这座银灰色楼的局长，静静地，指挥着城乡关停取缔土小企业；静静地，把楼内楼外检点得干干净净。这个人，总是检点着厕所，说，一个地方，厕所干净了，就没有不干净的地方了。

但不知看到眼皮底下这条河没有，河里流着不竭的黑水。

几年后，这楼换了主角，局长的交椅换成厅长的交椅。这时候，城市空气成为全国倒数第一。这个人，声言要人知道环保的大门朝哪开，发誓让城市摘掉黑帽子戴上绿帽子。后来也真的摘掉黑帽子了，而且西边城村渠的黑水也渐渐消灭了。不过黑水的消灭是城市城中村改造的结果：一座城中村变成了一群楼房。厅长铁青的脸，欣欣然露出了骄色。

也不知看没看到眼皮底下这条脏河，脏水依然流淌。

又几年，楼的主角再次易人。这个人，开城乡环境保护党政同责先河，抗霾之战打得异常激烈，"山西蓝"依然刷满天空，给"北方蓝"送上了清风。但中国南方北方都在追云，北方的蓝毕竟比不过南方的蓝。费了多大劲，拿了多少方案，空气质量却又被甩回到全国倒数第一的位置，水也破例第一次排了个全国污染第一。空气和水，都成了老末。

如此，眼皮底下这条黑河脏河，又岂能够改善？

一晃这楼又换了俩主角，上来就扛了两顶污染黑帽，都发誓要摘掉全国污染最重的黑帽。但一位身手方开、铁拳方出，即被委以重任，到那个抱回空气污染全国第一的城市当了市长。一位继任，受命于危难，更敢于铁腕动"刀"，说约谈市长就约谈市长，说拿下干部就拿下干部，90天竖起71个监测水站。人们说，这回眼皮底下的黑水，该流到头了。

然而眼皮底下的河，黑水该流还流，脏水该臭还臭。

黑水并没给自动吓跑。而且，白天黑水不流，空气是臭的，黑夜黑水流出，空气更臭。夹在这个角落里的人们，看惯了河里的黑、闻惯了空气的臭，却没有人愿意或敢于吭气，或窃窃私语，或私语都没有，干脆就是麻木。也难怪，能和谁说呢？都是干环境保护的，不是官也是僚，你和谁去说？

当然，不论和谁说，毕竟，还是会有人说破的。

事情是在后院里吵响的。后院是大楼背后的住宅。

起因是我在微信群发了一组玉门灯影里流淌黑水的照片。

当时，山西消除黑臭水体正铺开"百日清零"行动。我说，黑臭的玉门河，白天不流黑夜流，是否有人在偷排？我问，我们远查汾河入黄口，近查吕梁磁窑河，怎么不查查眼前的这条黑水河？我从手机地图上查看，玉门河从西山流出来，流过城市，流过环保大楼，流进汾河公园，流进公园暗涵，最后流进汾河河道了，看不到汇入城市污水处理厂。

人们说，这玉门河挖掘多年、开合多年，开开合合，不是在治污吗？开始，河道被划开，划开的地方砌出渠道，渠道里边排过黑水，渠道两边杂草横生。之后，河道又被挖开，河道地下埋了管道，管道不知流过什么，合拢之后却黑水照流。再后，突然之间全线翻开，河岸筑成沿河大道，河坝铸成水泥长城，人们以为这下黑水治了，可流来流去黑臭依旧。

当然，这样的黑水臭水，不仅玉门河是，别的河道也是。汾河岸畔的太原，是多条黑水往汾河里排；而汾河沿岸的山西，也是多少条黑水往汾河里排。太原的黑水，原先号称13条黑龙；也许觉得说法刺耳，后来就改称为边山支流；再后，就说成了9条黑河……当然，13到9，是越治越少了，但城市长高了，道路长长了，这玉门河，怎么就越发的黑臭了？

于是，就有人猜测了，说，这黑水，是这城市给生态环境部门点的"眼药水"。你不是管生态环境保护吗？你不是统一监管生态环境吗？连眼皮底下的生态环境都管不好，你管的哪门子的生态环境？你又能管好哪门子的生态环境？

要是这样，这黑水，不光是黑，不光是臭，是太毒了。

但看看这水，虽然黑是黑臭是臭，却不至于如此的毒。

因而，看着我发在微信群里的"月夜黑水图"，有人说了，"全世界"都知道这个臭水沟，但就是没人落实啊！有人就说，当下不是消除黑臭水体吗？何不借新厅长的铁腕拿下这个又黑又臭的顽症？"百日清零"如果连眼前这个黑臭水体都消除不了，就不好相信太原会全部消灭黑臭水体了，也不好相信山西会全部消灭黑臭水体了。

应该说，道理就放在那里，看你做不做。不是说有一支特别能吃苦、特别能战斗、特别能奉献的生态环境"特警"吗？不是说有一支铁律为后盾、铁心为意志、铁腕为武器的环境保护"铁军"吗？"环保铁军"的司令部就在这里，"生态特警"的指挥部就在这里，生态环境保护的大本营就在这里，竟治理不好玉门河的这个"眼底病"？

于是，后院的人们在微信群里就又议论了，生态环境大楼这"灯下黑"或者"眼底黑"治了，人们不会认为山西的水就都治好了。因为，按照常理，各人打扫门前雪，你不应该治好眼皮底下的事吗？但这"眼底黑"或者"灯下黑"要是治不好，人们绝对会认为山西的水没治好。因为，你连自己眼皮底下的事情都办不了，又何谈别的？

当然，关键得让新厅长知道这股黑水臭水啊！不能是"全世界"都知道而只有一个人蒙在鼓里。

没人说不行，没人敢说也不行！

毕竟，微信群还是有"好事者"的，同事把我发的图片转发给了新厅长，说："我们楼前的玉门河臭气熏天，就在我们眼皮底下，我们却视而不见。建议趁消除黑臭水体行动，逼住太原市限期年内彻底解决，不然会影响'百日清零'的结果，不然人们会说生态环保部门眼皮子底下的问题都没解决，消除黑臭水体的实际效果能有多大？"新厅长当即在自己建立的"百日清零"微信群里转发了图片和建议，批示："请太原组督办，省督查办跟进。对市县相关部门约谈督办！"

很快，真的有机器在行动了，真的有人在清理了，真的有人在巡检了，也真的有人在取水化验了。很快，玉门河里黑水臭水不流了，淤积的黑臭水体也排掉了。然后，在大楼后院的微信群里，就有人发上来城市生态环境局的报告。

报告说，2017年5月至2018年5月，城市就实施了玉门河综合治理工程。工程从河流起点到终点11.06公里，雨污分流，铺设污水管24公里、雨水管25公里，沿线101个排污口污水全部收集至汾东污水处理厂处理。之所以形成黑臭，原因在于，玉门河流入汾河暗涵的500米河道里，因雨水阻塞无法排泄和污水外溢入河而导致积水、导致黑臭。鉴于此，紧急整改措施是：立即清挖淤阻，全程清理垃圾，巡查排水管网，监督截污设施，杜绝污水溢流，彻底消除黑臭。

这个时候，人们才明白之前河道开挖的真相。原来，雨水管道是真的早就埋在河道里了，污水管道也真的早就埋在河道里了。也就是说，城市的治理已经落到了地上，地下的管网已经布在了深处，那可是长长的地下巨龙呀，但就因雨水阻塞和污水溢流，这么久了，竟任黑水流成了臭水，臭水流成了水患，水患殃及汾河。人们于是感慨，要彻底消灭玉门河和所有河里的黑水脏水臭水，让汾河水量丰起来、水质好起来、风光美起来，铁军铁拳背后，就得有铁腕，否则黑水禁绝不了。

之后，在人们不知不觉之间，玉门河变清了，不仅玉门河变清了，北涧河、北沙河、南沙河、风峪河、冶峪河、虎峪河、九院沙河、小东流河，也都变清了；不仅河里的水变清了，而且，河岸上都建起了快车通道，快车通道外建起了人行步道，人行步道左右种植了生态花树，所有的河流和所有河流边的道路，成为伸进汾河和飘进汾河的缕缕彩带。

一条汾河，就成为舞动长缨和彩带的一条巨龙。

这条玉门河，从山的沟壑里流出，流进了城的沟壑，真的流成了一条彩带。

我沿着玉门河溯流而上，踏着崭新的绿树绿篱绿草簇拥的河边步道，追溯到玉门河流来的远处。河道，在清流之外，植物鲜亮，黄沙洁净，建筑清新，河畔，或是绿廊，或是花园，或者，整个河畔就是一个绿茵茵的公园。

一条玉门河，由此而成为这个城市所有河流由浊到清、由黑到美的一个缩影！

是啊，西山是它出发的地方，也是它出生的背景。西山都绿了，它能不绿么？汾河是它流向的地方，也是它奔逐的前景，汾河都清了，它能够不清么？天空是它顶着的盖头，也是它扬着的披风，天空都净了，它能够不净吗？

晋阳湖时间

晋阳湖是住在太原时空里的一汪清波，住满了过往，住满了向往，住满了沉在碧波里的沧海桑田的时光。

城市突然生出这么个绝尘而来的湖泊，把天和地融在了一起，连城市自己似乎也不曾想到，它像天外飞来的一个演绎。我觉得，城市见到它的时候，肯定也和我一样惊奇。

其实，它是城市变迁的一面奇幻的水镜。

似乎，天看不见自己什么颜色，就把自己放到了湖里去看，于是湖成了天的颜色；湖看不见自己什么颜色，也把自己投到了天上去看，于是天成了湖的颜色。水天一色的时候，云似乎不知道自己什么颜色，地也不知道自己什么颜色，就都把自己托给了天或者托给了湖，于是天和湖就都看到了云的白和树的绿。白的云、绿的树，都成为湖上的风景。

当然，天地也不只是看看而已，天地也变幻莫测地给予。天把夕光里的云霞给它，它于是荡漾着了云霞；地把晨露里的绿意给它，它于是波叠着了绿意；天把寒日里的晶莹给它，它于是覆盖着了晶莹；地把秋风里的亮黄给它，它于是辉映了亮黄。天地间茫茫一派的时候，又是天给它注入什么或它给天回赠什么？天和地、云和霞，浑然成为湖里的日月。

是的，天给了它月光星光，它就用月光星光勾勒出水里的宫殿；地给了它城市夜光，它就用城市夜光浸染出湖里的梦幻；天给了它万鸟和鸣，它就用万鸟和鸣点缀平湖的寂静；地给了它群楼霓虹，它就用群楼霓虹点亮满湖的辉煌。湖每天都在天地间画山画水，然后又全然消弭，重新在天地之间画山画水。湖的每一次画都是新的，湖的每一天画都是新的。

一个生态的晋阳湖，就飘落在现代城市的世界。

湖背后的吕梁山依然很远，湖畔的楼群成了近的山。吕梁山见过湖过去的样子，楼的山只见过湖现在的样子。于是吕梁山和楼的山讲起湖的往事，讲起远古晋阳湖的迷离身世。

知道"打开灵石口，空出晋阳湖"的故事吗？

彼晋阳湖不是此晋阳湖。晋阳湖曾是一个海样的存在，是太行山和吕梁山之间、系舟山和韩信岭之间，一个激流恶浪竞逐、凶波狂澜共舞的水的世界。那时，水世界里没人，却有一女子，驾一叶扁舟，悠然垂钓。大禹遇之，敬一钵米酒，女子竟轻轻一弹，弹破钵口，酒液流尽。大禹遂悟，钵之缺口，犹灵石口也。遂打开灵石口，任晋阳湖洪水流泻。

人类伟大的秉性就是创造，创造一个神和它的神话，然后靠神创造人间奇迹。中国流传的治水时代的大禹，或许是有或许是无的人物，但许多治水故事都来自大禹的神话。打开龙门口，黄河入海流；打开灵石口，空出晋阳湖。当我们穷究打开龙门口或者打开灵石口的故事的时候，以人类最原始的生产力而言，大禹及大禹们，是以怎样的方式打开了山口？

大禹打开龙门口或灵石口的故事，实际是地壳变动、山河变迁的人文寄寓。太行山吕梁山，曾经在地壳隆起中双臂一抱，抱成山岩堰塞的太原盆地，太原盆地于是有了晋阳湖；而在又一次地质断陷里，太行山吕梁山双臂一松，太原盆地水流泻了，就空出了突破堰塞的晋阳湖。故事由地质年代演绎到人类世纪，远古的晋阳湖，就演绎成了大禹治水的另一种传奇。

这样，历史给远古的晋阳湖，注入了浓重的人文精神。

吕梁山太行山都知道这个传奇，也都铭刻着晋阳湖的记忆。人类世纪进入工业文明时代，大禹空出的晋阳湖，崛起了噬水如龙的现代工业。然而，远古的晋阳湖，已水湖无存。

于是，现代工业的钢构铁臂，挖掘出一个工业的晋阳湖。

于是，太原盆地拥有了包围在工业王国的这个工业湖泊。一个冷却工业热水的湖泊，一个沉淀工业用水的湖泊，一个排放工业废水的湖泊，而后，变成一个遍布渔业养殖的湖泊，一个走向农业灌溉的湖泊，一个将被城市废弃的湖泊。而这个过程中，曾发生过一场罕见的"晋阳湖鱼殇"。我就曾走向那片工业的晋阳湖，在泛着鱼肚白的湖水里打捞"鱼殇"的故事。

那时，是一片无边的死寂，一片无边的惨白，整个晋阳湖变成白的湖。湖边看过去，是翻着鱼肚白的湖；湖心看过来，是翻着鱼肚白的湖。鱼们睁着死不瞑目的眼睛，死死地盯着天空发问；鱼缝里冒起腥臭的气沫，像鱼们吐着不甘寂寞的泡泡。渔户的狗朝着湖面狂吠，工业烟囱却不在意地吐着黑龙。满湖的惨白告诉人们，绝不要再用鱼肚白形容天边的曙色。

如此悲惨的鱼殇，人们竟然没有弄清楚什么原因。养鱼的人们说，是工业的管道排过来的工业废水把鱼给毒死了；企业的人们说，是养鱼户投放了太多养鱼饲料，富营养化把鱼给憋死了。事情终究没有给出一个结果，结果于是成了："富营养化＋工业废水"。等于鱼们死了个不明不白，最后，冤屈的鱼们只能守着一个天生的执念：死不瞑目。

这样，污染的晋阳湖，就成为工业时代不灭的记忆。

当然，工业的晋阳湖最大的记忆，应该是工业的远去和工业成为遗址。而晋阳湖自己，则由工业的湖泊废弃的湖泊，变成了生态的湖泊现代的湖泊，又一次经历乾坤轮转。

生态的晋阳湖是一次诞生，现代的晋阳湖是一次再造。

河流是有灵性的，湖泊也是有灵性的，河流的灵性和湖泊的灵性，源于水的根性和水的神性。晋阳湖始终嘹亮在吕梁山和太行山之间，晋阳湖始终跳动在汾河盆地太原盆地的心脏。远古的晋阳湖远去了，灵魂和基因留给了现代的晋阳湖；现代的晋阳湖就做着远古的晋阳湖的梦，向往着澎湃，向往着汹涌，向往着流淌。哦，这难道只是晋阳湖做着的一个梦吗？

黄河，黄河，黄河已经流进了汾河里……

汾河，汾河，汾河已经流进了晋阳湖里……

黄河在晋阳湖里回旋，汾河在晋阳湖里回旋……

晋阳湖，又流进了汾河；汾河，又流进了黄河……

河的心，走向海洋；湖的心，也走向海洋……

湖河连通……河湖贯通……湖河海遥通……

于是，天就看到，晋阳湖已经不是一面孤零零的水镜，它与古老的魂脉融通了，它与现代的水脉融通了，它与生态的命脉融通了。一个古老泽国的现代传奇，一个现代城市的生态构想，从梦的天空落了下来，落在了城市的擘画里，落在了城市的创造里。我想，这注定是一个时间开始的时刻，一个时代开始的时刻，而这个时刻，它就是：晋阳湖时间。

我看到的梦，会在晋阳湖时间之后的一日，圆了。

我觉得，晋阳湖已经急不可耐，晋阳湖的鱼和鸟已经急不可耐。要不，鱼们何以嗖嗖嗖跳出湖急着看看外面的世界？要不，鸟儿何以喳喳喳呼唤湖快快做着走向河流的演习？

花们树们也怒放着自己的花叶，等待着，等待着，等待河流到来，它们就哗哗哗投进去，追着河流，奔向海洋……

城市的河流

我和许多树站在河中央的堤坝步道，看河缓缓流过……

在我左边，是一河碧水；在我右边，是一河芦苇。

芦苇已经长成一条河流，一条流淌迷彩的芦苇河。

我是时常看着芦苇河流过来的。起先，春水从鲜嫩的芦叶间流过去，流着流着，流水覆盖了芦叶，芦叶又覆盖了流水，水在叶上流，叶在水上漂，水像长了尾巴似的漂；然后，夏风从挺立的芦秆间流过去，流着流着，芦秆追走了清风，清风又追上了芦秆；再后，秋光从透亮的芦花上流过去了，秋光流去，一河芦苇，就流成了一条银发飘摇金波连绵的芦苇河。

碧水呢，当然是一条现代河流，一条流淌云锦的碧水河。

我也是时常看着碧水流淌的。时常，水从铺满天空的蓝色远处流了下来，流着流着，云落到了水里，云影也落到了水里，云成了水中的云，水也似乎成了天上的水；水载着白云流过来，流着流着，鸟影落在了水里，鸟声也落在了水里，水在飞动的鸟影里流过去，似乎流水都发出了鸟鸣的声音；鸟鸣流去，一泓绿水，就流成了一条波光熠熠、活激灵灵的碧水河。

阳光落在大地上，一动不动，但阳光却在芦苇上跳动、摇曳，在碧水上弹奏、跃荡，甚至，阳光就在水波上跳起了舞蹈，在芦苇上荡出了旋律；芦苇和水波，将阳光千般婀娜地推向前去，又万般柔媚地拽了回来，柔软的水和芦花，将强烈的阳光，幻化成了一河的万千律动和律动万千。恰似乎，只有在柔媚的芦苇林和柔情的碧水河之上，阳光才翩翩起舞。

起舞的芦苇河，跳跃的碧水河，似乎就是两条河。

其实，它们怎样变幻，也还是一条汾河。

汾河是从城市最北的烈石山里流出来的。

当然，在烈石山那边，延绵着许多山。汾河是从许多山里最高最大的管涔山里流出来的，从雷音寺的龙泉口流出。只是，汾河就要到达太原城的时候，被一座山给挡住了去路。

汾河被挡住了去路，但不是汾河耐不住了，是这座山实在耐不住了，"嘭"的一声，把汾河崩了出来。然后，这座山就被称为了烈石山。山的一边，裂向吕梁山脉；山的另边，裂向太行山脉。太行、吕梁两山一抱，就把太原城抱在了盆地，就把汾河抱在了城市，一条汾河，就这样流出来了。

也许，汾河和流到龙门山的黄河其实是一样的，黄河被龙门山挡住了去路，但着急的不是黄河，着急的是大禹。大禹挥动斧头"咔"的一声，龙门被砍了个豁口，黄河"哗"地破门而出，冲荡千里，扬长而去，奔流到海不复回……只是，汾河稍逊几许的，是少了滔滔黄河的万里气势。

从烈石山流出来的汾河，流过远古的洪荒巨流，流过历史的旱洪交替，流进现实的大水复归，在流入现代城市的时候，一条河流，就流成了两条河流。一条，流成橡皮坝筑起的现代水域，也流成了楼宇倒影的碧水河；一条，流成隔离坝辟出的生态湿地，也流成了草浪闻莺的芦苇河。

此芦苇河，有风来兮，芦苇林浑身抖擞，忽如万马奔腾，滚荡南去，把阳光高高扬在鬃毛之上；而彼碧水河，像被风搔了笑腺，笑得阳光都抖动起来了，愣把一条河笑醒。

一条汾河，两样风情，又恰似乎，是两条汾河。

突然想起了《两条汾河》。

"两条汾河"是山西散文家杨新雨意念里的河流，杨新雨把这个意念写到了纸上，就有了《两条汾河》。

是在孩提时代，杨新雨在远离汾河的村庄遥想远处的汾河，意念中汾河是一条比家乡清水河大得多的河流，一条流淌在平原上的大河，像郭沫若笔下的扬子江，"流水那么嫩黄"。但多少年"在迷蒙中过了很长时间"，作者终于走向汾河，看见汾河"苦痛的蓬头垢面的形象，污黑而细小的水流连呜咽声也不能发出"，于是作者心境里，"意念中的汾河渐渐远去，而日益熟悉并习惯了一条并不美好的真实的汾河"。

意念中清澈而浩大的汾河，被眼睛里污黑而细小的汾河，彻底颠覆。一条河的理想，被一条河的现实，彻底粉碎。

杨新雨看到的汾河，应该也是我在 30 年前看到的汾河，城市市民和城市农民，在荒滩和河道划地为田，把种植的庄稼高高低低举在河川。一条河流，完全成为一条菜地和禾田占据了两岸的农业的河流。而河道流过的，又完全是一条废水和污水侵蚀向河心的工业的河流。城市工业和城市楼群，在所有通向河流的地方，把黑色的污染肆无忌惮排放倾泻，一条工业污染的河流和一条农业割据的河流，在汾河涂鸦。

其实，比此更早，我曾经看到的汾河，则完全是一条被现代人类榨干的流淌着黄沙与鹅卵石的枯竭的河流。

也就在烈石山崩裂的地方，刮风的日子，黄风把黄沙刮跑，把草叶刮跑，把尘芥刮跑。刮起来的尘芥越过树梢，刮到高处，刮到城市，刮到人的脸上，告诉人们，一条汾河已经干涸。无风的日子，太阳把草木烤黄，把黄沙烤热，把鹅卵石烤烫，烤得干渴燥热，烤得枯黄白炽，烤得焦头烂额，把照在河流上的光和滞留在河流上的空气，烤得发抖。太阳和风告诉人们，河流连污水也没有了，汾河只有沙和石头。

不是杨新雨，是许许多多人，头脑里汾河的意念、意象、意境，被汾河的历史与现实，彻底颠覆，彻底粉碎。

见过或没见过汾河的人，也许心里都流着两条河流。

没见过汾河芦苇之前，我就知道，芦苇是会唱歌的。

每根无声的芦苇都是一支芦笛，会发出呜呜呜的声音。当然，那声音不是芦苇发出的，是从我的意念里发出的。

许多人的童年都生长在故乡，我的童年，在爷爷家和姥姥家生长。爷爷家有一只将山坳吹得乱响的卧笛，姥姥家有一只把芦苇吹成歌声的管子。我看到管子的时候不认识管子，姥姥说，这是姥爷吹过的管子。我把管子含在嘴里就吹，结果气从这头吹到那头，只有吹的声音，没有管子的歌唱。舅舅笑了，说："没安咪咪怎么吹响？"咪咪在哪？咪咪长在芦苇上。芦苇在哪？芦苇长在河床上。河床在哪？河床在俺姥姥家。

于是，我拿了管子，舅舅领着拿了管子的我，从我的姥姥家，到舅舅的姥姥家，去找河床，去找芦苇，去找咪咪。

我的姥姥家和舅舅的姥姥家都在岔口河上，不像爷爷家，住在桃河上。爷爷家的桃河是石头河，姥姥家的岔口河是沙土河。桃河和岔口河都是季节河。爷爷家的桃河没芦苇，姥姥家的岔口河也没芦苇。芦苇长在舅舅姥姥家的岔口河，长在岔口河废弃的水库里。许多村庄在 60 年前建了水库，也几乎在 60 年前废了水库。舅舅姥姥家的岔口河于是长了芦苇。芦苇长在岔口河上，稀稀疏疏，却成为河里最绿的风景。

舅舅折了一根芦苇给我，我把芦苇插在管子上，吹了又吹，结果什么也没吹响，响了的依然是舅舅禁不住的笑。

舅舅最终把芦苇做成了咪咪，管子也终于吹出低沉浑厚的声音。呜呜呜呜，如泣如诉。管子把自己沉寂多年的不幸说了出来，管子把一条河流只流着黄沙的枯寂说了出来，管子把一条沙土河流上稀有芦苇的孤寂说了出来。但管子在我心底吹出的是一片黄土河上绿色的鲜亮。我在姥姥家与管子相遇，姥姥家的管子与岔口河的芦苇相遇，岔口河的芦苇与我呜呜呜的声音相遇，会唱歌的芦苇，成了我记忆里的意念。

我没有想到，在汾河上，在现代汾河上，我会看到一片芦苇的森林，一条芦苇的河流，一个水和芦苇的世界。

一条芦苇河要都唱起来，会发出多少管子的轰鸣？

然而，汾河上的芦苇，没有发出管子的轰鸣。

芦苇河没有，汾河也没有。

在城市喧嚣的机器声里，汾河是寂静的，芦苇河是寂静的。故乡的桃河和岔口河是寂静的，却不是芦苇河喧嚣里的寂静。城市的喧嚣是巨大的，巨大到足够城市般的大，或者说，城市有多大，喧嚣就有多大，甚至，喧嚣比城市还要大。城市的喧嚣不是没有来过，是芦苇河把城市的喧嚣消减了；芦苇河把城市的喧嚣消减了，空出寂静的空间来，给鸟们唱或者争吵。鸟们不知烦躁地唱或者争吵，唱烦了吵烦了，哗地换个地方，继续；换个地方也烦了，又返回原来的地方，继续；或者弧线一样地，一飞一飞，飞到前面的地方，继续。

当然，也有突然停下来的时候。

突然停下的时候，声音戛然而止，然后哗地飞起。

那是我走过来的时候。我走过来的时候，鸟们突然发觉，人类来了。

然后就哗啦啦飞起来，远去。其实，我没想打搅它们，我不过是举起手机对准秋光里的芦苇，结果鸟们不愿给我拍摄，群体拒绝似的出离了我的视野；游于水面的一群野鸭嗖嗖钻入芦苇林，不见了；一只白鹤突然扑棱棱飞起，吓了我一跳；白鹤庞大的影子掠过我头顶，在空中盘旋一圈，飞到碧水那边，落在河里的橡皮坝上，激起一片哗动；一排鸬鹚因之一跃而起从坝上扑到水里，画出一道道飞溅的水线；稍远的地方，一群天鹅优游于水面上写着"人"字，然后许多"人"字汇聚交融，写成了一片波纹；而坝上，白鹤，依然静静地立着。

卞之琳说：你站在桥上看风景，看风景的人在楼上看你。

在鸟的眼睛里，人可也是一种风景？或者，是煞风景？

在历史的眼睛自然的眼睛里，人类或也是一棵草，或一只鸟吗？

"彼汾沮洳，言采其莫""所谓伊人，在水一方"……汾河湿地上，蒲草芦苇郁郁苍苍，少年倜傥、少女婀娜，采莫采桑于田河之间，歌之舞之将田野的农时过成天堂。《诗经》里草木与人的比兴，构成河上人与草木的意象。人美如草，草美如人，自然与人和美如花。然而不然，人也如戈，草菅物命，人对自然也如矛戳盾。历史里人与禽鸟的故事，留下河上人与禽鸟的哀伤。汾河打雁，薛公射虎，自古杀生多宿命，终了，射死的老虎竟是自己的儿子；农夫射雁，元郎悲之，千古情侣雁丘客，怎奈，大雁仅仅是农人的一钵肉食。

汾河的禽鸟声里，可依稀回响着荒野的悲悯？

汾河的苇草远处，可依然延伸着田园的歌谣？

远处可是汾河，抑或不是汾河？

远处的远处，可是汾河草木，抑或不是汾河草木？

白洋淀的芦苇林，不是汾河的芦苇林。

白洋淀的芦苇林是中国作家孙犁的《芦花荡》，是深深渺茫里的芦苇林，是抵达水天尽头的芦苇荡。"阴森黑暗的大苇塘，天空的星星像浸在水里，而且要滴下来的样子。到了这样的深夜，苇塘里才有水鸟飞动和唱歌的声音，白天它们是紧紧藏到窝里躲避炮火去了。苇子那么狠狠地往上钻，目标好像在天上。"孙犁笔下恬静的芦苇荡，是用游戏与迷藏给外族侵略者做成的坟墓。我看到芦苇荡的时候，战火已经远去，游艇在湛蓝里划过，水柔软强劲地荡漾起来，芦苇也荡漾起来，蓝的天绿的水飘荡着，整个世界都在水上漂着。

辽东的芦苇林，也不是汾河的芦苇林。

辽东的芦苇林是辽宁作家周建新讲述的芦苇林，是辽阔到河岸和海岸的芦苇林，是与碱蓬草牵手的芦苇林。似乎海有多远芦苇林就有多远，地有多大芦苇林就有多大，甚至在碱蓬草没有的地方，也有芦苇林，河和海没有的地方，也有芦苇林。车在芦苇林的边缘疾驰，感觉车在绕着芦苇林旋转，浩大的芦苇林也在旋转。周建新说，芦苇林就是地上的海，人走进芦苇林，就如走进浓稠的油漆，从这边走到那边，从那边走到这边，越走越走不动，越走越没有尽头，最终，会困死在了芦苇林里。温柔无边的草海，淹没了多少迷魂。

在洞庭湖的芦苇林里，我真看到了辽东芦苇林的悲剧。

洞庭湖的芦苇林是湖南作家沈念的《化作水相逢》，是洞庭湖孤岛上的芦苇林，是冷空气撕裂的芦苇林。肃杀的秋气把芦苇林刮得发白的时候，湘西少年跟着父亲来到洞庭湖收割芦苇。白茫茫的芦苇变成了绿哗哗的钞票，少年在芦苇林也收割了走出芦苇林的梦想。然而，少年在一个水光炫目的黄昏，朝着水鸟飞去的方向，误入芦苇深处，之后却再没回来。第二年，洞庭湖水位低了，湖洲上的芦苇长得更茂盛，渔民们捡到一件缠着蓑衣和菹草的皮夹克。人们认出，那是砍芦苇少年的衣服。最后断定，少年是陷入了死亡的沼泽。

野性的芦苇林，就这样成为人在自然的悲剧。

当然，野性芦苇林里的悲剧，离汾河很远。

汾河不完全是野性的河流。

汾河是野性河流在城市的人化和在人间的城市化。

汾河流水从走出烈石山跑进城市的时候，就不是山里的野河了。之前也许是野孩子一样的野河，跑在天野原野荒野山野里，和野山野石野草野鸟混在一起玩耍，天性莽撞调皮顽劣，野里野气大喊大叫，戴一顶野草编织的草帽都要歪戴，追天上的鹰追得自己在地上乱跑。但是进城之后，野孩子规矩起来，腼腆起来，也文雅起来了，似乎深沉了许多，也摩登了许多。像世界所有的城市河流和城市的人，进入城市肯定是一种新奇的向往，尽管回望荒野返归自然是它的天性，但在城市它就具有了城市的做派、城市的风格、城市的气质。

汾河芦苇也一样。芦苇是野生的，但不是野生河流上的芦苇林，是野生在人工湿地之上的芦苇林。没有大湖大海芦苇林的野性，它们一出生就在城市的河流上了。但天生是野草，被天和空气拽着，使劲地疯长，狠狠地往天上钻，长得超过了壁立的水门汀河岸，在风中使劲地摇曳，使劲地狂欢，使劲地呐喊，使劲地翻着绿浪金浪银浪，想挣脱大地，想飞上天空，但被水拽住了，被泥土拽住了，连草籽都被拽回到泥土里和水里。它们在天空和大地之间，被拽起来拽下去，拽拉成了奔腾不息的波浪。茂盛或苍茫，埋伏着许许多多的野鸟、候鸟、留鸟，甚至愈来愈多的候鸟成了留鸟，但它不埋伏荒野的暗坑和沼泽，不隐藏凶险。

一座城市给了一条河不一样的世界，一条河和芦苇也给了城市不一样的世界，呼吸在城市，也与城市一起呼吸。

河流的到来，把城市滋润滋养滋长得愈来愈高，高到把自己投在河流里，浸在河流里，河流不用站起来就看见了城市的样子。芦苇们也愈长愈高，高到踮着脚扬着头去看城市，看不到的，就让鸟们站在自己的肩上头上，用鸟们的眼睛看城市。它们看到，河东河西都是水门汀步道，水门汀步道过去是绿篱绿草，绿篱绿草再过去是树带林带，树带林带过去是城市道路，城市道路再过去就是城市楼群，城市楼群过去呢，就是太行和吕梁……芦苇们惊奇地发现，河左的城，是岸，河右的城，也是岸，原来，整座城市都成了河流的岸！

难怪，生活在城市里的作家诗人，住在河边不住在河边，都会在作品末尾写下一行字：写于汾水之滨，写于汾河岸畔。

现代城市是比任何时候愈来愈拥抱河流了。

城市本就该拥抱河流。追逐并依傍河流是人和城的天性。

只是，回到古代，不曾诞生这座城的时候，这地方不曾拥抱河流而是被大自然的汪洋覆盖；诞生了这座城的时候，城池不曾拥抱河流而是被好战者以水淹没。之后易地重建，却拒河于十里之外，或被河拒十里之外。留在历史里的汾河晚渡，"山衔落日千林紫，渡口归来簇如蚁"，实际是十里之外的汾河晚渡，荒凉河滩上的汾河晚渡，凄清芦苇丛里的汾河晚渡。城市离河流或河流离城市，隔着陌陌田畴迢迢荒路。

城市与河流的距离，已经成为远去的历史，而城市超越与河流的距离而牵手和拥抱河流，却成为切近的现实。

一切是渐渐发生的，但人们突然看到现实的时候，是城市和城市的道路已经蛇一样伸向河流，城市的楼盘像河流一样漫开而又猛然突起，猛然扑到汾河岸边，崛起、耸立、凝固，成为城的海楼的海。那些蛇一样的道路，伸向河，变成桥，踏着桥，跨过河流，载着楼群载着城市，扑向远处的山，于是城又成为山一样的城，楼又成为丛林一样的楼。城市的道路、楼群连同整个城市发出的轰鸣，浑然地，拥抱了河流。

城市以一种磅礴的现代气势，拥抱了自己也拥抱了河流，河流也以一种氤氲的自然气韵，拥抱了自己也拥抱了城市。

　　河流的气息和城市的气息交融在一起，在空间形成融合，河流的气息漫向城市弥散在城市，滋润着城市的空间也净化着城市的空间。城市的根脉和河流的根脉盘扎在一起，在地下形成交织，河流的水体流向城市输送进城市，滋养着城市的机体也净化着城市的机体。波伏浪涌的楼群和波澜不惊的河流相遇，钢铁喧嚣的城市和枝叶婆娑的芦苇相遇，城市坚硬的骨骼与河流曼妙的神韵相遇，一切，融在了一起。

　　城市古老的根脉，扎在大地上，却不在河流上。

　　城市现代的根脉，扎在大地上，也扎在了河流上。

　　城市的根脉在河流，城市的水脉在河流，城市的文脉在河流，现代城市人们的心脉和魂脉，也在河流。

　　我想起了山西诗人梁志宏和他的诗。

　　作为"城市诗人"也是"汾河诗人"的梁志宏曾写下这样的诗意：汾河铺开新的锦绣。他说："我是母亲河的受益者，也是汾河建设的跟进者。"看"工装与头盔""挖斗和巨铲"，听"机械群的雷声""链接千百个朝暮"，"建设者施工者们，挺进往昔荒蔽的河道，安营扎寨。""万千手臂挥动不息，破石灌浆，连同风霜雨雪，一并铸入基础"，"现代化桥塔与斜拉索惊艳耀世，碧水潋滟绿荫相依像极了爱情。"

　　像极了爱情的意象，是诗的意象、审美的意象、现代的意象，也是汾河上流淌的城市和河流现实的意象。

也许，像极了爱情的汾河，是建设者与荒芜河的爱情，是治理者与污染河的爱情，是碧水河与芦苇河的爱情，是生态水与生态树的爱情。挖斗与巨铲，南延，再南延；机械群的雷声，北延，再北延。人踏过的地方，雷砸过的地方，绿浪涌起来。由水域涌向岸畔，涌成更绿的惊涛；由地面涌向空中，涌成更绿的波浪。由南涌到更南，由北涌到更北。一条汾河，涌荡成了锦绣河；一座汾城，也涌荡成了锦绣城。

汾城太原40里的锦绣河，是山西800里汾河的缩影；而山西800里的汾河生态，是太原40里锦绣河的延展。

延展向北，是汾河来的地方，来自吕梁管涔的汾河，也来自黄河，机械群的雷声轰隆隆滚过晋北，遇山掘山、遇岭攀岭，牵一条现代巨龙，驮了黄河水，给汾河送来生态补水；延展向南，是汾河去的地方，去向吕梁太行的汾河，也去向黄河，机械群的雷声呼隆隆滚向晋南，遭污治污、逢水治水，在岸畔筑起了水镜，净了城市水，给黄河送去生态清流。一条汾河，在南在北与黄河两手相牵，终于激动而至于泪流满面。

是相拥而泣，还是相濡以沫，或是，相携而行？

也许，只有工业文明的时代，黄河汾河会有这样的感情；也许，只有在生态文明时代，汾河黄河方有这样的爱情。

于是，汾河觉得，它确实不只是一条河。

它是两条河，或者，是许多的一条河。

一条鸡鸣狗叫的乡村河，一条汽笛和鸣的城市河；一条稻谷飘香的农业河，一条油汽熏醉的工业河；一条烈石荒草的枯竭河，一条浓稠浑浊的污染河；一条慢慢死去的枯骨河，一条死而复活的涅槃河；一条生态原初的天然河，一条历史改写的人间河；一条古老悠久的历史河，一条新颖神异的现代河；一条清波荡漾的清水河，一条水草荡漾的芦苇河……一条河接纳了人给予的一切，一条河承受了人给予的一切；一条河遭遇了人遭遇的一切，一条河也经历了人经历的一切。

　　然而，河流比人类经历得要多、要长、要久、要远。河流的根脉是不绝的，河流的根脉是永在的。生态河流的根脉在山在海在云在自然，现代河流的命运在城在楼在人在人类。没有人类的时候就有了河流，甚至没有人类的时候就有了河流上的芦苇。但在有了人类之后，人类就给了自己异化也给了河流异化；人类在异化中惊醒之后，又给了河流拯救也给了河流重塑。

　　一个时代有一个时代的河流，一个时代有一个时代的人类，一个时代的人类和一个时代的河流有一个时代的命运。

　　纵使人类未曾想到，工业时代会是河流危机、生态危机的时代，然而，工业时代河流危机生态危机的遭际，又恰是人类反思危机挽救危机的契机。人类的自觉与主动在于，生态缺水的时候，人类给生态以补水；水体污染的时候，人类给水体以净化。恰似汾河肆虐的时候，骀台给汾河以治理；黄河泛滥的时候，大禹给黄河以安澜。人类不会任凭自然和自己沉沦。

　　汾河已经超越了自己看见看不见的历史岸线。

汾河岸畔的城市也超越了自己看见看不见的历史边线。

岸线和边线也许是天地画在大地上最美丽的线条。

汾河岸线和城市边线是天和人画在晋地最动人的线条。

汾河的线条，是几何形的线条，是流淌着自然生命气运的线条。

汾河里，天文数字一样的水滴和水流涌荡成一条漫漫远去的蓝线；湿地间，几何级数的花草和芦苇河摇曳成两条延绵伸去的彩线；河岸上，N次方的灌木和乔木林喧哗成N条逶迤而去的绿线。这样的蓝线、彩线、绿线，鲜活着水、草、花、木，鲜活着鸟、兽、鱼、虫。一群天鹅在水里漫游，一行大雁在空中飞过，这时，人们看到，天地间，飞动着万物的生命轨迹。

城市的线条，是几何形的线条，也是灌注着城市生态命运的线条。

道路画出简雅而密集的弧线和长线，弧线和长线上涌动着车流，车流穿梭在汾河的生态线上。楼群竖起简约而繁华的垂线和直线，垂线和直线间簇动着人流，人流奔忙在汾河的生命线上。道路叠着道路，楼群叠着楼群，道路牵着楼群，楼群里靓车驶出，楼群上飞机掠过，楼群和道路连接着人类所有的出发和所有的归宿，出发和归宿之间，交织着人类的命运走向。

汾河的流动是缓慢的，碧水河或者芦苇河，纵使经过历史巨变，但流动依然是缓慢的。城市的流动是高速的，纵使楼群长了又长、道路长了再长，但流动依然是高速的。缓慢的河流和高速的车流，物类的速度和人类的速度，纵横出一个城市的节奏乃至所有城市的节奏。在现代河流和现代城市之间，人们惊异和惊奇的，也许恰恰是现代世界和现代人类的现在时间。

一种历史走向未来的现在时，和背离走向融合的进行时。

此刻，蓝的天，绿的地，白的云，构成一种静的时空。

此刻，银的车，青的路，亮的人，构成一种动的时态。

此刻，一架无人机，盘旋着，闪着镜头，追着飞鸟，远去。

我和一座城站在河流上，看城市漫过河流，河流流向远方……

桃河是故乡

梦说，一位桃花女子，总来到我的心上。

心说，其实不是。

梦说，一群褐色怪兽，也总来到我的心头。

心说，其实不是。

我说，是故乡的一条河流和河流上滚爬的人们，已经刻进了我的心里。

她曾经微笑着，流过我们的村庄，就像村庄的女人们，低语或者说笑，絮絮叨叨、闪闪烁烁，洒了一河的碎波。

我们的村庄，是落在山坳里的村庄，也是趴在山脚下的村庄。村前是壁立的山，村后是缓慢的山；村左是夹着河谷的山，村右是夹在山谷的河。一条河从南面绕过来，绕向北面，河里流着水也流着石头；一条铁路从西山钻出来，钻进东山，路上响着火车也响着回声。完全的山的世界和石的世界，如果不是河流过来，也许村庄只有山而没有灵润；如果不是火车开进来，村庄也许只会静而不会喧闹。我们的村庄，是磐石湾；我们的铁路，是石太线；我们的河，是桃河。

但那时，我们不知道她是桃河，我们只叫她河。她从哪里来？不知道。她到哪里去？不知道。只听说，流下去是磨河滩，再下去是葡萄河。不过，她是全村人吃水的河。村庄里一条鹅卵石古道，S形地弯下河去，成为村庄担水的道路。村庄的吃水是要下河担的，春夏秋冬，人在河边挖了大的小的沙坑，用葫芦瓢往桶里舀水，舀满了用扁担担着，走上高高的村庄。村庄的人畜吃水，就这样被担了回来。担水的人们，会在半路的古庙歇歇，说，河神庙是咱的依靠。

人们那时是信奉河神的，但人在吃水之外，似乎对河和河神并没有别的祈求。要有，也只是夏秋时节，女人们结了伴下到河里去洗衣裳。这时候也是河流最欢乐的时候。女人们洗着洗着，会突然撩起水来，泼洒出一片嘎嘎的嬉戏；孩子们在深深浅浅的水里，光着屁墩儿抓鱼，叫着跳着，溅出亮亮的欢乐；男人们呢，在河岸的庄稼地停住手里的活计，嗷嗷地号叫，激荡了满河湾的长调，然后，荡来荡去，晚霞里，和晾晒在河岸青石上红的绿的蓝的花的布衫一起收去。

想起来，那个时候，我们的村庄和我们的河，是像村姑们，端庄素洁秀丽，也曾给村庄的河湾洒了一片恬静和欢欣。

它曾经疯魔一样，呼啸过我们的村庄。想象中，似乎像一群疯狂的怪兽，尖叫着，撕裂着，飘忽了满村庄的恐怖。

我是听爷爷说的，爷爷的爷爷，是在民国九年（1920），被魔鬼一样的河水冲走的。爷爷的时代，洪水冲人的事情是经常发生的。爷爷的爷爷，本来好好的，早上去上地，晚上回家时，过河，走到河里，就被洪水冲走了。那时，没有天气预报，上游下了暴雨，河水下来了，人却不知道，河也没有发出暴戾的声音，人就被冲走了。等河水落下去，人跟着河去寻找，找啊找，找到磨河滩，也没找到尸首……在我孩童的记忆里，这条爷爷失去爷爷的河，成了呼啸在我灵魂里的惊骇的河。

我没见过民国九年的河，但却见过满山满沟的洪水的瀑布。那时候，雷电总是在村庄西北的红岸圪崂打起来的，打着打着，雷雨暴雨就砸过来了。山上的洪水会暴发成满世界的猛兽，狂欢般突奔而下，突进田间地沟，奔进山凹河谷。滚着奔着，河谷上游的洪水也流下来了，河谷顿时灌满了呼啸的河声。孩子们就绕着村庄沿着村边，追着裹挟了淤渣的河头，叫着，跑着，看河头立起来似的，推着水浪，压着水波，碾碎满河滚落的洪水，披头散发，疯疯癫癫，咆哮着远去。

这是村庄惊心动魄的时候。但最惊心动魄的时候，我没有经见。据说，1966年，突降暴雨，下了4个小时，整个河谷，被洪水灌满；整个村庄，也被河声灌满。当时我在父母的城里而不在爷爷的村庄，但在我回到村庄的时候，我看到，河边居住的人家，被冲毁了；河岸层层的农田，被冲没了；河东河西的两座铁道桥，也被冲垮了，庞大粗壮的桥墩居然被折断，冲出去老远。所幸，这场河灾，我们村庄的人，没被冲走。反而是，守护庇佑河流的河神庙，被河冲走了。

据说，是村庄提前接到了消息，说百年不遇的洪水将至，居住在河边的人们火速撤离，终于躲过了这河的灾难。

他曾经背负着村庄的奇想而艰难攀爬，就像那些赤身裸背的汉子，匍匐上村庄，给村庄灌注了清格凌凌的甘泉。

一条河从村庄流过，要说，应该是不缺水的，但我们的村庄，恰恰守着水缺水。河是流过了村庄，但河水再大再多，村庄留不住。羡慕上下邻村，河是宽河，地是滩地，人家都能拿水浇地呢。而我们村，独一条狭长的河谷，石头河床逼仄，连水都留不住，只能用水桶到河里去挑，挑回来蓄在自家的水瓮。好在，1970年代，一个奇迹诞生了——电，照进了村庄，也突然照亮了这个村庄的想法：水，能不能流上我们的村庄？土生土长的年轻人们，第一次打起了河的主意。

那时，我两度在村庄，见证了我们村庄与河的纠葛。最先，是在村庄的高处，修一座水窖，挖土、打夯、砌墙，然后，一条管道在村庄埋下去，直通到河道；而在河道，管道抵达的地方，则横铺开截潜流的工程，挖沙、修涵、筑坝，然而水还没来得及引上水窖，截潜流就被洪水冲垮了；就又换地方垒筑河井，掘沙、砌石、碹井，人与河战，河与人搏，跌跌宕宕，井是垒起来了，却没想，靠山筑成的河井，没多久被水灌满，也被沙灌满，水，还是没能引上村庄。

而后，就在河岸往河底下打井，井是斜着打下去的，锤凿、钎钻、炮炸，人下井下，人进井进，人成了泥人，水成了泥水，人和井浑然一体。没料到，打到深层的地方，遇到流沙、塌方、诱水。井，终于打不下去了，然而水，却源源不绝地流了出来……于是，又一趟长长的管道，由河底架上了村庄。河底打出的水，真的被送上了村庄，送进了水窖。然后，清清的水，由水窖接到了街头，又由街头接进了家户，而家家的水瓮里，哗哗哗哗地激溅起了春一样的浪花和欢笑……

磐石湾，第一次喷出了"自来水"——自己引来的"自来水"，从而结束了一个村庄下河担水的长长的历史。

它曾经突然变成一个乌黑的怪物，犹如黑色的灰色的蟒蛇，流淌着浓重的肮脏，给我们的村庄带来太多的无奈。

是多少年后，1980 年代，村庄的支部书记，也就是曾经领了人修水窖、截潜流、建沙井、打斜井的书记，带人到省城找我，说要购买深井泵。他说："咱河的水，不能吃了，河被污染了，污染渗到河底，把咱打的井也污染了。"说村里请人打了机井，打出了地下水，但得用深井泵把水泵上来，泵到村里，泵上水窖，才有水吃。不然的话，咱村，河里的水污染了，井里的水污染了，担水都没地方担了，可真就没水吃了。他叹息，粮食有了肉也有了，却没水吃了，你说这事怪不？

那时，我已经离开了村庄，去了省城，恰恰在水利上做事。也恰恰是离开了村庄，我才知道，我们村庄的河，其实不是村庄的河，是山西的桃河，一条跨流域的河。发源于寿阳桃源沟，流经煤城阳泉，流过我们村庄，然后流向水乡娘子关，流往滹沱河和海河，最后流入渤海。发洪水的时候，洪涛凶猛如扑猪，它叫扑猪河；水澄清的时候，水映朝霞如桃花，它叫桃花河。中国老百姓喜欢好听的名字，但谁也没想到，这叫了千百年的桃花河桃河，竟成了一条污染的河。

　　我后来回到我们村庄的时候，终于看到了污染的桃河。污染是一路流下去的，红的黑的灰的白的，如血如墨如烟如脓。城市工业的崛起，乡土工业的勃兴，河流和河岸的村庄，却遭遇了荼毒。在我们村庄，我的本家叔叔站在铁道桥上，看着河里的水和羊群，说："桃河的水，都是毒，人吃了，能受得了？"我问："不是打深井了？人还吃这水？"他说："人是不吃了，羊喝；羊喝了，人不吃羊肉？"据说村里的羊，是要卖到城市去的。"河毁了，你也不给咱呼吁呼吁？"

　　我当时已做环境记者，对于河流的污染，已呼吁多年。知道总会改变的，只是，改变缓慢。现实给你的，依然沉重。

　　她又如村姑清澈的眸子，是我再看到村庄河流的时候。这已经是桃河变清的时候，也是许多河流变清的时候。

　　2021年清明，我回故乡给爷爷和母亲上坟。车在新铺的乡村公路上疾驰，我在追逐着桃河看水，看水在满河的鹅卵石间流过。流着流着，突然岔开，河水跑开去，寻她不见了，我顿时感觉心急；寻着寻着，水又在河里奔了回来，看得见水在笑，看得见水里的石在笑，我的心就激动；似乎回到青年时代的追爱人生，生怕错过她清灵的一笑……桃河不动声色归来，我眉飞色舞归来。山是曾经的山，水却不是曾经的水，或者水又是从前的水。我的心与河，在故乡重逢。

其实，河清了，鱼也回来了，我是知道的。之前就知道，进入新世纪之后，村庄上游的城市，已经建设了现代生态桃河；村庄上游的工业，已经杜绝向桃河排污；桃河上的城市和企业，已经建成了现代污水处理工程，甚至，桃河河谷许许多多的污染工业，已经被彻底淘汰；桃河流域的市长县长们、乡长镇长们，都成为这条河流大大小小的河长。像古代的官员，地方官是要管河流的，却又比古代地方官还甚，官员管不好河流、治不好河流，是要被问责被摘掉"乌纱帽"的。

看着变清的河，我想起来本家叔叔的呼吁。我们村庄的乡愁，呼吁成了许多乡村的乡愁；许多村庄的乡愁，呼吁成了城市乡村的乡愁；城市乡村的乡愁，呼吁成了一个国家的乡愁。国家乡愁，国家意志，国家行动！于是，中国的河流在变清，山西的河流在变清，我们的桃河在变清，我们村庄的河，就变清了。变清之后，我看到村庄边上，已经生长了许多的新树。多少年前，我弟弟弄回来许多树苗，种在祖坟，但没过许久，却被砍光。而今村庄已在种树了，村庄的人，也在改变。

我们村庄，曾是干旱缺树的村庄，也曾是无意种树的村庄。

绿水青山时代，带给村庄的，恰恰是种植了这源于河的绿。

　　河说，我做了一个梦，梦里揣着一河的绿水。

　　水说，绿水不是梦。

　　河说，我做了一个梦，梦里担着两岸的青山。

　　山说，青山也不是梦。

　　我说，是的，青山不是梦，绿水不是梦，梦里的绿色也不是梦，绿会生长一切。

沁源绿

山之绿

《水浒传》写沁源是"万山环列，易于哨聚"。

沁源森林覆盖率达到60%，植被覆盖率达到90%，沁源是山山皆绿。沁源是个"树世界"。

那么，沁源是怎样一个树的世界？

沁源的树，住在地上，也住在地下，是地上的绿森林和地下的黑森林。是天，在地上与地下缔造了生态世界。

住在地上的树，喧嚣在城市，喧哗在乡村，渲染在田野，而无垠、纯粹、沸腾的绿，却是住在山里的。山里住着岩石，住着花，住着草，住着树，住着木，住着绿，也住着神仙。

起初，沁源的山只住着岩石。那些巍峨、峻峭、崚嶒的岩石，在地壳崛起的时候，以滚烫、火热、焦灼的岩浆爆裂而起，兀秃成为一群粗犷、挺拔、肃穆的壮汉。它们甩掉了外衣，裸露着刚毅、冷峻、威严，躬身在山里，以一种倔强、顽固、孤绝，甚至狰狞，傲世。山以岩石而成为山，没有岩石，没有峰崖，没有层峦叠嶂，也就没有了山。岩石的形象，就是山的形象；岩石的性格，就是山的性格。然而，也许太嫌山的骨感和古板了，天想了想，沁源的山，不能缺少了滋润与含蓄。于是，意念挥动，说，绿——沁源的山就生动了。

　　这样，花、草、树、木住进来了。花草树木都有自己的名字，名字不同，但同住一座山，就是一个村里的人了。远的近的，十里八乡，都是乡亲。草绿了，花红了，树黄了，千年万年都做着一个生长的梦。枝叶摇曳是梦，呼风唤雨是梦，向阳伸展是梦。就是被冬雪覆盖，也在雪底下踢腾着孕育的嬉戏。枯了萎了，被雨打，被风摧，土地底下，也用根须在触摸着生长的欢乐。一群欢乐的草木托着北方的常绿树，使其千年不死千年不倒千年不腐；如潮的花草树木温润如玉，如翡翠如玛瑙如珊瑚，就温润着岩石连绵的世界了。

　　然后，虫、豸、鸟、兽住进来了。虫豸鸟兽是奔花草树木而来的。山是草木的家园，草木是鸟兽的摇篮。花草树木以生灵般的站立和深邃的呼吸，酝酿无痕迹的天籁；虫豸鸟兽以精灵般的窜动和风的速度，释放无穷动的天趣。草木以沉静收回鸟兽的喧闹，鸟兽以流动带走草木的问候。生灵与精灵，站立与窜动，静默与喧闹，鲜活了一个生态世界。奔逐、旋飞、鸣叫，和与悦、嬉与戏，其情融融、其乐融融；厮杀、搏击、角逐，退或守，生或死，弱肉强食，强者为王。草木沉吟，鸟兽嘶鸣，皆以无字的语言，叙述着山的故事。

再后，人、鬼、神、仙住进来了。人走进森林的时候与森林是陌生的。人看着草木鸟兽惊奇，草木鸟兽看着人惊奇，久了便听懂了草木鸟兽的语言。大约以岩石木棍为武器、以铜器铁器为食器、以机器电器为利器之后，人丧失了自然灵气而多了欲望狂气。人以山林为后盾，与鸟兽敌，与自然敌，与人敌，皆胜；与内敌，与外敌，与资源敌，皆胜。人间过往，冷兵热战，皆胜。盖以山为屏也。屡战屡胜者留恋于山，成了山里的神；厌战逃战者归隐于山，也成了山里的仙。人创造了神话、创造了神仙，人自己也成了自然之神、自然之仙。

于是人具有了无所而不能、无往而不胜的神力，看尽和享尽了地上森林的福利，又瞄准和青睐着地下森林的魅力。

长在底下的森林，是住在地岩里的，住了亿万斯年，住在地质时代。本来只有天知地知，谁知，让人知道了，与一切的自然蕴藏一样，被人窥伺了，人就钻入了地下的森林。

森林居然住在地下！无边的黑暗里，居然生长？地上的森林向阳光长，向外长，往天上长，熙熙攘攘长成涛声；地下的森林向地火长，向内长，往地心长，挤挤挨挨长成寂寥。沉积，凝聚，结晶；转化，固化，碳化。风在林间迷失了，迷着迷着迷失进空无；水在树下寻找着，找着找着走不出黑暗。黑暗给了树黑的颜色，树却以黑蕴蓄光热！要不，为什么躯体破碎了、年轮消散了、根茎肢解了、枝叶断裂了，却依然黑得发光黑得发亮？是曾经哗哗的林涛，把阳光打成碎银而藏入了地下。不是说物质不灭么？以别一种样态存在了。

森林住到地下的时候，地上有没有人呢？不知道。现代人不是猜想地球也曾生存过一个文明发达的人类吗？难说。但是，森林住到地下，绿森林变成黑森林的时候，是比十日并出的时代更早，比夸父逐日的时代更早，比恐龙飞行的时代更早。远古的树木不认识现代的人，远古的森林也不认识现代的森林，森林应该是天地间最早的生命、最早的居民。那时候，它们只认识太阳、大地、风和雨。它们不认识人。它们原本就是住在阳光里的。住到地下之前，它们已凝结了太阳的光热天地的精气。重新走进阳光和空气，它们便燃烧。

人住在地球之初，就是住在山和森林的。山林本无所谓住不住人类的，人类却天然地离不开山林。由栖洞而居而至于栖树而居，由筑巢而居而至于筑屋而居；由对地上森林的砍伐，而至于对地下森林的挖掘；由原始森林砍伐殆尽，而至于远古煤田的挖掘将竭；由森林动物的猎杀烹食，而至于珍禽异兽的濒临灭绝；由蚕食山珍而至于吞噬海味，由掠夺煤炭而至于攫取石油……这个过程，只给出一个结论：人类爱之愈加而就毁之愈甚。人由物变成人，由人变成神，由神变成魔，由人变成怪。人类什么时候丢弃这魔怪的异化？

住在沁源的黑森林，是否遭遇如此？应该说，曾经如此。

沁源人也曾魔棒一指，遍地开花，将地下的黑森林变成地上的黑炭，变成地上的煤车，变成地上的焦火，变成地上的光焰，变成地上的钞票，变成地上的挥霍，变成地上的灰烬，然后，变成地上的尘埃和天上的灰霾，最终，这黑色的尘霾，落在沁源人头上，就成了一座山。之后，一个战栗，一阵心痛，一声叹息，沁源人惊醒，遂折断了手里的魔棒，封堵了开往黑森林的路。于是，奇迹出现了，黑色魔棒变成绿色金棒，点树成金、点绿成金，开往黑森林的路变成通往绿家园的路。

要说，地上住着绿森林，地下住着黑森林，这样的好事，世间不多。我看过许多地方，地下煤炭森森，地上荒木稀稀。而沁源，偏偏就山上山下长满了树，地上地下住着森林。

只能说，沁源树稠林密，沁源爱树、沁源爱绿，因而天对沁源不薄。天，偏就给它得天独厚，偏就给它钟灵毓秀。

如此，天人合一而已。

水之绿

《山海经》说沁河是"三源齐注，参差翼注"。

沁源境内"百里"，整个流域"千里"，最终入黄河，入海。沁河是一条没有污染的河流。

沁河，沁之源，是怎样一种水呢？

古称少水，也称沁水。少水，少年之水，清纯；少女之水，清澈。沁水，沁心之水，灵透；沁肺之水，灵润。

沁河是生在沁源的水，遍地的泉眼是它的源头。沁河是流向河海的水，遥远的海洋是它的归宿。河边长着土地，长着鸡，长着狗，长着牛，长着羊，长着人，也长着人家。

沁河流过的时候，没有人不知道沁河。羊知道，牛知道，鸡知道，狗知道，连飞鸟蝴蝶也知道。沁河与人家，隔条路的距离，跨过路去就是河，跨回路来就是家。牛跨过去，饮一嗓子，哞——那个痛快！声音跨过庄户传到山根，再荡回来，满山都是牛哞，以致牛以为整个村庄都是牛呢。羊归来，咕嘟咕嘟，咩——激动不已。声音越过人家传回村里，一片咩咩，遍地都是羊叫，羊也以为满世界都是羊。村里村外，谁也不甘寂寞，狗叫了，鸡叫了，鸟也叫了，蝴蝶虫子肯定也叫了，人也长呼短叫的，整个村庄在朝阳或夕阳里热闹。

住在远处的，看不见沁河，但也没人不知道沁河。知道自己村后林里流出的小河是流向沁河的，知道自己村前青草掩盖的清泉是流向沁河的。赤石河、青龙河、狼尾河、紫红河，琴泉、灵泉、马跑泉、姐妹泉，泉流出来是河，河后边是泉。每条河都有自己的名字，河的名字也许是泉的名字也许不是泉的名字，即使不是，即使泉和河没有名字，也有一个鼎鼎的大得了不得的名字："泉""河"。"河"和"泉"都知道，自己是流向沁河的，于是都葆有清澄品质。山里人自有山里人的骄傲，流到大河，也不能让大河笑话自己邋遢。

于是流着流着，河就变成了沁河，沁河流到城里的时候，河边的村庄，变成了城市；河边的人家，变成了楼群；河边的牛哞羊咩，也变成了机器的鸣叫。河和泉，变成了一条大河。但它不让城市和机器弄脏自己，人也不让城市和机器弄脏河流。因而大河上有了白的桥、夜的虹、绿的岸、给河唱歌的人们和在城乡间层层叠叠给河站岗的河长们。沁河于是就这样清纯着澄澈着流过去了，把自己流成太岳山里最清的河流，流成山西地域最清的河流。之后，不论流到哪里，河或者海，都会为大山给予它的清纯，留了足足的欣慰。

河的理想是远方，肥水不流外人田不是河的本性，但河也知道，生在哪里就得报答给哪里，名叫沁河，就得把沁水留给生己养己的沁源。河的报答即是滋润，滋润牛羊，滋润禽兽，滋润草木，滋润人。看着少女在河水里照镜子，水灵灵的，河就笑了，滋润田野，滋润庄稼，滋润村庄，滋润城村。看着城村藏在了草木之间，绿生生的，河也笑了。河流单纯，却也憨厚。报答之后，尚觉不够，于是河流变成水库，水库变成电站，电站变成长长的银线和粗粗的管线，变成水流，变成电流，流进田园世界和机器世界，又把沁源滋润、照亮。

然后，沁河就告别沁源，告别太岳山，走了出去。从前说，是背井离乡，现在不是，现在说，是背着故乡远行。

人在山里待久了，会禁不住忽发奇想，说，世界这么大，我想去看看。河也这么说，或者，河说不说，都想要去看看。河的夙愿就是外面的世界，河的归宿也是外面的世界。

河走出去之后，发现所有路过的城市，都与自己沾亲带故。

就像所有大江大河，走过的地方，都似沾亲带故。好像曾经约定，也好像早就来过。它遇到了给沁河一方安谧的安泽，遇到了以沁河水流命名的沁水，遇到了守在沁河之阳的阳城，遇到了被沁河流成水乡的泽州，遇到了给沁河添了水脉的济源，遇到了让沁河水暖花开的温县，遇到了大爱像水一样的博爱，遇到了也是守在沁河之阳的沁阳，遇到了奇想沁河流向高处的武陟……然后，走进黄河，一个它心心念念向往的地方；走进海洋，一个沁河和黄河都向往已久的世界。

河流会行走，山不会。山倾其一生的血、汗、泪，就是期望河流远行，以远行兑现河流的愿望也兑现山的愿望。当然，没有见过河流拒绝，虽然河流也有河流的难处，弯弯曲曲，波波折折，道阻且长；河流也有河流的想法，为什么我不能往高处走走？然河流没有拒绝。只是，河流走远了，河流走久了，也会思乡。河也是有乡愁的。走出去，不是村庄里家户与家户之间的串门，也不是走出村庄到别的村庄去走走亲戚，是到很远的地方去了。去了，也许一辈子就回不来了。回不来了，但会思乡，想回家看看。可是，回得来吗？

何况，沁河是到远远的黄河去了；何况，沁河是到辽远的大海去了。黄河说，回得来，回得来的；大海说，回得来，回得来的。河流知道，大海知道，世界就是一个轮回而已。世界很多事情，出发之后，也许会回到原来的地方。草青草黄，落叶归根；人老思乡，灵魂回家；太阳月亮，昼出夜行；地球旋转，周而复始；大气环流，天上地下。普列维尔曾在法国写诗："巴黎是地上的一座城，地球是天上的一颗星。"地球不就是旋转的水星？天不就是环流的水汽？水流进河流进海，最终都会化作天空的水汽，回到故乡。沁河也会。

水的回乡，不是神会，不是灵魂之会，而是亲会，是甘霖之会，润物之会。认不认得太岳山，认不认得灵空山，认不认得花坡，都不重要，重要的是，认得曾经的绿，认得曾经的树，认得曾经的草。是树、草和它们的绿，绿的植物、绿的息壤、绿的山，给了水生和再生，使它成为河流。也许这个世界上，只有河流是不死的，只有水是不死的。人也许会讽刺太阳底下的露珠，但一滴水可以见太阳的光辉，就说明水与太阳都有恒久的东西。一滴水的消失其实是融入浩大的永恒了。那么，一条河是多少水的世界！

沁河是古老的也是不老的。沁河是不竭的，只要山在，沁河就不竭；只要树在，沁河就不竭；只要绿在，沁河就不竭；只要天在，沁河就不竭。而且，是清亮澄澈灵透地不竭。

水是有灵气的，是有灵魂的，也是有爱的。你不绿，它就不给；你不树，它就不给；不树，不绿，不爱，它就不给。

自然之灵，自然之爱，便是如此。

时空之绿

沁源是山西最绿的地方，是三晋的"香格里拉"，是中国的"世外桃源"，是中国高速时代的"国际慢城"。

在绿的世界，绿，是会飞的。沁源的绿，会飞。

会飞的，那绿的颜色，是古老的、自然延续的葳蕤；会飞的，那绿的浸染，却是现代的、时代种植的神话。

鸟、树、花坡、灵空山，飞入纸页，飞入画幅，飞入文学，也飞越太岳，飞越太行。泉、水、沁河、沁之源，飞入网络，飞入视频，飞入微信，也飞向中国，飞向世界。

灵空山的"中国油松之王"，似以茫茫九派流中国的气势，飞进吉尼斯世界纪录。也许与北京潭柘寺古银杏一样独木成林，与云南西双版纳望天树一样伟岸高绝，与安徽九华山凤凰松一样跃跃欲飞，然而它不是以一棵树在飞，而是以飞翔的姿势，统帅着太岳山、灵空山的漫山油松，翘望着山西群山之间的所有油松、所有松柏、所有的树，期望着山西远远近近的所有的树木森林，蓬勃。它安身立命的沁源，已与右玉、芮城、沁水、安泽，飞进了"中国生态文明建设示范县"的行列。它们，是否带动整个黄土山西，飞进一个绿色的世界？

花坡的"高山草甸风电树"，以另一种白的或银的颜色，飞入中国画家的画幅。像车船进入汉唐山水画一样、闹市进入宋代风俗画一样、工业进入现代风景画一样，这风电树，进入了当代中国画的意境。白云飞来天低绿，绿浪尽处玉树临。花坡好看的云画进去了，花坡好看的花、草和人家画进去了，只是，花坡好听的风，没画进去。花坡本来少有树，只有花，只有草，只有云和白云深处的人家；太多的风却画不进，然而风电树，却将风带进了画。现代中国画，以一种崭新的发现与审美，记录了这个绿动时代的"绿"树和风。

当然，花坡的"绿"树、灵空山的绿树，都踮着脚尖，在风中，遥遥地望着中条山巅的风电树、塞北高原的风电场、内蒙古大漠的风电林呢。沁源山前，沁河飞出去了，跟着沁河走的路也飞出去了。沁河和沁源的路，是花坡、灵空山、太岳山的触角和眼睛。它们，一路看尽中原大地的绿、鲁东平原的绿、沿海海岸的绿。它们看到了海上风电林——这"绿"的自然能源树。于是它们知道了，沁源的绿和"绿"，并不比别的地方落后。沁源绿，与山西绿的合唱，与中国绿的合唱，踏在同一个旋律里。

沁河边上的候鸟苍鹭飞出去了，越来越多地飞出去，引着越来越多的苍鹭飞来，告诉南方或更南方的候鸟，北方有一个美丽的地方。太岳山里的花草野果飞出去了，每一种有名有姓的花草化作有名有姓的药、茶、饮品和洁净品，飞进网络，飞到远处和比远处更远的地方。黑森林里诞生的一种黑鸟，也飞出去了。这名为锂电池的精灵鸟，以一枚2000公里的储能，超越黑色能源局限而创造绿色能源速度，追赶着大鸟，飞行。连沁源的废物都飞起来了，绿使它们起死回生复生再生，重塑了新的生命，也塑造着新的无废城市的沁源形象。

沁源的绿速度，是快的。然而，沁源人却说，这一切的绿速度，是在打造一座"慢城"，而且，是"国际慢城"。

人类进入高速时代，也许，慢，可以缓解高速之疲惫，释放高速之压力，遏止高速之危机，退守于速之把控。而绿、绿色高速，恰恰可以对冲黑色高速的肆虐，成就速的稳健。

沁源没有高速，沁源没有高铁，沁源是高速之外的"世外桃源"，有幽静的路，弯弯曲曲，绕向山水。细雪微雨之间，青草秋叶慢慢变黄，北山南山相望，牛羊下山、山鸟投林，树悠悠，草漫漫，时光慢慢，人回归着自然。本来，现代人已经飞快，高速的路高速的车高速的网，一切，都是新的，却把人类飞快地投向"速新"，又投向"速老"。这世界上，人其实活不过一棵树，人类活不过一座森林。人类茫茫浩渺，在一棵老树跟前，不过微渺一瞬。人生已经很快，人类已经很快，为什么急着老去而不曼妙地停留呢？

也许，一切都在于解构与建构。解构，建构，循环升华，亘古如此。人类解构铜矿也建构铜，解构铁矿也建构铁，解构金矿也建构金，解构树木也建构森林，解构猿类也建构人类，解构天然也建构自然，解构人与自然的关系也建构人与自然的关系。后羿射日解构着天空，女娲补天建构着天空。古老夸父以化身为林的构建解构古老太阳烤炽大地的酷旱，现代光电以向太阳取光的建构解构现代铁爪向地下取火的肆虐。解构，建构，循环升华，一切都是一个过程。过程的本来意义，是过程自己还在。如果过程穷竭了呢？如果过程本身不在了呢？

不是地球在人的过程就在，不是地球在人类就在。没有人类的时候地球就在了，人的过程在吗？如果人类突然有一天失去了过程，过程里繁花的美与荆棘的美，还有吗？人类不失去过程的理由，留在过程的理由，只有生命，只有生态——生命之态。而绿，是生命的常态。永葆生命之绿和生态之绿，就永葆了人类生命。绿，不是用来拯救地球的，而在用来拯救人类。一个绿色的时代，一个绿色的时空，就是人类自己的拯救。绿，是人类与世界之间解构与建构的永恒纽带，没有这个纽带，也许就没有告别与延续，也没有未来。

在这个绿色的时代里，山水沁源，能不绿吗？不仅绿，而且是走在前沿的绿，是从深山走向世界的绿。可以说，沁源是山西的一叶绿，山西是中国的一片绿，中国是地球的一方绿，而地球，则是宇宙的一颗绿星。地球外是银河，银河外是宇宙，宇宙外是什么？边界在哪里？终点在哪里？谁也不知道。这是人的童年的一个问题，也是人类童年的一个问题，而且，依然是人类未来的一个问题。人长大了，以为问题解决了，其实问题一直在那里，只是，人类忘记了。那么，回到绿里，回到自然，仰望星空，人类，方会永远仰望。

据说，在沁源的南山那边、沁河流淌的地方，沁水，一个名为太行洪谷国家森林公园的地方，已被列入"世界暗夜保护地名录"。那里，可以看到世界最纯净的星空。

沁河之上的暗夜星空，已成为走向世界的明星。其实，在沁源的青山绿水里，许多地方可以看着星空，然后，仰望。

仰望，会记住人类的位置、人类的进退和人类这颗星球。

沁水龙吟

又是沁河，还是沁河。

沁河从太岳里的沁源出发，清清冽冽地流来。它太钟情于这个地方了，于是把自己许给了这个地方，给这个地方留下一个灵润的名字——沁水。

这个地方，之所以让沁河钟情，就因了一个"沁"字。一个"沁"，沁人心脾的沁，沁人心灵的沁。这一沁将水和土地融在了一起，将水和生命融在了一起。

而之所以是沁水，也不仅因为远道而来的沁河在给这片山地沁水，沁啊沁地，沁出了一座蓄水量高达4亿立方米的张峰水库，还因为这片山地也在汩汩汩地给沁河沁水，沁啊沁地，沁出了条条缕缕的大溪小溪。

那些无名的大溪小溪和有名的大河小河，像沁水绣娘手里流走穿梭的条条缕缕的水线，沁润了草，沁润了树，沁润了风，沁润了空间，沁润了人。于是，这个地方，就有了一片水灵灵的世界和一片水润润的世界。

王芳说："在沁源的时候，我写了一个《树世界》，到了沁水，我要写一个《水世界》。一个水世界，一个树世界，写沁源沁水的生态世界。"

我说："不要以《水世界》做题目吧。沁源可以是'树世界'，因为它确有浩浩荡荡的树；沁水它不能说是'水世界'，因为它尚无浩浩荡荡的海。"

虽然说水之于沁水和外界，不同于树之于沁源和外界，但是，沁水，毕竟是沁河流来的水和流向沁河的水。人无论走到哪里，都可发现溪，发现河，发现水。

水在河里流过，流着流着，流了一河的翠波，清绿清绿的，河水流过山城，河成了城的风景，城也成了河的风景。

我问，这是什么河？ 沁水人说，县河。

小溪流着流着，看不见了，变成一溪的薄冰。薄冰白亮白亮。一会儿，水从冰下突然钻出，又流成一条清浅的溪。

我问，这是什么河？ 沁水人说，梅河。

小河流着流着，藏匿起来，流成一河的卵石。卵石灰圆灰圆。一会儿，水从石缝里猛然冒起，又流成一条清欢的河。

我问，这是什么河？ 沁水人说，杏河。

这是什么河？ 沁水人也说不来了。不明的河。

这是什么河？ 沁水人又说不来了。无名的河。

王芳就在高德地图上搜索，看那些不明的河和无名的河都是什么河，看那些著名的河和知名的河又是什么样。

　　突然，她把手里握着的手机举起来，说："看，一条龙。"

　　在沁水地图上，沁河果然就是一条龙，一条蓝色的龙。

　　沁水人说，那就是张峰水库啊，山西的第二大水库，就是一条蓝色的龙。

　　我脱口而出："题目有了——水龙吟。一个好题目！"

　　王芳说："是我喜欢的词牌，水龙吟。这题目给我了。"

　　于是，朝张峰水库出发，朝沁河水龙进发。

　　伸进群山的是两条飘带，山腰是油亮油亮的现代公路，山下是碧亮碧亮的沁河水流，山上山下，两条飘带。路飘在右，沁河在左，河飘在谷底，若牵动万山的一带灵脉；路飘在左，沁河在右，河由远飘来，如天际牵来的一匹锦缎。

　　在左在右，都是沁河；在前在后，都是沁河。沁河纵贯悬壁连绵的山峡，山峡横出沟沟堑堑的涧水，参差翼注，群水齐注，注入沁河，融进沁河，丰沛了沁河。老天给了沁河一个水色纵横的河谷，也给了沁水一个水龙交织的世界。

　　就在这时，在微信群里，王璟突然发上来一个从马克地图截屏的"沁水一条龙"。龙，还是那条龙——张峰水库，但颜色，变成了黄绿黄绿的群山里一条浓绿的龙。

　　这使人想到，莫不是绿的季节里，满山遍野的绿，凌空飞跃的绿，把河映绿了，把水染绿了，青龙就变成了绿龙。

要说，山西的河流上，是不缺少水龙的。黄河乾坤湾，一条横在天底下的黄龙；黄河老牛湾，一条盘在古堡前的青龙；汾河龙湾，一条卧在群山峻岭间的碧龙。

沁河湾里，张峰水库，一条腾在万绿之间的绿龙！

这蓬勃而起气势磅礴的绿龙，是沁水腾起的象征吗？

沁水人自豪地说，张峰水库，那是我们沁水的青龙湖。

青龙湖——张峰水库，张峰水库——青龙湖。

真的印证了，就是一条龙啊！

这山西官方命名的张峰水库，沁水人竟亲昵地称之为——青龙湖。

中国古人以飞动的想象虚构了一个形象，这形象，何以就是了龙呢？

是古人的想象在天造地设的山河勾勒中获得了具象的印证，还是大地山河勾勒的天然形象给了古人以想象的启迪，或是古来就有一种人类神思与自然神性的默默契合？

世上本就没有这样的动物，龙，却成为历史和现实的图腾。神话民族创造的，其实是人间的期冀。那么，自然万物凝聚的龙的形象，为何总与天空、大地及大地上的河流在一起呢？

人说，天空是龙的宫殿，龙是天空的神兽。天空滚过的雷声，被民间称为"龙怒"——怒天下逆天之事；由天而降的雷击，被世人称为"龙抓"——抓人间祸害之人。也许人间太多的不平之难，人们寄托于龙的拯救。

又说，大地是龙的巢穴，龙是大地的神物。深深的山谷、长长的河流，被喻为龙的躯体，是人敬畏的神灵；山间的沟壑、河流的枝蔓，被比作龙的触须，是人珍视的灵脉。或许世界上太多的祈望之事，人们托付于龙的保佑。

离人远也离人近的神物，令人盼也令人骇的怪物。

人因之而熟悉了它，然格外稀见的，却是这蓝色的龙、绿色的龙、青色的龙。

沁河之上，龙之为蓝色、龙之为绿色、龙之为青色，是沁水的造化。

无论沉吟，无论轰鸣，沁河的龙，只给人亲和。

青龙湖，这沁河之上、沁水之上腾起的蓝龙绿龙青龙，莫不是在酝酿一曲根源于天籁并释放着天籁的《水龙吟》？

到达青龙湖的时候，夕阳已经没进青龙湖。

山幽幽地暗，天幽幽地灰，湖幽幽地亮。湖水一远再远地，远向幽幽的浩茫。

幽亮的湖水，看不见其来处，见不到其去向，只一湖的潋滟波光，与长天呼应。

是沁河被大坝拦住，拦了一湖的浩渺。

人们在大坝上寻找，寻找沁河的来往。

然而，终究没有找到。只在手机里，拍了许多镜头。镜头里的湖，像是油画，或是浮雕，水竟浮起来了、鼓起来了。

忽然间，湖天一色，湖山一色，黑夜降临。

天上，星空初现，一颗亮星遥挂在南天，引了三颗、两颗、多颗星星，在南天、西天、中天，静静默默，朝下窥探。

地上，湖的周边、山的上下，哗地亮起红的、黄的灯笼，远远近近、朦朦胧胧、逶逶迤迤，点燃了青龙湖的夜景。

灯给青龙湖镶了金边，顿时，青龙湖变成了金龙湖。

灯的轮廓倒影于湖水，水里满湖灯的宫阙。地上一个灯笼世界，湖里一个灯笼世界。湖上湖下，唯有灯笼。

所有的树木，影影绰绰；所有的建筑，影影绰绰。

如若天上的星星看到，这夜的沁水版图上，那长长的蓝龙、长长的青龙、长长的绿龙，会不会又是一条长长的光华四射的金龙呢？

是的，青龙湖不是龙宫、不是龙巢，青龙湖本身，就是青龙；沁河本身，就是绿龙；青龙湖本身，就是蓝龙；沁水本身，就是金龙。

或者白昼，或者黑夜，或者呼啸，或者静默——

龙，在沉吟。

这龙之吟，是王芳所作的《水龙吟》吗？

"龙，便是龙，嘘气成云，飞沫为雨，潜龙在渊，见龙在田，飞龙在天，亢龙有悔，顺延自己的四季，以不动之身形，变有形之云雾，与万物和鸣……

"与万物相交相融时，发龙吟之声，鸣于九皋：一吟，天回应；二吟，山回应；三吟，水回应；四吟，村回应；五吟，景回应；六吟，人回应……

"水化于龙，龙吟于世。龙吟长鸣于沁水上空之后，又奔波向南而去了，黄河还在等着它，一旦合流，便风行草偃，浩浩荡荡，天宽地阔，向着远方之外的远方……"

王芳之"吟"，把世界点燃，神游八极，思接长宇，水化作龙，龙化作水，水龙在心，心在水龙，天地人，呼应。

这是一个人的龙吟之声，是一个人内宇宙与外宇宙融合的龙吟之声，一个人自我世界与自然世界浑然的龙吟之声。

何不是一群人、一方人、一域人的龙吟之声？

龙吟之声，是道，是律，似无形于世界。

龙吟之声，在天，在地，也在人的心里。

王芳说，人类不能忽略这龙吟之声。我说，人类何能不信这神秘的龙吟？

天地人之和鸣，人神龙之共语，人们，听到了吗？

天空／飘着昨日梦想

在大地重温天空

是谁说过，比大地更广阔的是海洋，比海洋更广阔的是天空，比天空更广阔的是心灵。好像，是法国作家雨果。

然而我以为，也只有重温着大地、重温着海洋、重温着天空，心灵，也才比大地、比海洋、比天空，都广阔。

那么，抬头望望头上的天，你都看到过什么样的天空？我可以告诉你我曾看到的，又是什么样的天空。

25 年前，我写过一篇散文，题目是《城市的夜空》。我描述的是 20 世纪末叶我们生活的城市的天空。

那时候，我说，城市的夜是迷人的，然而，城市的夜空，却往往是一种遮掩了星光也混沌了月色的夜空。

我说，我曾在楼群阻隔的天井里遥望城市之顶，遥望城市的夜空，我竭力寻找那属于天空的湛蓝和属于夜空的金黄，寻找月亮的童话和星星的诗，寻找浩瀚的银河和划破黑夜的流星……然而，我什么也没有找到。我看到的，只是一如沉默的夜空，不是青靛也不是漆黑地泛着一种陈旧的灰黛，浑浊着，低垂在城市的头上。夜空失去了诱人的神秘和怡人的美好，给人以沮丧，给人以怅惘，也给人迷茫……

其实，那时候，城市的夜空，岂止是浑浊，岂止是灰黛，那夜空，已经看不到任何夜的灵动和夜的神奇，简直就是昏睡了的夜空，甚而至于，简直就是死去了的夜空。在那样的夜空里，你能看到月宫与七仙女的故事吗？能看到嫦娥与小白兔的故事吗？能看到牛郎与织女的故事吗？可以说，你不仅看不到月亮的神话与星星的传说，你甚至连月亮与星星本身都看不到了。你看到的，只是浑浊、陈腐、死寂。

那时候，我说，现代工业的发展，使城市的夜空已经着魔：它一边把城市的夜空点燃、把城市的夜空照亮，一边却又酝酿灯火的光幔把星空遮没；它一边燃烧着黑色的太阳石把城市烘得热热烈烈，一边却又蒸腾着黑烟把城市熏得浑浑噩噩……现代工业的魔力，创造了城市光的世界与烟的世界，却无法将世界从光与烟的污染之中解脱出来，它成就了城市辉煌的夜的世界，也污染了城市神秘的夜的星空。

其实，何止是污染了夜的星空！是白天也蒙上了尘纱。就如我所居住的城市，一座所谓的共和国的工业城，晴日灰暗如晨昏，行人出没，满面尘灰，黑色，成为给这城人独有的馈赠；

夜晚灰黛如死寂，仰面而望，望眼迷蒙，烟尘，成为扑入人眼睛的迷沙。那个年代，这城市，这被一管管烟囱栽立着的城市，拖着巨大的工业沉重，一举成为全球污染最重的城市，而且，位居世界十大污城之首！

那么，现代人，现代城，现代城市的天空，你还能够唤回我们童年的纯净、透明，　如原初之空的神秘与美丽吗？

我以为，既然城市的夜是迷人的，那么，创造这迷人之美的人们，总有一天，会把迷人的星光、迷人的夜色以及迷人的神话，重新举上城市的头顶，也举进城市人的心灵……

15年前，我听说过一个故事，说的是"孩子的蓝天"，叙述的是星球进入21世纪的时候我们看到的城市的天空。

那时候，我说我们的孩子从小就没有看见过蓝天白云，你可能不相信，但那是存在过的事实，也是一个城市的真实。

故事是我组织环保宣讲的时候，在我们城市的大学里，我的嘉宾给学子们讲的。他说："一个朋友的孩子，一个早晨，突然指着窗外的天空，惊呼起来，说，爸爸爸爸，你看你看，天空怎么变了？朋友一看，天空，是绝少的蓝天白云啊！是绝好的天空啊！朋友本应高兴地回答，却瞬间语塞了，心沉沉的，不知说什么好。朋友说，悲哀啊！我们的孩子，从小就没有见过什么是蓝天。我们怎么给孩子讲呢？"

是啊，怎么讲呢？讲蓝天白云是我们应该天天看到的样子吧，我们为什么天天看到的却是灰暗天空？说灰暗天空就是我们应该天天看到的样子，显然，那不是我们应该拥有的自然的天空。那么，最真实的说法，就是告诉孩子天空的真实，是污染之魔夺走了我们本该拥有的蓝天白云。我们之所以突然看到这蓝天白云，是风、雨，把污染之魔赶走了；我们要蓝天白云永远归来，就要把污染之魔彻彻底底驱逐。

其实，那个时候，应该说，我所居住的城市，已经退出了全球污染第一的位置。驱逐污染的事情，我们一直在做。摧毁土法上马的工业，再摧毁改良升级的工业；捣毁改良升级的工业，又捣毁现代污染的产业。只要是黑烟工业，只要是污染企业，一座一座，被取缔淘汰。当时，我们的城市流传着一句话：企业不消灭污染，污染就消灭企业。但即使如此，站在城市的西山，人们看到的，依然是黑云笼罩的城市。

而且，一个城市退出污染第一，不代表所有城市退出污染之列。不仅没有退出，而是污染恶化。就在我所居住的城市摘掉全球污染第一的黑帽的时候，我们周边的城市，一样的煤炭工业的城市，又戴上了全国污染第一、第二、第三的黑帽。而我们城市所在的省份，陡然成为全国污染最重的省份。一个煤炭大省，一个污染重省，一个生态弱省，想想，天空会是什么样呢？外国人来了，说："这里，在下烟尘雨呢！"

难怪我们的孩子惊骇于绝少的蓝天白云呢！难怪我们的省份要将稀缺的蓝天白云作为追逐的目标呢！

我们再不改变，再不快快改变，再不彻底改变，我们就无法正视后代的眼睛！在孩子清澈透明的眼睛里，我们担心，我们会不会就是污染的天空，我们会不会就是污染的心灵！

8年前，我讲过一句饶舌的话，讲的是"昼夜的星云"，是说我们的城市在21世纪的时候终于幻化出亮丽的天空。

我说："我们不仅白天可以看到蓝天白云，我们黑夜也可以看到蓝天白云；我们不仅夜晚可以看到星星月亮，我们白天也可以看到星星月亮。"

我说这句话的时候，台下坐了满满当当的青年学生。这满满当当的青年学生听着这话，顿时发出"哄"的笑声。我知道，那是一种讪笑嗤笑甚至耻笑，是不相信甚至不信任的笑。我说："请我们的青年们抬起头来看看我们的星空！我们的星空，真的已经在静默中发生了变化。这不是假话，不是浮夸，不是虚饰，甚至不是宣传，而是事实，是我们的天空发生了真实的变化，蓝天白云，真的走进了我们的现实。"

之前，我也不曾想到我们的天空会发生如此变化。那时我读研的女儿发来一幅照片：天净如水，月纯如金。那是芝加哥的夜空，是美国人头顶的星空。我也曾在北美和北欧的城市，看到过外国的月亮比中国圆、外国的天空比中国蓝。我坚信我们的天空有一天也会如此，但我没有想到，这"也会如此"会突然降临。职业环保人的眼睛使我天天注视着天空，于是，就在那时，我看到了白日的蓝天和黑夜的星云。

当然，那蓝天和星云，也不是突然之间就变化的，而是一种犹如苦难辉煌的绿色嬗变。是我们的省份、我们的城市，摧毁着黑色烟囱，荡平着污染企业，淘汰着落后设施，改造着传统产业，将成百亿成千亿耸立着的污染产能夷为平地。于是，立起来了，清洁着的季风、清洁着的空间、清洁着的云天。曾经，我们是成就了地上的铺张，却葬送了天上的纯净；而今，我们是牺牲了地上的铺陈，成就了天上的清白。

终于，我们的青年们真的仰望天空了，真的看到了白天的月亮和黑夜的星云，看到了我叙说的天空。许许多多的人，也开始望天或者重新望天，把天上的变化映进自己的笑眼。城市的市民立在白日的阳光里看云，用手遮着眼睛，说："这云，晃得人戴墨镜呢！"南方的游客从我们的城市归去，在博客上发出蓝天云影，说："北方归来不看云。"在那遥远的地方，或这切近的地方，我们的城市重新飘起了清纯的形象。

应该说，天空给我们的，我们其实完全可以还给天空。天空没有剥夺我们的碧蓝，是我们曾剥夺了天空的碧蓝。

人有一种什么样的追求，人就达到什么样的高度；人有一种什么样的心灵，人就造就什么样的天空。立在自己的城市里，人尽可以竭力向上、向上，把心放飞到天空里去。

而今呢，我写了一组微文，题目是《朋友圈的天空飞动着鲜花和鸟鸣》，说的是许许多多的城市顶起了蔚蓝的天空。

就在这时，中国著名的微信公众号"环保部发布"，大张旗鼓地推发了纷繁刷屏的"我们的蓝天"，让许许多多城市的蓝天白云，刷新着现代媒体的荧屏，刷出一派"中国蓝"。

就是说，我们的城市，许许多多的人们关注着头顶上的天空了——那是一种天人的回归。也就是说，我们的时代，许许多多城市的天空值得关注了——那是一种自然的回归。我们的时代，我们的城市，已经不是我所居住的城市，也不是我们省域的城市，而是我们中国的城市！我们中国的城市，飘扬起了一种蔚蓝，也飘扬起了一种洁白，一种像海洋悬天一样的纯粹的蔚蓝，一种像大地落雪一样的纯洁的雪白。

　　那么，这样的蔚蓝与雪白，又是怎样飘扬起来的呢？是许许多多的中国城市，铺开了问鼎穹庐的"蓝天保卫战"，也铺开了驱赶苍茫的"抗霾攻坚战"。像古时勇者的壮士断腕破釜沉舟绝地反击，像古代战场的夜观天象草船借箭御风放飞，像人与物间的刮骨疗毒脱胎换骨断尾求生。所谓好风凭借力，碧蓝上苍穹；人功在大地，托举天下云。人与自然的合力乃至合一，终将重重叠叠的蓝色与白色送回天穹。

　　我们走过了"只要金山银山不要绿水青山"的时代，也走过了"既要金山银山也要绿水青山"的时代。而今，是"绿水青山就是金山银山"的时代，这个时代，我们可以"宁要绿水青山不要金山银山"。这是一个什么样的时代？是生态文明的时代，是在大地种植葱绿，在海洋种植清碧，在天空种植蔚蓝，在蓝天种植白云，在夜空种植亮星，在心灵种植清纯的大时代。这样的大时代，我们可以看到神秘玄幻与云谲波诡在天空舞蹈！

　　这个时候，我们的城市里，中国的城市里，天空之下，又悬着了夜月的童话。那些年轻的父亲和母亲以及年长的外婆，与孩子们数着与云捉迷藏的星星和月亮。看着弯弯的月亮，孩子们偏偏说，是船；而看着圆圆的月亮，孩子们又说，是黑夜的太阳。或者，看着带灯的风筝，孩子们会说，是星星，而看着高远的星星，孩子们又会说，是黑夜的眼睛。夜的太阳与夜的眼睛，似乎将城市的夜空回闪到了牛郎织女与吴刚嫦娥的时代。

那么，走过了 25 年，走过了 15 年，走过了 8 年，看着如今的蓝天白云与月亮星星的夜空，看着我们的"北京蓝"终于走向了"中国蓝"，我，要不要重写《城市的夜空》？

重写夜空重写蓝天重写天上与地上的事情，也许需重写这个时代的人，这个时代的思想，这个时代的心灵。人间澄澈着的心灵，空间澄澈着的天心，重新走向天人合一的世纪！

当然，古往时代，天空如何，并不决定于人，这应该是通理。然而，现代社会，天空如何，并非完全不决定于人。

我渐渐认为，精神生态决定政治生态，政治生态决定社会生态，社会生态决定经济生态，经济生态决定自然生态。

既然心灵比大地、比海洋、比天空都广阔，那么回护这大地、这海洋、这天空，就应该是人类最博大最崇高的天职！

在夜空寻找银河

　　我在城市的夜，仰望天空。七夕的夜，城市的天空不错。

　　这夜，虽然不是漆黑，甚至恰是光华烂漫，但我觉得，夜空却突然多了些许可以看得见的星星。头顶的天空多了两颗，西边的天空多了三颗，东边的天空也多了一颗，似乎还有几颗星星若隐若现。

　　东南天空的那颗发红的星，还在，且在移动；月亮由南向西移行，月之下，一颗星跟着月亮移行；天空悬着白云，云之下，带灯的风筝在闪、在走，似慢步的星；飞行器穿空而过，却像疾驰的星星。

　　星们走出来，或者赶了去，是要看牛郎织女的聚会吗？

　　可惜，我们看不到牛郎织女的聚会，我们甚至看不到牛郎织女的银河。光焰弥漫了空气，在城市，我们看不到本来的天空，我们看不到深邃的夜空。人们只在微信里熙熙攘攘地发酵着牛郎织女的故事，发酵着中国情人节的热闹。

要说，牛郎织女的故事，中国情人节的热闹，最不能缺少的，就是崇高辽远且星汉灿烂的银河，就是银河之下人们仰望银河的喧哗。可是，在我们的城市里，我们看得到繁星吗？我们看得到银河吗？我们可还记得天上的故事？

想想，我们知道七夕的故事，知道牛郎织女的故事，正是从天空开始的，也是从银河开始的。

多少年前，我们坐在乡间的黑暗里，在此起彼伏的虫鸣之夜，仰望着星空，仰望着银河，听老人讲牛郎织女的故事。老人说，看到了吗？天上的银河，多高呀，多远呀，多大呀，比地上的河大多了。牛郎和织女，一颗牵牛星，一颗织女星，就远远地站在银河两边不能相见。一条银河，隔断了他们的路程，隔了千年万年了，就是走不过去。所以，年年的阴历七月七，满世界的喜鹊们，都突然不见了。喜鹊哪里去了？都飞到银河去了。喜鹊用翅膀连接翅膀搭起一座鹊桥，让牛郎和织女走上去，在鹊桥相会。所以，年年的七月七，人间找不到一只喜鹊，喜鹊变成银河里的星星了。

那时候，我们都竭力地仰望着、仰望着。我们久久等着看牛郎织女的鹊桥相聚，却久久都不能够看到。脖子酸了眼睛涩了，我们也只看到了满天的星星和那条流着星星的银河。

我们读懂七夕的故事、读懂牛郎织女的故事，又是从古诗的天空从古诗的银河开始的。

　　读书之后，我们在古诗里读到了牛郎织女的纯情和浩渺银河的纯清。"迢迢牵牛星，皎皎河汉女。纤纤擢素手，札札弄机杼 。终日不成章，泣涕零如雨。河汉清且浅，相去复几许。盈盈一水间，脉脉不得语。"银河如水，水如银河，流不尽的也许就是牛郎织女如泣如诉的千年幽婉和万年清苦，是人间多少有情人难成眷属的亘古哀叹和绝世孤独。河汉清浅，相距几许，让人想象着那亿万光年的星空和亿万光年的银河，却就在这短短一行白描诗里，化作人寰稔熟但却跨越不了的世俗河流和世人悲悯然而穿越不了的心灵距离。人间凄情，犹如浩瀚星空、浩荡银河一样，苦难而又漫长。

　　那时候，我们读过的古诗，我们读过的故事，似乎犹能在夜的天空找到星汉的对应和清浅的印证，只是，我们想象不出古人是以怎样的想象将人间故事演化成为天上的神话。

　　然而，后来，谁还记得七夕的浪漫？谁还谈论牛郎与织女？谁还仰望天空、仰望星星、仰望银河、仰望天上的事情？

　　工业的烟火和金钱的铜臭覆盖过我们的时候，我们只注重了自己在地上的攫取。我们以智慧攫取钢铁，我们以钢铁攫取资源，我们以资源攫取金钱，我们以金钱攫取财富，我们以财富攫取爱情……我们，当爱情都可以用财富攫取的时候，谁还注重天上的悲情？于是，我们不再瞩望星空，不再仰望银河，甚至，无暇在金钱攫取的忙碌里抽身吟诵千古隽永的天空故事。事实上，那时，星空，我们已经看不见了，银河，我们也已经看不见了。我们只看到了隐了星星藏了月亮的一片混沌。如果以美辞来形容，我们说，是暮霭遮掩了银河；如若以真实来披露，我们则说，是雾霾污染了天空。

心灵承受不了太多无度的欲望，终于腐化，并由内而外，散发着对人间和大地的侵蚀。世界承受不住太多无度的欲望，终于污化，并由地而天，延伸着对于云空和星河的弥漫。

于是，我们拯救自己，开始回归对于人类崇高的寻觅。

于是，我们拯救天空，开始回归对于自然旷阔的追逐。

本来，这个七夕日，天空已经不错。白昼里，漫空晴丽，一天好云。我所居住的城市，透过楼的间隙，我看到了远方的群山。而且，空气中没有阻隔，空荡荡的，没有轻轻漫漫的霭或者霾，一眼望穿过去，就是远山的青黛。

我想，这也就是我们追逐的所谓的"一级天"了？

是的，是"一级天"，是我们寻觅、追逐、拯救、改善，及至千呼万唤而始出来的好天——"一级天"！

然，说来也怪，我们是生存在天空之下的啊，我们却给天空与空气分封了级别：空气质量一级，空气质量二级，空气质量三级，空气质量四级，空气质量五级……也不知道是谁，竟给了人以天大的权力，或者，比天还大的权力！

我们是天空的主宰吗？肯定不是。

那么，是被天空主宰吗？也不尽然。

老人们早就说过了，天高悬万星，地厚载万物，天上一颗星，地下一个人；地是天的对应，人是星的对应，人与天合一，天地人和合；人对天不好，自然，天对人也不会好，人与天相好，自然，天对人也会相好。人不能违背天意。

尊重天，顺应天，保护天，是天道，也是人道。

应该说，当我们给天空确定了级别的时候，是天空已经对人呈现了不同，而人也迈开了回归天空的步骤。我们曾经破坏过天空，我们已在拯救天空，我们正在改善天空。因为破坏而拯救，因为拯救而改善。这其实也正是我们人的自救。

当然，人的自救和天的拯救，人的完善和天的改善，依然尚未换回夜的深邃和银河的清浅。即使白日相逢"一级天"的净朗，然而，我们黑夜依然看不到满天繁星，依然找不到天上银河。我们依然在黄黄漫漫里寻寻觅觅而终不可得。

我们在驱逐天霾，但我们距离看到银河，依然还有天大的距离要追。我们在清除心霾，但我们心灵回归星汉，依然还有长长的心路要走。心路到达银河，不知相距几何。

我不知道，在我偏远寂静的故乡山村，这夜，是否看得到牛郎和织女？

也不知道，我所居住的城市，何时能够看到银河霄汉？

在北京看向夜空

在北京的夜空里，我看到了这么多的星星。

说多，自然也不算多，看得见的，也就十多颗的样子。然而，它是我在北京看到的最多的时候，是比我居住的城市看到的还多的时候，也是我走过的城市看到的最多的时候。

我不长住在北京，也不熟悉北京，但只要到了北京，我都会仰起头，看向北京的天空。其实，在我所居住的城市，在我所走过的城市，我都会情不自禁地，举眼看向天空。

只是，我没有看到比北京这个夜还多的星星。

北京这星星，是在风和雨的荡涤之后，突然露出笑眼的。它也许是想要在透明了的空间里看看雨后或者风后的天地生态吧。因而，我们也由此看到了北京的夜的眼睛。

看到星星之前，我先是在白昼看到了湛蓝的天和雪白的云。那时，蓝天之上白云悠悠，纯白飘去蓝白飘来；天的海洋呢，云淡云重；天际线上，云山云潮……黄昏时候，一天好云，变成了蓝云；蓝云过去，变成了红云；红云过去，又变成了白云。最后，白云过去了，黑夜来降……这时，圆圆的月亮，好像突然从云里钻了出来，挂在东天，游移至中天，似在织满云锦的天空里，悬起了一枚金牌。它是奖励谁吗？它是奖励星星吗？或者，是奖励夜空？奖励这不仅有了白云也有了星星的夜空？哦，应该说，我就是在这个时候看到星星的。那时候，星星已经是可以数得见，但又像数不见似的。许是我视力不好吧，明明看到还有星在闪烁，但定睛看时，却又寻它不见。以至于那夜，我甚至午夜起来看向星空，想在静夜看清星星，却突然发现，我不仅看不见了星星，而且那枚金牌似的月亮，也看不见了。是谁把金牌摘走了？夜的天空似乎不高兴了，把脸一沉，漫天漫空，一派晦暗。

是天阴了吗？是天阴了。翌日早晨，我果然看见漫天雨丝洒落已久，天空和地面，都已被淋湿。但是没过半日，正午时分，雨丝息了，天穹亮了，尽管多云，却遮不住一道晴光笑出了天空。之后，风就来了，阴，徐徐散开，灰，渐渐淡去。之后，天就蓝了，由灰蓝而浅蓝，由浅蓝而湛蓝。之后，云就白了，一天云锦，海浪似的，在天上翻滚。之后，斜阳就直直地喷洒万千光辉沐浴了城市，将半个城市镀得金亮金亮。之后，西边的云黄了，半空的云红了，天空的云变幻着、演绎着，变幻演绎到了极致的时候，夜的大幕，徐徐降落。就在这时候，我看到了南边天空一颗最亮的星星；然后，看到了西边天空一颗最亮的星星；然后，又看到了头顶天空两颗最亮的星星；然后在这亮星与亮星之间，渐渐地隐隐约约地，看到了那些闪烁的或明或暗的星。虽然没有儿时在山村看到的星穹如盖的情景，没有少时在小城看到的繁星悬天的样子，但毕竟看到了现代繁华里已经久违了的星光世界。

就在我看望星空的时候，外孙也跟着我看望星空。我看不到更多星星的时候，我问外孙，你能看到更多的星星吗？外孙说，我看到了，我看到了，我看到了勺子一样的星星。我惊异了，问，真的吗？你看到了北斗星吗？他说，我看到了北斗星，我看到了勺子一样的星星。我想，他应该是在幼儿园听过北斗星的故事吧？他会不会是想起了北斗星的故事？如果他是真的看到了北斗星，我为什么看不到呢？如果他不是真的看到了北斗星，为什么他看的正是北斗所在的方位？我看不见，但童言无欺，我相信他。无论如何，他看到的星星，应该比我多。那些我所看见的星星，他能够看见；那些我看不清的星星，他应该能够看清；那些我看不见的星星呢，他应该能够看见。应该说，我的外孙，比我的女儿——他的妈妈幸运。他妈妈这么大的时候，我却未曾领她看过星星，其实那时，天空也竟无星可看。我想外孙看到了这么多的星星，应该是比我和他妈妈看到星星都好的事情。

但是，如果我告诉我的外孙，他妈妈儿时的天空曾经没有星星，外孙会奇怪吗？外孙会问，妈妈儿时的天空为什么没有星星呢？我该怎样回答？我也许应该告诉他，那时候的天空，被城市冒出的黑烟给污染了，被工厂里排出的粉尘给污染了，被汽车吐出的尾气给污染了……人们制造了污染，把天空给弄脏了，就像我们曾经看到的灰乎乎的雾霾。我的外孙是知道雾霾的，他曾经在一个早晨看着窗外的天空，突然说："天空雾霾啦！雾霾把蓝天挡住了！我要画蓝天！"然后，他找出淡蓝色的彩笔，就把蓝天画在了玻璃上。三岁孩童知道了蓝天也知道了雾霾，我不知这应是悲哀还是庆幸。好在，我们现在看到星星了。也许我还应该告诉他，如今，城市冒过的黑烟被人消除了，工厂排过的粉尘被人清理了，汽车吐过的尾气被人净化了……人们消灭了污染，天又晴亮了。于是，我们白天看到了蓝天白云，夜晚看到了月亮星星，可可和妈妈的天空，就看见了这么多的星星。

当然，我似乎应该告诉他，或者告诉我自己，也是风，也是雨，把天空洗涤干净了。就像雨过之后或者风过之后，我们的天空为什么总是蓝天？我们的夜晚为什么就看见了星星？是雨，是风，像一个天大的淋雨和一个天大的扫帚，把雾霾扫干净了，把雾霾洗干净了。而这，就是我们这个世界的自然之力，是人的力量不能够控制的自然的力量。在我们这个世界里，人有人的力量，自然有自然的力量。人的力量和自然的力量，天人合一合成了世界的力量。当然，人的力量和自然的力量，都可以弄脏天空也都可以弄净天空。人和自然的力量都不是无限的，人的改造力不是无限的，自然的净化力也不是无限的。所以，我们须要顺应自然、尊重自然、敬畏自然、珍爱自然、保护自然，就像回归蓝天和回归星辰，既凭借人的力量也依靠自然的力量，既依靠自然的力量也凭借人的力量……想到这里，我又突然想，我的外孙，他能听懂这个吗？也许应该深懂此理的人，就是我自己。

这无疑是保护环境的人们应该懂得的事情，甚至，是每个现代社会人应该懂得的事情。能看到星星的时候，你可以不看，但是，看不到星星的时候，没有一片灯光是无辜的。

地上的灯光和霓光，其实，也通着天上的星光。

在现代的北京，这么多星星之间，我们知道卫星或许正穿越星空，飞机或许正飞过夜空，带灯的风筝或许正拖着长长的灯带，飘在天空。那么，我们还能够看到更多更亮的神秘吗？

在许多城市，我们看到地上的星河亮了的时候，看到天上的街市也亮了的时候，还能够看得到多少年前那些个秋夜，萤火虫打着灯笼在夜的世界里与繁星游戏的玄妙吗？

我想，这应不是梦中人的呓语，而是醒着的人的追寻。

在云冈看云

云看云冈，云冈看云，看云冈的人，也在看云。

云，是游走变幻的云，飘飘如仙、栩栩欲飞。云冈，是屹立千年的云冈，巍巍如磐、虎虎若生。

人说，云冈，是云中落在石头上的一个王朝。而云中，则是北魏王朝之后古晋大同的一个别称。

一个"云"字，极尽了这山河与天空的一种写意。

云，像天上的冈；冈，像地上的云。故曰：云冈。

云冈，这千年坐看云起云落的地方！这曾经失去蓝天也失去白云的地方！而今回归了云山也回归了云海的地方！

我在云冈武周河川的绿林里看云，云是斑驳在绿树之上天空的碎玉，也是沉落在绿水之间影影绰绰的浮冰。

这里，武周山与武周河夹着的狭长山地，已生长成一片勃发着青翠、勃动着茂盛的森林绿地，生长成一片荡漾着明净、荡洒着清纯的水域天地。在这里，你走在礼佛大道上看云，云像是挑在树梢的旗帜；你走在林隙石路间看云，云又是扑向树林的仙子。让你觉得，那云天，就是一种梦一样的存在。

这时，你也许会记忆起另一种梦境，一个黑色的噩梦。多少年前，这里，曾经是一片煤烟缭绕的村庄；村庄之外，是一条煤尘弥漫的道路；道路再外，是一条黑水流淌的河流；而河流那侧的山坡，是一座黑山高筑的煤矿。那时候，绝少的几棵树、绝少的几许绿，完全是一个黄土山地黑色的旋涡。

而在那样的旋涡里，一条煤尘弥漫的道路弯过，道路上呼啸着疯疯癫癫的煤车，煤车上抛撒着张牙舞爪的煤粉，煤粉里飘扬着乌烟瘴气的尘埃。这尘埃，与村庄的炊烟，与煤矿的粉霾，与山野的雾霭，混合，嚣张，飞荡，终于成为一种黑风、黑纱、黑幔、黑色的混沌，将云冈的世界淹没。

于是，武周山川、云冈凹地，成为一个黑色的世界；云冈石窟、古魏遗迹，成为一片黑色的洞窟。"云冈石窟五万石佛身披黑裟"，成为知名度远远超过石佛本身的奇闻；云冈石窟所在的大同，成为中国环境污染严重排名第三的城市。那个时候，汹涌而起的，只有无奈于黑色污染的怨艾。

后来，是一个改天换地的造城运动，拯救了大同，拯救了云冈，拯救石佛于污染灾患。曾试过清洗，给石佛清洗黑裟，却未能如愿；也做过改道，让运煤通道改线，结果并不理想。

于是一个造城运动，再造一个大同，将云冈的村庄搬出云冈，将云冈的煤路移出云冈。云冈，成为一个幽静所在。

于是，武周川植绿，云冈谷植绿，武周山河、云冈世界，就荡漾着一片波澜壮阔的绿云，将黑色的梦掩埋进历史。

我在云冈武周山崖的石窟里看云，云是飘飞在洞外天空的飞天，而飞天，则又是凝固于佛洞穹顶的云霓。

我想，那悬浮在洞穹的飞天，飞动了1500年，也凝固了1500年，其曾经看到的云，可是今朝的白云？那静默于穹窟的佛雕，矗立了1500年，也遥望了1500年，其如今看到的云，可是北魏的云霓？其静静看着的，默默听着的，是否曾经北魏风尘里叮叮当当铿铿锵锵的开山凿石的回声？

据说，这洞窟里的佛像，似是北魏王朝开国君王的塑像。一个崛起于东北山洞的鲜卑，走过草原走过农田，把自己民族的征服塑造在了这武周山岩的石窟里，创造了一种融合原始文明农牧文明的石窟文化。这本身是人类走过历史的浪漫痕迹，问题是，是什么塑造了这个叮叮当当的石上世界？

我想，应该是铁、铁器、钢。那么，铁、铁器、钢，又诞生于什么？应该是矿、矿石、火。矿、矿石、火，又来源于哪里？应源于木、木炭、石炭——哦，石炭！这汉代就发现并产生的石炭，我们现代的煤炭！北魏，那个马背上的民族，那个远道而来的王朝，就用它燃烧锻铸了凿石的钢铁。

北魏也许不知道，武周的地下蕴藏着厚重的大同煤田，但他们开凿石窟的铁器，也许开挖过裸露在地表的大同煤层。石佛肯定没想到，千年之后的大同会成为中国煤都，但那叱咤风云的钢铁，肯定开凿过发着黑光的大同乌金。尽管他们不知道，这深埋地下的乌金，亿万年前曾是茫茫森林。

幽然于石窟里俯仰远眺沉思默想的石佛，能超度尘世生命却没能超度自己。其未想到，1500 年后会在 20 世纪中国的煤炭基地遭逢黑色光明也遭逢黑色污染，要遭遇未曾遭遇的工业洗礼，并在黑色能量与黑色苦难里涅槃重生。

好在石窟终于脱去了黑色的袈裟，好在大同终于脱去了煤都的黑色。亿万年前的森林之地，重又生长起森林的绿色。

我在云冈武周山巅的土塬上看云，云是激荡在蔚蓝色天际的雪浪，也是幻化在秋阳里滚滚滔滔的辉煌。

要说，人们知道云冈，却不知道云冈武周山巅的世界。这片典型的黄土高原颜色的土塬，凸露着的，是源于明代的武周塞的城堡。城堡已成废墟，但轮廓依然兀立。御敌的城堡，并没挡住人类的延展和资源的觅探，并没挡住人类滚过黄土地滚过黑土地的掘进，进而，造就了一座能源的城市。

要说，人们在云冈谷看云，绝看不到云冈之外的世界。

这塬上可以看到的是，云在云冈的山前，云在云冈的山顶，云在云冈的山后，或孤云独去，或银云飘逸，或长云横渡，或蓝云漫卷，一直远去远去，远到云冈野外的远天远地里去。那里，一脉青黛的山峦，耸立着的熠熠银塔，在云霓里光耀。

于是你终于知道了，那是城市的风电树；风电树之野，是蓝色的光伏海。这座煤都，这座山西的煤电之城，这座中国的能源基地，这个地上敞着佛窟地下潜着煤窟的地方，不仅已经再造了一个大同世界，而且再造了一个煤炭世界；不仅已经再造了一个煤炭世界，而且在再造着一个能源世界。

煤炭已经"上不见天下不落地"；发电已经"烟不冲天尘不履地"。上天的只有云，落地的只有绿。天地之间，是清风起于绿地，云霭起于绿地，蓝天起于绿地。绿地之上，风与污争夺着空间，蓝与灰争夺着长天，人与霾争夺着晴蓝。于是，大同世界，成为一个没有雾霾的城市。

我在高高的云冈山巅看云冈，天上，是山一样的绵云；山下，是海一样的绿云。云那边，那条河绿了；河那边，那座山也绿了；山之上，那座煤矿，已绿成了地质公园。那里，已经不生产煤炭不生产污染，而是只生产精神只生产文化。作为历史遗迹的煤炭工业的巨构，已是深深淹没在云冈豪迈的绿云里了。

曾经，一个人和一个个人，创造了褐色的云冈和云中古都。而今，一个人和一个个人，再造了绿色的云冈和大同世界。

云冈，这看着人类风尘仆仆走过历史的地方！这沐浴了风光也沐浴了苦难的地方！这创造了石窟也创造了绿色的地方！

翠绿的云，看着蔚蓝；蔚蓝的天，看着白云；翠绿的云和蔚蓝的天，看着一座古老的云冈。

蔚蓝的天，看着洁白的云；洁白的云，看着绿地；蔚蓝的天和洁白的云，看着一座现代的大同。

大同，云冈，注定与蓝天与白云与绿地，一起，隽永。

在人祖山看星

　　这夜，我住在了忘忧山庄的忘忧居。忘忧山庄大约是给人忘忧的，然而，我却不是来忘忧的。相反的是，我在忘忧山庄看到了我忧望已久忧觅已久而又久违的漫天星斗。

　　忘忧山庄不是真的山庄，而是人祖山里的窑洞宾馆。人祖山是壶口瀑布侧畔的千古名山，据说是女娲伏羲创世的地方。夜的人祖山黑下来的时候，忘忧山庄就亮了起来。梯阶形状的窑洞，层层叠叠地延伸着上升到背后的山上；亮在窑洞的灯笼，也层层叠叠地延伸着上升到了背后的山上。背后的山上，是黑乎乎的山头；山头之上，是蓝黝黝的天空。就在这黑乎乎的山和蓝黝黝的天与我的视线接触的那一瞬，我突然就在山头之上看到了不一样的天空。那是一片钉着许多金星银钉的天空，那是一把金勺挂在北穹的天空。哦，我是看到了北斗七星吗？我看到的这把金勺，是北斗七星吗？

我在天空的望野里逡巡。好天的时候在城里看到的亮星，还在那里；好天的时候在城里看不到的星斗，也在那里。我搜寻着、辨认着，我确信，在人祖山，我是终于看到北斗星了！这北斗，在北京城里是看不到的，在太原城里也是看不到的，在我走过的山西近百座县城里，我是不曾看到过的。应该说，我看到它的时候，是在40年前的我的乡村。那时，一个漆黑的小山村里，天空像一口铁锅盖在村庄的头顶，我们就在那"铁锅底上钉银钉"的漫天繁星里寻找北斗，寻找银河，寻找牛郎织女，在寻找中神秘着那些星空传说和那些月宫故事。那时候，我曾看到过流光的银河和耀金的北斗。

之后，离开了乡村，走进了城市，我就再没有看到过银河北斗。多少年前，我夜宿吕梁山里一个窑洞宾馆的时候，仰望过天空，却没有看到星星；在那座宾馆里，我避开了灯光躲到背静的暗处看天空，也没有看到星星，甚至夜至深处，我披衣出屋遥望天空，依然没有看到星星北斗。不想，就在这人祖山灯火幽明的忘忧山庄，我看到了亮星。不仅看到了亮星，而且，看到了北斗。不仅看到了北斗，而且，看到了许多的星群。这时候，地上的忘忧山庄亮着，如从天上往下看，忘忧山庄，该是地上的星星了；天上的北斗亮着，如从地下往上看，北斗星座，何不就是天上的山庄呢？

也许地上的山庄太亮了，亮，将光焰打到了半空，我看不清楚天上的星空。我于是走向隐幽的山弯，在没有灯光的地方，看天、看星。我想要在这完全的黑暗里看望星空。

这时，一种博大的浩瀚的灿烂繁华，悬在了遥远的夜空，也悬在了我的仰望里。星星在望，北斗在望，一条烟波浩渺的银河在望。这银河，在夜空里哗哗哗流淌着，一河的碎银，光灿灿地、流也流不尽地，漫成了满天满空的金玉，闪闪烁烁地、熠熠耀耀地，将北斗七星和许多亮星烘托在整个天宇。顿时，我被震撼了。我的整个感情整个灵魂整个人，被激动得悬了起来。似乎，我距离这星空很远，远得不知我被渺小到哪里去了；又似乎，我距离这星空很近，近得依稀我就是那整个天空。我是融入那星空里去了，我是融入那浩瀚里去了。我不由得想呐喊，呐喊得爆开我整个胸膛。我不由得又憋着，憋得似要爆开我整个胸膛。然而我终究是没有呐喊，然而我终究是只能憋着。我不敢打扰山壑的宁静与星空的寂静，只任由自己被星空激动着激动着，任由自己在星空下旋转着旋转着。我是醉在这山壑里了，我是醉在这星空里了。

是的，我是醉了，醉于这山庄迷离的夜，醉于这山壑漆黑的夜，醉于这星空灿烂的夜。然而，这一夜，我并没有沉睡于迷醉，而是醒睡于一种巨大的惊恐与躁动里了。

我没想把星空带进梦乡，但就在及近午夜的时刻，我的睡眼里依然悬亮着星空。我看着眼里的星空，我的心真的就突突突突、突突突突暴跳起来。我顿时从朦胧中惊醒，立即意识到，是心动过速。当时，我的心率，是激烈地激烈地跳动，急速跳起、急遽跳升，而且越跳越快；继而急速冲击、急遽震动，以至于浑身战栗。似乎，我的心真就要跳出来了；似乎，我的胸膛真就要爆裂开了。我清楚地听见了自己的心脏怦怦作响，我明白地摸到了自己的脉搏匆匆突奔。是不是我会完结在今夜？是不是会走不出这个山壑？是不是会走不出这个黑夜？我突然感觉到了一种天大的惊慌与恐惧的压迫，赶紧坐起靠卧，赶紧咀嚼药片。许久，急跳的心速开始减缓，许久，渐减渐缓的心跳渐渐平稳。然后，我迟迟疑疑地，给隔壁的刘海荣先生拨通了电话。刘海荣先生立即跑了过来，急问：怎么回事？我告诉他，是想着想着星空，我的心就急跳起来；急跳起来，就不能够自已了。不过，海荣先生的到来，让我感觉身边来了守护。惊恐遂至于渐渐平静。

刘海荣先生是山西吕梁山林局的副局长，他陪我在吕梁山林区的绿森林里采访，已经很奔波劳累。我劝他回屋之后，却怎么也睡不着了，就像是着了魔似的，眼里挥不去的依然是天空里的星斗。索性就想，这应该是看望星空的最好时候吧，遂想起身去看看星星。然而我不敢起来贸然去看，我害怕再次引发心动过速。尽管心率已经回降，尽管脉搏已经平稳，但总是惶惶惑惑忐忐忑忑。直至子夜的时候，我不知哪里来了一种莫大的胆量，不知是不是天空给了我一种天大的力量，似乎是不看了这星空就不能够入眠，我居然慢慢起来，慢慢走过，将整个眼、脸尽情地贴上了窑洞窗户的玻璃。这时，无忧山庄已经熄灭了灯火，天上地下已经被黑暗笼罩。我终于在黑暗里看到了无忧山庄的天空，看到了天空上浩浩荡荡的银河，看到了漫空里灿烂的星海。这是比任何时候都浩渺的星空！这是比任何时候都辉煌的星空！这是比任何时候都沁心的星空！只是，我和天空隔着一层玻璃，我和星星隔着一道木门。我竟没有敢于完全突破这无忧居的局限，我竟没有敢于将自己投向这巨大的黑暗和巨大的光灿。

然而，我感觉我是沉浸在这夜的星空里了！

这夜，我是在黎明的时候迷迷糊糊睡去的。遗憾的是，我在睡去之后，并没有做过一丝关于星空的梦。不过想想，真切的星空都已经看到了，还要做什么星空的梦吗？

附记：

后来，阅读耿世文先生提供的考证资料得知，人祖山是山西观看北斗最佳的地方，也是中国最早发现星象的地方。人祖山里，星罗棋布着众多的北极庙和北斗庙，在国内是实属罕见的，甚至唯一。立在人祖山主峰上的高庙，则正当北斗七星，相传，就是女娲、伏羲观测和崇拜北斗的地方。

太行星空

调皮的星星们终于藏也藏不住了，人们寻找它们多年，找到这里的时候，它们三三两两地蹦了出来，然后，哇地全都跳了起来，熙熙攘攘、闹闹哄哄，撒了满天的璀璨。

人们和星们，天上地下，欢作一团。

太行洪谷，本来什么都藏得住的，藏得住珍禽，藏得住稀兽，藏得住奇花，藏得住异草，藏得住神仙小妖，藏得住古灵精怪，藏得住山、崖、洞、峡、陉、泉、溪、潭、林……

为何就藏不住跑到山顶跑到云上的星星呢？

是夜太黑了。夜的黑，暴露了它们。夜的黑是从地上升起的，太阳熔进群山，群山沉进黄昏，地慢慢黑了，山慢慢黑了，空慢慢黑了，浑茫的黑，漫上无边的天空，藏在靛蓝天幕里的星们，被漫升上去的黑吓了一跳，就跳了出来。

就在星星们跳了出来的时候，浩大的盛大的星群从天空笼盖下来，淹没了天，淹没了地，淹没了山，淹没了整个世界，而人就在这浩大的盛大的笼盖和淹没里，与整个星空融在了一起，与星空辉煌融在了一起，天地人融在了一起。

这时，人感到大自然旋转着一种神奇的悖论与自洽。没有光，看不见世界，只有光，也看不见世界；没有黑，看不见宇宙，只有黑，也看不见宇宙；没有光，连黑都看不见，没有黑，连光也看不见。天与地，暗与亮，是相互看见。

人在洪谷的天空看到了粲然的星空，也看到了黑色的夜空，终于重新发现什么是漆黑、什么是黑暗、什么是星光、什么是耀亮，第一次知道了世界上竟有一个词叫"暗夜星空"，而且知道了光亮的夜藏得住星星，黑暗的夜却藏不住星星。

那么，星星是什么时候，被天空隐藏起来的？

张烦烦说，是下雪的时候没有了星星。她说，星星是用雪做成的，雪是星星碎了，不然，为什么下雪的时候没有星星呢？而且，每粒雪，都是那么水晶晶的亮。

当然，她说的，只是童话。实际上呢？

郭沫若写下《天上的街市》的时候，星还没有隐藏起来。郭沫若说："远远的街灯明了，好像闪着无数的明星；天上的明星现了，好像点着无数的街灯。我想，那缥缈的空中，定然有美丽的街市……那隔河的牛郎织女，定能够骑着牛儿来往。我想，他们此刻，定然在天街闲游。不信，请看那朵流星，是他们提着灯笼在走。"100年前，地上的城市，还没有沉没于灿烂，天上的星星，还没有隐藏起来。于是郭沫若清清楚楚地看到，瑰丽华美的星空，疑似天上的街市。

郭小川写下《望星空》的时候，星也没有隐藏起来。郭小川说："我站在北京的街头上，向星空瞭望……在那神秘的世界里，好像竖立着层层神秘的殿堂……在浩大无比的太空里，点起万古不灭的盏盏灯光……我们要把长安街上的灯光，延伸到远方，让万里无云的夜空，出现千千万万个太阳；我们要把广袤的穹窿，变成繁华的天安门广场，让满天星斗，成为人类的家乡。"60年前，城市的夜空，尚没有淹没于辉煌，天上的星星，也没有隐藏起来。那时，郭小川奇想的是，人类用双手给宇宙穿上盛装。

我没有这样的幸运，我写《城市的夜空》的时候，星空已经隐去。我说："城市的夜空是遮掩了星光混沌了月色的夜空，我寻找属于天空的湛蓝和属于夜的金黄，寻找月亮的童话和星星的诗，寻找浩浩的银河和划破黑夜的流星，然而我什么也没找到。我看到的只是一如沉默的夜空，不是青靛也不是漆黑地泛着一种陈旧的灰黛，混浊着低垂在城市之上。"30年前，城市的夜空，星星已经隐藏于城市的光亮，月亮也已遮掩于城市的光彩，我不无遗憾地问，现代人，还能将迷人的星光迷人的月色重新举上城市的头顶吗？

星星的隐藏，星空被遮蔽，已经是30年的光景了。

现代人的世界，早已不知道什么是夜空，什么是星空。许多人在古诗里看到过"迢迢牵牛星，皎皎河汉女""河汉纵且横，北斗横且直"，却恰恰没有看见过浩渺的星空、遥远的银河和闪亮的北斗。许多人在聊天里乐道于自己什么星座，别人什么星座，甚至父辈什么星座，却恰恰不曾看见过自己的星座和别人的星座在天空是什么样子。现代人在虚拟的世界里将天空编织得深邃幽暗星光熠熠，但却无奈于现实的世界里为失去暗夜和星空而遗憾惆怅慨然喟叹。天上看不见了星座如地上看不见了野兽，唯一派光灿的现代世界。

于是，人们开启了浪漫的星空寻找，而且是世界性的暗夜星空的寻找。美洲、非洲、欧洲、澳洲、亚洲……据说，这个星球上，已经三分之二的世界城市看不到了暗夜星空，而这个世界性的寻找，也仅仅寻找到273片暗夜星空。这个寻找延伸到中国，藏西阿里、藏北那曲，成为世界暗夜星空保护地；延伸进江苏、延伸进江西、延伸进河北、延伸进山西，野鹿荡、葛源、照金、洪谷，成为世界暗夜星空保护地。太行洪谷，就这样闪烁进了这个星球暗夜星空的世界名录。

所有在名录的夜空，都是一片斑斓的星空。一如雄浑的太行洪谷，人们扑进去的时候，暗夜、星空、银河、星斗，浑然浩渺，海海漫漫，如海一样悬在人们的头顶，溢满苍穹，荡满天涯，倾泻而不坠，漫流而不落，间或些许流星飞过，也没入无垠的冥茫。人在星空之下，仰望、瞻望、凝望、惊呼而望、旋转而望，终至于眼花缭乱天旋地转，沉入一个洪荒世界一个童话世界一个神圣世界，无所谓开始也无所谓结束，一切的一切在幽亮的永恒里，斗转星移，斗转星移……

那么，洪谷的暗夜星空之外，我们还有吗？

其实呢，太行洪谷所在的沁水，不乏暗夜星空；沁水所在的沁河，不乏暗夜星空；沁河所在的太行，不乏暗夜星空；而太行所在的山河大地，也不乏暗夜星空。

所有走向自然的地方，都可以找到暗夜星空。

我就在并州东山的凌晨，看到过它的暗夜星空。当时，一群亲人在给自己的老人送别，本无心看什么暗夜星空，然而，就在那一刻，满穹的星斗跳出天幕，也给这位老人送别……天上一颗星地上一个人，我于是记住了那个清辉凛冽的星光时刻。

李杜在一篇《彤康之夜》的散文里，写到过自己的暗夜星空：我被惊呆了，这是我从来没见过的天空。一片高远而又绝对的黑，没有一点点杂质，没有一丝月光，却又像被无边的光明浸透。纯粹的，黑；圣洁的，黑！这神奇，此生我没能力描写。

劳马在一篇《冷湖镇》的散文里，找到了自己的暗夜星空：我们仰望星空，天哪，太震撼了！犹如一场大雪从空中飘落，密密麻麻……银河吗？是的，这么近，跳起来伸手就能够着！天上的星星数不清，地球淹没其中，只是一粒微不足道的细沙。

是的，地球是天上的一颗星，这颗星就隐藏在宇宙的深邃里。人类以模拟的方式，在计算机的世界里，将这颗星球推向亿万光年之外的宇宙深处，于是我们看到，这颗星球和别的星球一样，是暗黑深渊里的一粒微尘，然而却是一粒光芒闪射的亮尘。

这粒微尘，这粒亮尘，是已知宇宙唯一拥有生命唯一拥有人类的尘星。在这颗尘星之上，暗夜一直在，光明一直在，是寄居于此而执意于追逐光明的人类，遮蔽了天空的暗夜。

不过，被遮蔽的暗夜星空，在人类的廓清与寻找里归来。

不安于黑暗而趋前追逐光明，是人类的一次跨越；不安于辉煌而返归寻找暗夜，是人类的又一次跨越。人类找到了太行洪谷，太行洪谷给予人类的，却不只是一个自然的星空！

夜光里的城市

这个城市，终于拥有了晴云朗月的夜空。

云熙熙攘攘铺在湛蓝里，月藏在云上，不时从云缝里跳出来，尖叫一声，又倏然隐去；月隐藏的时候，掩不住光华，光从云边上溢出来，云被月照得朦朦胧胧，云与月，变成了天上的灯笼。似乎天上什么人，在打着荧光的灯笼行走。

突然，我看见一串光斑打在许多云上，然后，迅忽离去；迅忽离去，又迅忽打来，迅忽打来，又迅忽离去；匆匆而来，匆匆而去。我惊异，哪来这么强烈的白光，把白云都打得忽忽闪闪？月亮吗？星星吗？然星与月都没有跳动的光芒。

稍瞬，循着光斑，我看到一种穿透夜空的光柱，打在云端，一种稍纵即逝的光柱，是它，把云打得光斑点点光影闪闪。循着这光斑、光影、光柱，我终于发现，这打上云天的光柱，扫射着，回旋着，交织着，它竟是从汾河直射而起的。

我急急走向汾河公园的夜光水岸。

走近夜光里的汾河，就被一种天籁淹没。明明暗暗的灌丛和树林间，鸟扑棱棱地飞动，激起它们叽叽喳喳熙熙闹闹的聒噪；幽幽亮亮的芦苇和水草深处，蛙扯开嗓子叫嚣，爆出远远近近咕咕呱呱的蛙鸣。城市的喧闹远了，自然的声音袭来。天光里，褐黄的胖乎乎的大鸟飞过，飞过的时候砸下嘎嘎嘎的声音，砸在半空，砸在那些细密琐碎的鸟鸣和蛙声上，成为穿透在夜空里的具有磁性质地的声音。我奇怪了，蛙声是属于夜的，但这夜何以密集了如此蓬勃的鸟声呢？

也许，鸟被夜光照得找不到了黑夜？或者，鸟们也在夜光里寻找未曾有过的欢悦。人们创造了夜光世界的时候，有谁想到，自然的精灵们，也会融入这夜光的世界？

这时候，我就在汾河的水岸上看到了那些射向天空的长长的光柱。汾河的水岸已经是华彩的水岸，红的黄的蓝的白的紫的灯带，东岸西岸西岸东岸，由北向南蹿过去，又由南向北窜过来；那些缀在灯带间的月亮一样的射灯，旋转着，照射着，光柱在天空中交织着，扫射着，亮亮的光斑，就打在高高的云上，似乎，是和月亮比光辉，又似乎，是和月亮追云翳。天上一个月亮，地上多个月亮。也许这自然的天空，只有夜光里的云，会被天上的月亮和地下的月亮纵情簇拥。

我没有想到，人们创造的水岸射灯，居然打到了高远的夜空之上和荧亮的白云之上，而且，于无霾的晴丽里，把城市的夜空打扮得光怪迷离，演绎着一个现代光影的神话。

于是在长长的汾河水岸，我看到一个岸上岸下水上水下的世界。那里，夜光在汾河水岸升起，在城市地面铺开，在楼群空间矗立。空中有带灯的风筝飘移，天上有闪烁的飞机划过，云和月与射灯在天幕上演着游戏，霓虹与彩灯肆意炫耀着，直直延伸到深深的幽邃和远远的幽冥里去。这时，水里就有了一个光影世界。水岸游走的灯带，地面铺开的灯河，空中矗立的霓虹，空中带灯的风筝，天上闪烁的飞机，都在水里构筑了一个辉煌宫殿。水上水下，似是神秘的 N 维空间。

也许是太像世外造物了，也许是太像仙境幻境了，似乎，是天上掉下来了一角，又似乎，是整个天宫搬到了人间，不经意间，就给了人玄奥的感觉，也给了孩童玄妙的想象。

之前，我曾在我 10 楼的阳台，看汾河之上夜光里的城市。我给我的两个外孙说，看看，黑夜的城市，像什么？描写一下城市夜里的风景。可可说，城市的夜空就像黑色的画，画上洒满了点点的白，城市点着数不清的灯笼。乐乐说，城市的楼房就像黑夜的星星，我们就住在星星里，我们住在星星里面数星星。我总是惊异于孩子的想象。孩子人之初的画笔，在纯白的纸或纯黑的纸上，画出自己的发现。那是想象的自然空间和城市空间，也是现实的自然空间和城市空间。

这光怪的现代自然空间和神秘的现代城市空间，使我想起30 年前的城市夜空和我写作的一篇散文《城市的夜空》。那是一种什么样的夜空呢？我曾说，是像坟墓一样的夜空。

那时，我这样说，现代工业的发展，早已使城市的夜空着魔：它一边把城市点燃把城市照亮，一边却又酝酿灯火的光幔把星空遮没；它一边燃烧着黑色的太阳石把城市烘得热热烈烈，一边却又蒸腾着黑色烟尘把城市熏得混混沌沌。现代工业的魔力，成就了城市的夜世界，也污染了城市的星空。现代文明之光把城市点得亮亮堂堂却无法把城市之顶的烟雾澄得清清净净，现代人创造了光世界烟世界，却无法把世界从光与烟的雾中解脱出来。我们，还能唤回纯净的美丽吗？

应该说，30 年过去，这纯净这美丽，回来了。

就像汾河水岸构筑的夜光世界：水上岸上，一个世界，一个透明的、霓虹的、现代城市的天空世界；水下岸下，一个世界，一个幽亮的、幻影的、现代城市的水域世界。两个世界融为一个世界，成为这个城市重新归来的真实世界。

晴空，朗月，白云，星斗，是真实的，汾河的射灯打在了云端上，是灯光伸长了向天的射程，也是云天辽阔了清洁的空间；看得见八千里路云和月，看得见月亮与云捉迷藏，看得见星斗重新挂在天空上，一切，具有了天大的真实。

碧波，芦苇，鸟鸣，蛙鼓，是真实的，城市的霓虹倒映在汾河，是汾河幻化的城市形象，也是城市虚构的现代生动；然汾河千里清水复流是真实的，汾河碧波流向黄河是真实的，汾河重回大河风光是真实的，一切，具有了水样的真实。

如此，不就还给了你一个彩云追月的夜空吗？

在地上擦拭天空

夜，雨，风。风声隆隆碾过天空，夹着尖叫，漫天呼啸。

清晨，蓝，净，静，天空瓦蓝瓦蓝的，城市晴亮晴亮的。

天上没一丝云，像电子蓝屏，唯一勾素月，如同一个徽标。

蓝格莹莹的天，清格凌凌的水，这是山西民歌的调性。

太阳升起来的时候，光芒横空扫过来，打在城市的楼群，楼群被光芒打得一如金笋，耸立在天际的这边。

城市的绿树绿篱，顿时成为金笋之下簇拥的绿色，衬托着金碧辉煌的城市，鲜亮且生动，清新且壮丽。

仰视天顶，是透彻的，没有雾霾的天空。

平视远方，是清澈的，没有尘埃的城市。

雾霾消失了，污染消失了。

雾霾是怎样消失的？污染是怎样消失的？

是否应验了那句俗语——空气靠风刮，污染靠雨刷？

污染又是怎么发生的？雾霾又怎样升起的？

是否又切合了那个说法——人，或人欲，是雾霾之源？

曾经看到过，一管管烟囱怎样将自己湮没，一群的烟囱怎样将自己湮没？

是远远伫立在汾河北地的工业的烟囱。在风静的蓝色天幕下，城市被风淘滤得看得见时间，世界被风淘滤得看得见空间。于是我看到了城市北地和城市北地耸立的烟囱。在城市灰蒙蒙的时候，这烟囱是完全看不到的；远远看到这烟囱的时候，只有在大风之后天净了沙的时候。此时，烟囱们相向伫望着，徐徐缓缓地，吐着浓浓淡淡的白烟。要知道，城市的烟囱这时已经不吐黑烟也不吐灰烟了，只吐着脱去硫烟也滤去硝烟的白色的气体，吐着飘然而起然却瞬转即逝的白色的长龙。长龙飘散在阳光里、融化在透明里、消逝在清爽里，人们终于看到城市北地的烟气的蒸腾和消失。而只有看到这烟气蒸腾而且消失的时候，人们也才知道，没有雾霾的时候，这空间是可以清澈到人心里去，辽阔到天心里去的。

然而，漫漫久久，人们又看到，烟囱上飘飞的烟气，终于愈积愈浓、愈堆愈厚，渐渐地，将自己湮没。一管管烟囱将自己淹没于由白而黄、由黄而灰、由灰而浓的沉沉的烟幕。

本来，耸立在城市北地的一管管烟囱，是吐着白色在呼吸。

但呼吸之间，东边的烟囱被中间烟囱吐出的白气给模糊了，继而，中间的烟囱被西边烟囱吐出的白气给模糊了，进而，西边的烟囱也被自己烟囱吐出的白气给模糊。然后，所有的烟囱，将所有的烟气挥舞成灰幔，模糊了自己，隐匿了自己。而再后，所有的烟囱，被烟雾湮没。不仅湮没了自己，而且湮没了建筑；不仅湮没了建筑，而且湮没了树木；不仅湮没了树木，而且湮没了居园。烟囱世界所有的空间，被烟雾湮没。像浓浓的雾，像浩浩的浪，像厚厚的墙，延伸、延伸。高高烟囱酿造的白色的灰色的烟雾，终于将城市北爿的天地湮没。而且，外溢着，扩展着，漫延着，漫向整座城市。只有在没有雾霾的时候，人们才看到，烟雾怎样漫成了雾霾。

就是这雾霾，终于将天空涂染成了灰色，将风静之后刚刚滤过的蓝天，渐渐地，涂染成了铅色的沉重。那涂染，一如一管管烟囱对自己的湮没，也成为对于城市的湮没。

这时你终于明白，那烟囱放飞的，并不是白龙！或者，即使是白龙，飞起来，也成不了白云。

只能混合成——雾霾。

雾霾，似在人的远处，在别人的世界里。雾霾深处的人，看不到自己身在雾霾，看到的，似乎都是别人在雾霾。

是霾色远看近似无，一如草色遥看近却无。实际上，没有人能逃离雾霾，也没有人不酿造雾霾。每个人都是雾霾的承受者，每个人也都是雾霾的承制者。这话题听起来似乎有些悖谬，但恰恰隐含了事实的逻辑。就如湮没烟囱的烟雾，是否只是别人的烟雾呢？实际上，湮没了别人的烟囱，最先是把自己湮没。它是被烟囱之下烈烈燃烧的火焰湮没的，被隆隆机器的轰鸣湮没的，被远远近近的灯火湮没的，被熙熙攘攘的喧嚣湮没的。所有被湮没者，也都是湮没者，没有一个湮没者或被淹没者是无辜的。不在雾霾的深处，并非不制造雾霾。何况，雾霾之下，又哪有不在雾霾深处的人？即使感觉在雾霾浅处，甚至在雾霾之外，其实也并非真的就脱离了雾霾。

如果站在城市的远处或者高处，会看到城市埋在一团朦胧里。城市沉没在一团雾气里，也沉没在一团喧嚣里。

人就在这灰蒙蒙里沉浸着或者沸腾着。生物性地生存和精神性地生存。生物性地生活和精神性地生活。生物性地自由和精神性地自由。生物性地追求和精神性地追求。人的筹谋策划东奔西忙劳碌拼搏角逐博弈挥洒消费昼夜旋转，酿造了喧嚣轰鸣和川流不息的隆响，人又在这喧嚣轰鸣和川流不息的隆响里，筹谋策划东奔西忙劳碌拼搏角逐博弈挥洒消费昼夜旋转。人声鼎沸激发了机器隆鸣，机器隆鸣激扬了人声鼎沸。人器混合其器尘上厚积了微尘沉积了颗粒汇积了雾霾，轮回往复、往复轮回，终于将城市沉沦在了灰色的覆盖与喧嚣的笼罩里，也终于将人们沉陷在了雾霾的遮蔽与轰鸣的湮没里。没有任何人可以深处雾霾污染然而却拒绝雾霾污染。

人成为机器世界的驾驭者，又成为被机器世界驾驭者；人成为电器时代的异化者，又成为被电器时代异化者。

那些源自人力生成、机器燃烧、自然挥发的物理的化学的生物的一氧化碳（CO）、二氧化硫（SO_2）、氮氧化物（NO、NO_2）、可吸入颗粒物（PM2.5、PM10）、挥发性有机物（VOC），聚在空气里混合、交织、游移、旋转、纵横、升降，静风之间，就凝结而成为气溶胶，聚结而成为雾霾，积结而成为铅灰和沉重，扑入人的呼吸，切入人的器官，渗入人的血液，突入人的心脏，然后，搅得心宇寒彻周天寒彻。没有一个人可以阻挡这细微的也是天大的雾霾颗粒，没有一个人可以吐出这细微的也是天大的雾霾颗粒。塞万提斯笔下的堂吉诃德，犹可以直面风车而挥戈出击，人们面对自己制造的天大的雾霾，想四面出击而挥拳乱打，却根本就什么也打它不着。

没有比打击敌人却找不到敌人而更加无奈，没有比四面楚歌却找不到声音而更加迷茫。何况，是打空气。

但是，打不着也得打。可以等待一场风，或者等待一场雨。唯不可以等待的，是人的自己的抗击。

人的对峙、人的抵御、人的抗击就这样启动了。雾霾酝酿的时候，人也启动气象预测天气研判雾霾预警。多少年前，天气预报尚差错惊人，多少年后，雾霾预警却准确惊人。当雾霾袭来的时候，人以预警控制机器、限制燃烧、钳制火力以及烟囱。人类农业时代走向工业时代曾经烟熏火燎的标志，在挺进工业时代之后成为黑色污染的耻辱。人在这个时候于天空底下感觉自卑然而也自信。自卑在于毕竟自己不能够主宰天空，自信在于自己尚可以改善世界。人给天空划定等级、给空气划定等级、给雾霾划定等级，其实是给预警划定等级、给应对划定等级、给措施划定等级。自卑却不无奈，自信却不狂妄。以人之力契合天之力，以人之自净契合天之自净，人之力、人之自净与天之力、天之自净契合，再造人间大地上的无霾天空。

人污染了自己的空间甚至天空，却不能够完全自净自己的空间。天是否完全自净自己的空间？似乎也不能够。

我们的城市，曾是中国污染最重的城市、世界污染最重的城市，不也曾经有风也曾经有雨吗？然而风雨并没完全自净自己的天空。风把雾霾刮走又刮回来，空间成了雾霾来来往往的通道；雨把烟尘刷下来又刷进水土，河道成了黑尘流来流去的过道；风停了雨停了污染物又成了弥散于阳光和空气的尘埃。循环，往复；往复，循环。改变起于人的自我约束和自我改造。人把落后的燃烧方式淘汰了，窑炉改造了，烟囱推倒了，城市的燃烧由燃煤变成烧气；人把落后的工业方式取缔了，工艺淘汰了，企业搬迁了，城市的产业由污染变成清洁；人探求着碳达峰，将城市楼群道路高高低低重新构建着；人追逐着碳中和，将城乡现代生活里里外外反复绿化着。人的自我世界和城市的自我世界，终于发生了天大的改变和转变。

人看到了，天看到了，人和天都看到了，人之力和天之力，人之净与天之净，感应、和合，由天人感应，到天人合一。

人类对自然不好，自然不会对人类好。

人类对自然好，自然自会对人类好。

这个意义上，也许真正体现了天人感应和天人合一。

当人类污染自然而超过自然容量、自然自净、自然极限的时候，天空也是无能为力的，天空不完全以自净拯救自己也拯救我们。

当我们尊重自然从而去敬畏自然、顺应自然、保护自然的时候，天空自然也神力无比，天空自然也可以以美好自己而美好人类。

摒弃前者而选择后者，是现代人类的必然选择。

天人感应和天人合一，也许只是人类的一厢情愿，是由古而来的凝结了古代文明也启迪了现代文明的人类的一厢情愿。然而，人类是自然的人类，此当也是自然的情愿。

当然，人类如何，自然本无所谓。恐龙毁灭过了，世界毁灭过了，据说人类曾经达到过极高的文明形态，然而也毁灭过了。太阳依然运转，天空依然运转，大地依然运转。

人类作为自然的人类，也许是自然的另类。人类自己不能毫无所谓。人类必须有所谓而且有所为。否则，人类毁灭的不是外在于自己的自然，而是人类自己置身于自然的自我。

天空的来风，自然是空穴来风。

天空的来雨，自然也是空穴来雨。

空穴来风自有空穴来风的道理，空穴来雨也自有空穴来雨的道理。但那是天空的道理，是自然的道理，是天理，而不是人类的道理。

不是说比大地广阔的是海洋，比海洋广阔的是天空，比天空广阔的是人的思想吗？

这是人类的道理。人的广阔自有人的道理，人的道理也不是自然的道理。然而，自然的道理通向人的道理，人的道理也通向自然的道理。

天空是广阔的，自然是广阔的。人类是广阔的，人类的思想是广阔的。你想象天空多悠远它就多悠远，你想象天空多深邃它就多深邃，你想象天空多辽阔它就多辽阔。

而且，在自然的天空里，你想象星速多快捷它就多快捷。

然而，在人的天空里，想象和思想的速度，比星速还要快。

一个内宇宙，一个外宇宙。

对于外宇宙，内宇宙的一呼一吸，就是蚁类的一场风。对于内宇宙，外宇宙的一呼一吸，就是人类的一场风。

内宇宙和外宇宙，两个宇宙，可以是合一的。

人类每一个等风的日子，也是自己酿风的日子。

人类每一个无风的日子，也是自己生风的日子。

这样的日子，注定是天地万物与人类万象和合感应的日子，也是人与自然天人合一的日子。

与蒲县的云纠缠

车驰入蒲县的时候，就跌进了蒲县的云里，跌进了云的故乡。

蒲县的云是堆在天上的雪。天肯定是觉得人在地上堆雪人堆不出它的想象，索性把雪堆在了天上。这样，天居然就堆出了少男少女牧虎的图像和雪熊雪狗逐鹿的形象。云天里，少男少女放牧着老虎，老虎和雪熊雪狗一起追逐雪鹿，自由自在奔跑在雪的原野……我想天肯定是有一种思想有一种幻想的，因而拿了云来堆雪人，雪，就堆出了天上人间，然后，就让高高的天上人间看着地上的人间天堂。

蒲县的云肯定是天天堆着这样的雪景：今天堆着少男少女雪熊雪狗，明天堆着雪山雪原雪鹿雪虎，后天堆着雪树雪林雪鹤雪鲸……地上多少事物多少人，它都轮换着堆呀，堆呀，堆呀……直堆得那些事物那些人，都成了熟人熟物，成了地球村里或者宇宙村里熟悉的乡亲乡邻。即使离开多少年，它们再遇到再见到的时候，依然相熟相亲。这样，久而久之，地上的人间天堂也熟悉了穹庐里的天上人间。

其实，人看着蒲县的云的时候，蒲县的云也看着地上的人；人想着蒲县的云的时候，蒲县的云也想着地上的人。人注定是心里藏了许多的云，因而跌进蒲县的时候，就看到了蒲县许多的云；而蒲县的云，既然已经堆了世间许多的人，那么，它注定心里也藏了世间许多的人，因而人走进蒲县的时候，它也就看到了曾经见过的许多的人。

人和云云和人，人想云云想人，人走进蒲县的时候，或蒲县的云看见人的时候，人与云就发生了量子纠缠。

人心里有云，眼里就有云；人心里没云，眼里也就没云。这心事，云也是知道的。因为，人既如此，云也如此。

蒲县的云肯定是去过许多地方的，也见过许多地方，只是，许多地方什么把云遮住了，人就没看到蒲县来的云。

蒲县的云肯定去过临汾，去过太原，去过北京，甚至去过东京，去过伦敦，去过纽约……它肯定看见过许多人，但许多人没有看见它。也许因为心里没云，也许因为被什么遮住，也许因为不认识它。不管看见没看见，云肯定是去过许多地方，去过许多地方又返了回来。那么，我去过的地方它肯定去过，我没去过的地方它肯定也去过。它也许 N 次地看见过我，而我，却第一次在蒲县看见它。

甚至，蒲县的云是早就去过地质时代的云，去过洪水时代的云，去过尧舜禹汤时代的云，去过秦汉唐明时代的云，只是，你没见过它去的时代，所以你没见过它。最早是没有你也没有人类的时代，所以你也没见过那个时代。你这会儿看见蒲县的云，你就看见了地质时代的云，看见了洪水时代的云，看见尧舜禹汤时代的云，看见了秦汉唐明时代的云。看见了蒲县的云就看见了过去，这是你遇到的幸运。

也许，你心里装了许久许久的女子你在蒲县的云里看到了，你心里装了一生一世的恋爱你在蒲县的云里看到了，你心里装着的许多许多的故事你也在蒲县的云里看到了，甚至你在夜里做过的许多梦和白日想象的许多意境，你都在蒲县的云里看到了……你心里装着什么你就会在蒲县的云里看到什么。尽管隔了高高远远的空无也隔了浩浩荡荡的蔚蓝，然而你和云、云和你是量子纠缠在一起了。

要说，这可是一件玄乎的奇怪的事情，其实，知道了，你也不觉得它就是玄乎的奇怪的事情。

因为，蒲县的云，不只是和你纠缠在一起，蒲县的云，和地上人和人植的绿，都纠缠在一起。

人说，天上一颗星，地上一个人；天上一片云，地上一片绿。这是天地人之间的一种神秘感应。

蒲县的云，天天看着地上的事情，看着，想着，云觉得自己和地上的事物越长越像，像地上的一片草地，像地上的一片森林，像地上的一川庄稼。地上的绿，也天天看着天上的事情，看着，想着，绿也觉得自己和天上的事物越长越像，像天上的一片云影，像天上的一条云河，像天上的一望云海。就像人间少男少女一见钟情，然后相恋相许，然后终身相爱，然后相濡以沫，日日夜夜、夜夜日日，就越长越像了。

　　天上的云和地上的绿，它们相互纠缠着；或者不只是纠缠着，而是彼此交互着；或者也不只是交互着，而是竞相融合着。就是说，天上的云纠缠着纠缠着，忽然变成了雨，和地上的绿亲近、拥抱、融合、升华；地上的绿纠缠着纠缠着，渐渐变成了气，和天上的云亲近、拥抱、融合、升华。然后就你中有我我中有你了，然后就你变成我、我变成你了，然后就你就是我、我就是你了，于是云里就有了绿绿里也有了云。

　　云看到绿的时候其实也看到了风，风起于青萍之末，青萍起于水土之上，水土起于天地之间……青萍滤净了水土之尘，水土就净了；水土滤净了地面之尘，空气就净了；空气滤净了雾霾之尘，风就净了；风滤净了高空之尘，云就净了……风净了，云净了，云就成了干净的云，天就成了干净的天，天地就成了干净的天地。于是云在天上看绿，绿再远也成了可近的云，绿在地上看云，云再远也成了可近的雪。

　　但云毕竟站在透明辽阔的高处，它看到了极远极远的空间里的地方，也看到了极远极远的时间上的地方。

　　它在那些地方发生过了亲近，也发生过了拒绝；它在那些地方看到过了混沌糊涂，也看到过了澈澄清明。

不过，蒲县的云，和蒲县的烟囱没有纠缠，和蒲县的烟也没有纠缠。

　　原先，烟囱原本是想纠缠的，烟囱想把自己吐出的烟，变成灰黑的云，然后和天上的白云纠缠；而且，它们曾经就这样纠缠过，吐出的灰黑的烟升腾上天空，和云纠缠，和天纠缠，不仅把云变成了灰黑的云，而且把整个天变成了灰黑的天。后来，它们没办法把灰黑的烟变成灰黑的云了，没办法像天上的云一样把灰黑的烟变成动物植物的样子了，更没办法变成人的样子。

　　因为地上也根本没有了烟和天上的云纠缠，即使指向天空的烟囱，也空空洞洞的，没办法和天上的云纠缠。因为烟囱底下的机器不愿意，机器旁边的人不愿意。烟囱底下的机器把黑烟灰烟吸收了，机器旁边的人把烟尘烟气消灭了，因而烟囱再高也吐不出黑的烟灰的烟，只能空空洞洞望着天望着天上的云。地上没有了烟和天空纠缠，自然也就没有了烟和天上的云纠缠。

　　只有人与云纠缠，与天空纠缠。人也许背离天空太久太久了，背离云太久太久了，于是比任何时候都想把心事寄托给天空寄托给云。人把干净寄托在蓝天之上，把纯洁寄托在白云之上；甚至，人会把美的人间爱情和爱的人间美梦，寄托在云天之上；更甚至，人会想象云天也把美的天堂爱情和爱的天堂美梦，寄托在人世之间。这也许是只有在云天里，人会生出的奇魅想象。

　　也许，只有在天空空荡荡悬着飘飘扬扬的云的时候，人会在空空荡荡和飘飘扬扬之间看到天空蕴涵的故事。

其实，最具实在意义的是，人把心操在了头顶的空气质量上，在云和天的清晰程度里，看现代空气的纯净程度。

是的，蒲县的云是清晰的也是纯洁的，是云本身的纯洁，也是大地的水汽蒸腾之后的升华。

蒲县的云是蒲县的云，但又不一定是蒲县的云。蒲县的云也许是临汾的云也许不是，也许是太原的云也许不是，也许是北京的云也许不是，但它一定是中国的云，一定是世界的云，一定是地球的云。它和所有地球的云一样，站在地球的高处。所有地球的云都看着人间也看着世界，所有地球的云都看着地球也看着宇宙。纵然它们玄妙得若有若无，甚至神秘得无影无踪，但它们始终看着地球也看着宇宙。

据说，云是宇宙所有星球间不只地球拥有的自然物质。仅就人类所知，火星有云，金星有云，木星有云，别的星球，也或许有云。尽管它们比地球的云还美丽，比地球的云还诡异，比地球的云还玄奥，但它们在自己的星球是没有生命纠缠的，是不被生命纠缠的；或者说，纠缠它们的生命，不是来自它们自己星球的生命，而是来自地球的生命，是地球人类放飞的卫星以及生命，与它们隔空相望隔空纠缠。

事实上，宇宙间只有地球的云，是与生命纠缠的云，是被生命纠缠的云。它们是可以变化成雨、变化成雪、变化成气的云。变成瑞气与天空纠缠，变成雨水与江河纠缠，变成冰雪与大地纠缠；进而，化进花树与雏鸟纠缠，化进庄稼与小兽纠缠，化进森林与珍禽纠缠；最终，成为河海与生命纠缠，成为生命与世界纠缠，成为美与灵魂纠缠。地球的云与生命的纠缠，在星球间，在宇宙里，是一种唯一。

云既是地球家园给天上人间的一种神秘寄托，它返回地球故乡的时候，也就回归到人间天堂的生命和灵魂里了。

我久久地与云纠缠，我想我的生命我的灵魂里，是住着许多云的，我的心里久久地住了一个晴云的天空。

也是有缘，我竟与蒲县的云有约，而且，终于在这个夏花烂漫的日子访问了它，并沉醉于蒲县的云。

在蒲县，人与自然没了灰厚的阻隔，太阳不隔雾霾直射到大地，风不携灰土直吹到树木，雨不染尘埃直洒向庄稼，云不带含糊直投于山川。因为直接，空间距离变得短而且近，时间距离变得短而且近，心理距离变得短而且近。因为短而且近，太阳咣地拥抱了草木，风哗哗返回森林省亲，雨也沙沙沙回到土地探视。人与云似乎也没了距离，云再高再远也顿即扑入人眼底，一切也便亲切地浸入人的心底。

似乎人系着云云也牵着人，虽然没有风筝线，人和云却牵连在一起，甚至人的心走到云里云也走到人心里，人和云融化在一起，以致在离开蒲县之后，我思想里依然是蒲县的云，情感里依然是蒲县的云，感觉蒲县的云牵着延延绵绵的长云，长云诡谲神化成跃出海浪的巨鲸，巨鲸背上追赶老虎的少女幻变成骑着老虎的少年，少年欢呼着欢腾着翩翩欲飞的云鹤，而云鹤，驾驭着蒲县的云朝我飞来……

突然，蒲县的云"汪"地叫了一声，然后，"汪汪""汪汪"，漫天雪白的云朝我涌来，漫天雪白的动物朝我涌来；"汪汪""汪汪"，漫天滚动的云朝我聚来，漫天滚动的生灵朝我聚来……我惊叫一声，睁开眼睛，却看不见一丝的云影，看不见云幻化的生灵，只听见窗外远处的狗，在叫，在吠……我终于意识到，我是沉落在离开蒲县之后，距离蒲县的云远远远远的夜里了，我是沉落在夜的梦里。

我清楚，在我的看见和梦见里，我在蒲县遇见的云，肯定是唯一。

我于是在心里郑重地给它命名为"蒲县的云"，我魂牵梦绕与它纠缠。

城村／他乡依稀故乡

平遥的眼睛

平遥是从古老的城门和古老的车辙中缓缓走来的，走过了长长的 27 个世纪之后，就走成了一座幸存的古城。

就在这个时候，中国看到了它，把它叫作历史文化名城。

就在这个时候，世界看到了它，把它叫作人类文化遗产。

于是，中国的目光与世界的目光，凝聚在了平遥古城。于是，中国人的眼睛与世界人的眼睛，凝聚在了平遥古城。

我看着它的时候，许许多多的人已经站在了城下看它。

那些来自辽远城市的人们，来自近郊乡村的人们；那些来自中国本土的人们，来自世界异域的人们，黑发碧眼、红发蓝眼、黄发黑眼、白发灰眼的人们，举头仰望着——这座平遥古城，举手高擎着——一个平遥国际摄影节。

一个国际摄影节与一座中国古城，终于将世界轰动！

其实，中国人站在城下看城的时候，城也在城上看人；而世界人站在城下看城的时候，城还在城上看人。

人看城的时候，是用长长短短的闪烁不定的镜头和镜头背后惊叹不已的望眼；而城看人的时候，是用远远近近的等待千年的城楼和城楼上下千年平静的窗眼。

于是人和城，都看到了不一样的世界。

城上的碉楼是平遥的眼睛，平遥用这碉楼的眼睛，看过了千年晋地的灰黄历史。

一座绵绵周长 6 公里的古代城墙，人站在城外看城墙的时候，城墙似一条鳞鳍脊笞的灰色长龙，延绵而来，又延绵而去；人站在城上看城里的时候，城里完全一片鳞次栉比的灰色世界，起伏而来，又起伏而去……其实，这座黄土高原的古城，曾经就是一种地老天荒的黄土的颜色，是明代的皇帝将这黄色，包裹在灰砖灰瓦构筑的天地里了。于是，之后，只有在阳光斜斜地打在城上的时候，城才镀上一脉黄土金似的颜色，而在别的时候，一切就是这千古的灰色。

看到了吗，那 3000 垛口，那 72 碉楼？这城，本来是古人守城的武备工事，却以文圣孔子之 72 贤人和 3000 弟子之数，构筑了远远近近的碉楼与凹凹凸凸的城垛。我想，那该正是平遥的智慧的眼睛和深邃的目光了。它是否看过黄帝古陶封鼎的巍巍仪仗，它是否看过周代平陶兵车的隆隆碾动，它是否看过汉代平遥民居的袅袅炊烟，它是否看过唐代平遥庙宇的蔼蔼香火？……而我看着它们的时候，这一切，已经成为灰色城中的历史记忆，静静地叙述着城的悠远。

那么，现代人看着它的时候，只能在厚厚长长的城墙上怀想着遥远的烽烟，只能在高高深深的城池间回望着久远的风尘。我想，历史远去了，然而城在；而城在，历史就在。于是我们熙熙攘攘的现代人，依稀走在平遥的历史之中，穿越在平遥的传说之中。我们看着平遥，我们经历着平遥，其实，是让平遥也看着我们，经历着我们，与我们一起沉淀。

平遥连同它的历史，将自己留在了人们的记忆里；人们也敞开浓烈的热情，将自己留在平遥的映像里。

城墙的门洞是平遥的眼睛，平遥用这门洞的眼睛，看过了百年晋商的白银世界。

那城门洞里开出去的是远远的道路，那城门洞里收进来的是长长的街衢，是款款四大街、悠悠八小街和七十二条蚰蜒巷交织的商业的世界，以及这商业世界里琳琅满目的店铺、雕梁画栋的深宅和华彩飞逸的庭院……这里，一切的流通曾流出了中国第一个白银滚滚的票号，而票号汇通天下的银票，又流出了通达中国、通达南亚、通达欧美的金融世界。于是这里成为大清金融的第一街，成为中国的华尔街，也成为中国乃至世界的白银谷。白银谷，那是一种银光熠熠的闪亮啊！

看见了吗，那高深莫测的票号，那满地满街的字号？这城，以芸芸晋商的万里商路与百年创业，结束了黄土高原农耕之城的千年贫瘠，构建了耀眼炫目的金银帝国。那么，这无疑是平遥超凡的眼力和卓越的见识了。它曾经看着宋代平遥牛肉的浓香飘逸，它曾经看着明代平遥漆器的幻光飞扬，它曾经看着清代平遥票号的汇通天下，它曾经看着近代平遥社火的挥舞乾坤……而我看着它们的时候，这一切，已经成为银色帝国遥远的故事，只默默回望着曾经的辉煌。

而今，旅行人看着它的时候，在幽幽静静的豪宅大院里寻寻觅觅，依然觉得见朱红银黄的彩绘；于深深浅浅的车辙勒痕中瞄瞄瞅瞅，依稀寻得着车马辚辚的繁华。富可敌国，已成昨日，然富贵隐去，气势犹在。于是匆匆忙忙的旅行人，就在这雄阔的古城与悠长的古街，捡拾着晋商的典故，摄取着晋地的风流，也以自己的创作与幻想推演着晋人的往事。

平遥与它的晋商故事，给了人们无穷的历史想象，人们也以伸展关注的镜头，给了平遥不尽的现代观照。

城头的角楼是平遥的眼睛，平遥用这角楼的眼睛，看过了半个世纪的变色故事。

一个金融的帝国终于被近代战乱摧毁，一个晋商的王朝终于被现代革命唱衰。当金银的繁华渐渐远去之后，古城之富贵复归古老之贫困，古城的街衢复归冷冷的灰色，古城的商铺以及商铺的叫卖复归寂静……以至于后来，平遥古城悄悄地看着那些远远近近的古城被摧毁、被拆掉、被夷平，却也看到，这曾经富足一方的地域竟因为贫穷而拿不出钱来拆除这座古城。

于是，这拆不掉的古城，就侥幸逃过浩劫成为遗留的城堡，变速演绎着怪诞的世相。

之后，古城看着忙忙碌碌的城里人在城里城外筑起高炉，燃烧着黑色的煤炭锻造着钢色的工业；之后，古城看着急急匆匆的城郊人在远处近处堆起土炉，喷吐着浓浓的黑烟构架着乡土的企业。平遥用迷乱的眼睛和疑惑的目光，看着一个本来没有煤炭的地方疯狂追逐煤炭的梦想，看着一个本来没有矿产的地域盲目追逐矿产的幻象，看着本来没有污染的地方终于色变成为一个污染的世界……我看着它的时候，这所有的变幻，正于昏天黑地的现实困苦中挣扎着崛起。

后来人看着它的时候，惊异于各种风暴没有将它打倒，铜色冲浪也没有将它损毁。中国许许多多古城消失而平遥古城依然矗立。这印证着什么？晋商逝去，而文化犹存；只要文化不死，建设就在。于是来来往往的后来人，在幽深广阔的古城世界发现，其实晋商文化本就不是破坏与摧毁，也不只是守成与守缺，而是一种进取与建树。

平遥携着它的演变，释放给人们一种深长的思考；人们也洞悉着平遥的变幻，凝聚给它一种深邃的思想。

城前的镜头是平遥的眼睛，平遥用这镜头的眼睛，看到了当代世界的绿色演进。

不知什么时候，古城终于发现了自己的底蕴；不知哪个日子，世界终于发现了平遥的价值。中国的镜头指向进平遥，世界的镜头指向平遥，而平遥，进入 21 世纪就轰轰烈烈将一个国际摄影节打造在自己眼前……于是这座古城打响了淘汰污染的战争，铺开了搬迁企业的战役，筑起了修复城池的工程，拉开了绿铸生态的攻势。就在这时，古老的庭院又辉煌起来，古老的商铺又辉煌起来，古老的街衢又辉煌起来，当现代射灯打在城上的时候，城就变为金绿金绿的世界。

这里，世界的眼睛看着古城的人事，古城向世界呈示着商家的繁忙、旅人的悠然以及城民的微笑；这里，古城的眼睛看着世界的镜头，世界向古城展示着非洲的森林、美洲的山脉以及澳洲的生态。平遥开放的眼界和广阔的视野，看到古城之外的葳葳蕤蕤的绿色生长，看到古晋之外的蓬蓬勃勃的现代迈进，看到中国之外的遥遥远远的蓝色旋转，也看到历史不曾看到的人类的愚昧、落后和灾难……而我看到它的时候，这所有的一切，正在成就着平遥古城的现代涅槃。

而今，平遥人看着它的时候，在老旧的庙宇，在悠长的街衢，在废弃的工场，早就与行行止止的摄影人交流着，与短短长长的镜头相视着，与海海满满的影展汇融着。古城之固，非封闭之固也，而是相反，它阔升了视野。于是那些机灵活泛的古城人与形形色色世界人，就在这个古老的城池、这个现实的城池，构筑了一个影像的世界、一个现代的世界。

平遥用它的胸怀，给了世界一个展示世界的平台；世界用它的聚焦，也给了平遥一个展现的舞台。

平遥与世界融合着，世界与平遥交汇着。

无疑，在平遥的眼睛背后，在世界的镜头背后，是平遥在看着世界，也是世界在看着平遥。

平遥的目光与世界的目光遭遇的时候，我们会想起金银帝国时代的平遥目光与世界目光的相遇。

其实，在那平遥古城经历的金银帝国时代，是平遥目光远远超越了中国目光而与世界目光的遭遇。

平遥曾经走在中国的前列，世界曾经为此而抱愧山西。

我想，这中国的历史文化名城，其实，是很早就创造了现代文化之光。

我想，这世界的人类文化遗产，其实，是很早就昭示了未来文明之光。

无论烈烈轰轰盛装节日的平遥，还是平平静静寻常日子的平遥，无论闪闪亮亮镜头聚焦的平遥，还是星星点点拍客掠影的平遥，在平遥的世界里，你感到，世界是平遥的；而在世界的平遥里，你又感到，平遥是世界的！

平遥正从一个黄土的世界走向一个绿荫的世界。

平遥正从一个黄色的时代走向一个绿色的时代。

那么，平遥，它从现代崛起和现代迈进中走出去，走向绿色文明未来的时候，将走出一种怎样的光彩？

在右玉看绿

我站在右玉的土地上，看绿的右玉和右玉的绿。

海海漫漫的绿，激荡着，澎湃着，由远而近，犹如惊涛拍岸，近到眼前来了。

滚滚滔滔的绿，起伏着，延绵着，由近而远，涌浪排空似的，远到天空里去。

在斑斓的中国地图上，右玉，只是一颗沙粒。

而在右玉的土地上，右玉，却是一幅绿色的画。

北纬：39.98度，东经：112.47度。这就是中国地图经纬坐标里的山西右玉。

在同一纬度带上，向西展去，是毛乌素沙漠，再向西，是库布齐沙漠；向东而指，则是华北平原。右玉，曾是沙漠与平原间的一捧沙。

在同一经度上，面北延伸，是和林格丘地，再向北，是内蒙古草原；面南匍匐，则是黄土高原。右玉，曾是丘地与黄塬的一抔土。

悠远的古代，历史给这片土地堆起两个字：黄沙。

逝去的近代，岁月给这片时空刻出两个字：黄风。

曾经有过繁华贸易，但那是沙原上的贸易；曾经做过军事重镇，但那是风沙里的重镇；曾经经历过走西口的远行，但那是沙路上的远行。

而这一切渐渐远去的时候，这片空间里，只剩下了不毛之地，只剩下了黄沙遍地，只剩下了狂风翻卷尘蔽日，只剩下了沙暴横空土漫天。

就如清雍正《朔平府志》所记载："每遇大风，昼晦如夜，人物咫尺不辨，禾苗被拔，房屋多催，牲畜亦伤。"

就如右玉老百姓所形容："一年一场风，从春刮到冬；白天点油灯，黑夜土堵门；在家一身土，出门不见人。"

据说，风沙从坡上刮过，坟墓便被刮开，黄昏里，白骨森森，闪着游走的磷火；风沙从夜里刮起，至天亮，黄沙来降，门被土埋了半截；风沙一层一层刮过去了，一座三丈之高的城墙，硬是被风沙埋在了地下……

一位德国人曾站在右玉的土地上说："这地方，不适宜人类生存；右玉，只能举县徙迁。"

然而，右玉没有选择徙迁，也没有选择放弃，而是选择了一场旷世奇绝的再造与改变。

一切改变与再造，起源于一个人。这个人从硝烟与血肉的战场归来，即投入风沙与血汗的战争。这是共和国"种植"在右玉的第一任县委书记。风里行沙里走，风沙埋掉了他行走的脚印，终于登上右玉人顶礼膜拜的风神台。但不是拜风神，而是告别风神。风神拜了千百年了，风没止住，风神庙自己却几近被覆埋。这风神还是神吗？人才是自己的神，人才会拯救自己。于是，这个人走下风神台的时候，在风沙里走出了一个坚实的理念："人要在右玉生存，树就要在右玉扎根。""右玉要想富，就得风沙住。要想风沙住，就得多栽树。要想家家富，每人十棵树。每人十棵树，走上幸福路。"之后，这个理念成为右玉人秉持半世纪乃至跨世纪的绿色执念。

当时，就是这个人，一把铁锹插入苍头河的黄沙土，右玉于是挺起人力栽植的第一棵树，第一缕林，第一波绿。实际上，风沙与血汗的战争，并非如此的诗意，而在那棵棵、缕缕、波波绿色的背后，打的是一场前无古人的人民战争。所有的人扑入了这场拯救生存的战争。武器，一把铁锹。敌人，无边风沙。栽树会战对垒无边风沙，铁锹；成为风中的挥舞。栽树，栽树，栽树。铁锹的战争打了过去，树，活了；一场风沙刮了过来，树，死去。这年的树栽了过去，土，绿了；再年的风刮了过来，地，黄了。绿了黄，黄了绿；栽了死，死了栽。屡战屡败，屡败屡战。终于，风沙里，第一波，第二波，第 N 波，挣扎起了艰难的绿色。

当然，不只是树的挣扎，树的挣扎里，是人的苦斗，甚至牺牲。要知道，风沙里栽树，那是怎样的栽树！远处挑来的水，男人们舍不得喝，一口，也要给树喝；午饭发的干面，女人们舍不得吃，一块，也要带回去给娃吃。在这片土地上，树就是人，人就是树，树和人一样珍贵。甚至，人说，种活一棵树，比养活一个娃还难，珍惜一棵树，不亚于珍惜一个生命。一个人，在寒夜降温的时候，脱下自己的外衣给树苗盖被，结果，突发高烧而昏倒在工地，倒下去，就没能再醒来。一个人，在暴雨袭击的时候，扑出去救护被电杆压倒的松树，结果，自己又被滚落的电杆砸倒，树被吐出的血染红，他最后的遗言竟是：请把我埋葬在树底。在这样流血流泪的生动里、种树植绿的悲壮里，竟有许多这样的细节。

也许，最典型的细节，就是右玉人心里生死相依的那把铁锹。这把铁锹，是历史的细节、时代的细节，也是情感的细节、心灵的细节。一位栽树人累极而长眠，送葬时，他的媳妇给他糊了个纸铁锹要放进棺材，村民们便哗啦啦跪了一地，说："不要给他带这铁锹了吧，不能再让他劳累了！"他媳妇却说："他一辈子没有个惦记的，就惦记个铁锹啊！"这位逝者，是村里的一位支部书记。那么，那些县委书记呢？右玉的每一位县委书记，在右玉，都手不离铁锹。一位县委书记调离右玉的时候，曾摘了一枚树叶，夹进自己的笔记本里，临上车了，却又突然返回，他想起了那张已经磨秃了半寸的植树铁锹。他说："什么都可以不带，但这把铁锹我得带上。"

一把闪耀着右玉人灵魂和感情的铁锹，却也是右玉人出神入化的神来之笔。一把铁锹，唤右玉 20 任县委书记举起铁锹；20 把铁锹，唤右玉 10 万人举起铁锹；而右玉人的 10 万把铁锹，换来的，是亿万棵树在一个曾经黄沙横空的贫瘠版图上，铺满了绿色。也曾有人想放下铁锹而开挖煤炭，毕竟，地下蕴藏 34 亿吨煤炭，挖出乌金就是钱。但被县委书记挡住了："绿色不进，风沙就进，耽误植树，就是罪人！"也曾有人想丢掉铁锹而开伐木材，毕竟，地上森林已达 150 万亩，压出板材就是财。但也被县委书记顶住了："在右玉，植树是第一大事，谁也不能打树的主意！"贫瘠和贫困，并没有让右玉人背叛铁锹、丢弃铁锹。在这铁锹的背后，不变的，是铁一样坚硬或比铁坚硬的理念，改变的，是沙洲绿了。

就这样，一把铁锹，一个理念，一方硬汉，硬是 10 年、20 年、50 年，栽种了 70 年的树！70 年前，森林覆盖率不足 0.3%，70 年后，森林覆盖率已达 54%。70 年前，土地沙化高达 90%，70 年后，沙化土地减少 90%。据测算，如果按每米一棵树的距离排列，右玉人栽种的一亿棵树，可以绕赤道两圈半。这 70 年的栽树，让灰色的荒凉终于湮灭于绿色的辉煌。荒凉已然湮灭，然而，崭新，也在矗立。就在这绿色的辉煌之上，在绿色的山峦之上，右玉，又耸立起了银色的驭风发电的风力树。一轮一轮，一列一列，一片一片。风力树驾驭的，已经不是起于沙地的肃杀之风，而是起于绿叶的祥瑞之风。这洋溢着生态之绿的土地，又勃发着现代之光。

这里，有着北方最绿的绿得流翠的土地，有着北方最蓝的蓝得纯粹的天空，有着北方最白的白得发亮的云彩，有着北方最彩的彩得灿烂的田园。而且，淌翠的土地飘移着中国最纯的纯生态的牛羊，晴蓝的天光沐浴着中国最野的野生地的沙棘，亮丽的白云激荡着中国最老的老人树的风景，灿烂的原野旅行着中国最新的新动感的游人。一个曾经的群山恶水的地方，已经成为青山绿水的地方。一个曾被称为"不适宜人类生存"的地方，已经成为联合国授予的"人类最宜居生态"的地方。一群以栽种绿色生态而改变了沙洲版图的右玉人，已经成为以绿色浇铸魂魄并创造了绿洲版图的现代人。那枚共和国种下的绿色种子，已久历沧桑绿遍右玉。

我看到了，在右玉的森林高地上，矗立着一幢高耸入云的植树纪念碑。那是树形的植树纪念碑，也是锹形的植树纪念碑，又是人形的植树纪念碑。

纪念碑刻满了植树英雄的名字，却没刻一位县委书记的名字。但右玉人没有忘记，人们自发竖起了另一块纪念碑，碑上刻满了他们的县委书记的名字。

这两幢纪念碑，直指蓝天，直指远方。

远方，黄土高原绿了，华北平原绿了。

远方的远方，毛乌素沙漠绿了，库布齐沙漠绿了。

这是我从新闻里看到的：2018 年，中国生态气象公报发布，全国 31 个省、区、市植被生态质量呈改善趋势，而山西，植被生态质量之改善，全国最快。山西生态质量指数在 2017 年是 67.7，较 2001 年至 2016 年，平均值升高 6.4。改善之快，居于全国首位。

这是我在网络上看到的：2019 年，美国航天局媒体发布，说世界比 20 年前更绿！美国人在 2000 年至 2017 年收集的数据显示，全球绿化面积增加了 5%，相当于多出一个亚马逊热带雨林。仅中国植被增加量就占过去 17 年全球植被总增量的 25%，居于全球首位。

哦，我看着右玉的时候，右玉看到了远方的绿。我看着远方的时候，远方看到了右玉的绿。

当年，你如果站在了右玉的沙地里，你就是右玉的一粒沙。你是右玉的一粒沙，是因为你被右玉的沙包裹了。

而今，你真的站在右玉的绿地上，你就是右玉的一棵树。你是右玉的一棵树，是因为你被右玉的树染绿了。

只有右玉人，将一粒沙，站成了一棵树；将一地的沙，站成了一地的绿；将一个沙洲，站成了中国的绿风景。

那是立在大地之上的完全人力建造的现代绿色美学！

她创造了一个时代的绿色奋斗历史，而后，她终于融入一个绿色文明的大时代了！

自然村

　　朝着村庄奔去的时候，背后的太原城，正悬着难见的蓝天白云。但那个村庄，依然吸引着我们去寻找。去寻找什么呢？无疑，是寻找一种我们希冀着的浑然天籁的清淳鲜活的所在。

　　路是从柴村高速公路的入口开上去的。开过遍体鳞伤的西山，绕上蜿蜒向北的高速，在开进钢色的北山重岭的时候，我们的"高尔夫"一眨眼钻入了西凌井6545米的超长隧洞。久久、久久，豁然一亮，隧洞过去，在山的那边，出了高速，一片山谷，鲜绿鲜绿的，河道那边，就接入了西凌井的乡村公路。

　　乡村公路在进入凌井沟山门的时候，其实就只是一条乡间小路或者山间小路了。虽然路已被水泥铺了，但只有车身宽窄，两山之间切出的车道，绝对没有多余的行驶空间。车开过去，路边的野草野花扑扑簌簌地摸索着车窗，玻璃摇下来，花鲜，草鲜，露水鲜着，空气鲜着，一派鲜活的山野气息扑了进来。一种久违了的自然味道，终于回归了我们。

一只灰褐色的野兔，从路的那头跳着奔跑着迎面而来，遭遇了车，突然停下。我们也停下。兔子立着，耸耸头兀立着，两只长长的耳朵高高耸立。突然，它像想起什么似的，朝我们奔跳而来；奔着跳着，突然间，它又钻进路边的草丛，不见了，完全和人类开了个玩笑。不过，人被激起的亲近感，却突然升起。

终于，村庄到了。这条路抵达村庄的时候，其实，车已经没了道路。一条沟进来，两条沟叉开去，左边，沿着山沟向里，是一沟的农田，沟的坡上是庄稼，沟的坡下还是庄稼，庄稼地里，立着许许多多的草人，一动不动；右边，沿着小路进去，是一沟的村庄，庄的坡上是人家，庄的沟底是庄稼，庄稼地里，也立着许许多多的草人，一动不动……就在这两沟交叉的地方，一个石头垒起的山脚突了起来，山脚上立着一棵老树，山脚和老树犹如一艘旗舰和旗舰上的旗，成为这个村庄的古朴的标志，圪叉居村到了。

这是一个寂静的村庄。一个寂静的村庄却突然来了许多的车。许多车里钻出许多挎着相机的人。许多挎着相机的人走在坡上坡下。坡上坡下，一个村庄沸腾了。一个村庄的沸腾，是一群环保摄影人点燃了一个他们命名为"西凌井圪叉居村文化节"的日子。而这个寂静乡村的文化节日，其实，是一群城里人在一个村庄里寻找世界也寻找自己的日子。

也许，这样的村庄，对于外人，蕴存了太多的神秘。或许历史古老，或许并不古老。谁知道呢？只是，人们看着它的时候，没有高门大户，没有深宅大院。也许是战乱，或者是灾荒，曾经将三户两户七户八户的人家挂在了这样的红土山丘的红土坡上。多少年代之后，就有了这一坡土挖的窑洞或石垒的房屋，有了一个完全是自然形成的自然村。世世代代，袅袅的炊烟，延续了一个村庄的日子和日子里的故事。

而今，村庄已经没有多少人居住了，据说只是四个庄户八个老人。人居住的院落，农具挂着，山货晒着，柴火码着，鸡窝开着，黄狗卧在那里，看着来人走动、拍照、说话，却并不狂吠。山里的狗，也似乎格外的淳厚。没人居住的院落，或柴门久闭，或已经坍塌，羊栏还在，柴草依旧，只是青草已经覆盖了院落、屋舍、村路，树杈之上，连鸟都不再筑巢。所有村舍，无论居与不居，无论开门关门，都始终抬头见山。

看山的时候，就看见了季节在流动，绿了黄了，黄了灰了，灰了白了；看天的时候，就看到云彩在流动，云来云去，云聚云散，云起云落。没了人的山村，有绿，有云，有好空气；绿是纯纯粹粹的绿，云是高高洁洁的云，空气是清清净净的空气。人从树隙间看上去，云在崇高的天空悬着，清晰得看得见云的边缘；从山谷里看出去，云在远远的蓝天飘着，干净得像是在海里洗过似的。城里人看着这绿看着这云，看着这荒芜的院落荒芜的农舍，突然感觉到，真是可惜了这云，也可惜了这绿啊！于是，只能将这村庄的一切，装进影像的记忆，装进心底。

城里人聚焦了这里的一切。天与地，山与水，春与夏，秋与冬；柴门与土扉，枯藤与老树，羊栏与石磨，辘轳与井台；古朴以及落后，清纯以及乡愁，寂静以及寂寞，安然以及安谧……而乡村的老人，永远是镜头里的主角。无论留守在村的，还是回乡探村的，只要有人拍摄，他们都憨憨地立在那里，将自己的影像，留在了城里来的拍摄客的镜头里。他们并不清楚人们会不会将照片寄给他们。他们没有人去理会这事。

这也许是一个正在走向消逝的山村，或者说，是正在回归自然的自然村。年青的一代已经离去，留守在村的，也许就是村庄最后的居民了……而这个村庄突然红火起来，却竟是在这村庄就要走向消逝的时候。据说，午马出演的电视剧《大号小兵》，曾在这里演绎了一个过去的故事，之后，村庄就成为一个新的故事。据说，山外城市的市委书记，曾在一个雪天进来，慰问了村庄最后的老人。之后，村庄就产生了一种新的变化。水泥路铺进来了，太阳能装进来了，水库也建进来了，拍摄客开进来了，然而走出去的，却没有一个回归而来。

山那面就是城市。一个近乡的城市，一个近城的乡村，就这样被一座石山隔着，隔成了两个世界。村里的人穿过山去，去寻找繁华的闹市；城里的人穿过山来，来寻找清静的田园。于是，村里的山水，村里的空气，甚至村里的寂寞，都成了城里人的迷醉。而今，城里来的拍摄客，将村庄设立为影视村，给村庄举办了文化节，把村庄放进了摄影群，城里人在苦苦地挽留着走向寂静的村庄。那么，真的能挽留住吗？

谁也不知道，该走的时候，都得走了，就像来的时候，无人不将归去。归去的时候，村庄的送别，只有村里的老人，和庄稼地里许许多多的草人，他们静静地站立着、守望者，不倦不弃……人们的归程，是朝着山口的那片白云开去的。穿过那片云下的石山，穿过石山 6545 米的隧道，在山的那边，回望山村的时候，山村的云，依然清清爽爽，清爽得看得见白云的边缘。

前面，太原城也已经看得见了。城市上空，依稀是蓝天白云，但一个厚厚的灰黄色的气层，雾蒙蒙地罩在城市的头上。晴霾如盖啊！突然间，这城，给人一种窒息的感觉。然而你只有无可奈何地朝它归去。尽管，你希望着的城市不是这样！

城中村

一座村庄变成一片楼群的时候，村庄把自己交给了城市，城市和村庄融在了一起，村庄就这样不存在了。

村庄时间结束，城市时间开始。

我站在村庄边上也是城市边上，站在村庄和城市之间，不受城市委托也不受村庄邀请，我回到了村庄时间。

村庄被称为城中村，但城中村不是村庄的名字。

城中村是城市所有村庄的名字，村庄的人不认这个名字。

村庄的人说，你才是城中村呢！我们村庄比你城市早得多了，我们村在河边生火起灶的时候，你城市还不知道在哪里呢！我们村是你城市的爷爷，爷爷的爷爷，比爷爷还爷爷。

但是没有办法，村庄终究还是被城市定为了城中村。村庄里的房屋，被城市用大刷子刷上一个深红色的字："拆！"然后刷子一画，把个"拆"字圈起来，像给村庄的脸上刺了个字盖了个章，村庄像个要被遗弃的旧物等待命运的到来或转折。

村庄的人那时候心烦透了，动不动躁动得想吵架，对着城市的来人叫唤，怎么没有个先来后到，你给我说，是先有我村庄还是先有你城市？是我先住这儿还是你先住这儿？

城市当然听见了，村庄人不愿意村庄被拆掉。

但村庄还是被拆掉了，顷刻之间变成一片废墟。

城市和村庄之间，大体是有界限的。

古代的时候，城墙以外都是村庄。实际上，城市是在村庄的包围之中，城市成了村庄里的城市。进入现代之后，楼房以外都是村庄，城市实际也是村庄包围着的城市。古代或者现代，城市的近郊远郊，实际都是村庄。

不同在于，古代的城墙是不会行走的城墙，因而古代的城市也就不会行走，现代的城墙却是会行走的城墙，楼房走到哪里，现代的城墙就走到了哪里，或，城市走到哪里，楼房也就走到了哪里。于是，有了都市里的村庄。

起先，城市走到了田埂边，楼房就走到了田野上；之后，城市走到了村路前，楼房就跨过村路走过来；再后，城市走到了汾河边，楼房就也走到了汾河边；最后，城市跨越汾河走过来，楼房也就跨过汾河走到河西来了。

我们居住的楼房，就是跟着城市走过来的。

我们的楼房立在城市汾河的西岸，从我们的楼房里，看出去就看到波光粼粼的汾河和汾河东岸林立如墙的楼群。我们的楼房应该是城市延伸的触角或城市扩展的腿脚，汾河东岸的城市，却说我们走到了农村，说我们是农村。

我们的楼房又立在工业退水渠的东边，在我们的楼房里，低头就看到黢黑的水渠和水渠西边积木模块似的矮楼。我们的楼房本就立于村庄的土地上，是村庄本土的边缘，但水渠西边的村庄，说我们是城市入侵，说我们是城市。

我们与城市隔着汾河，我们与农村隔着水渠。其实，我们的楼房在汾河西岸耸立起来的时候，就意味着城市已经跨过汾河，离村庄只有一条渠道的距离。早的时候汾河是城市和村庄的界限，这个时候渠道成了城市和村庄的界限。

我们的楼房立在了城市与村庄的界限带上。

我们就立在这个界线带，看城市和村庄的纠缠。

我们和村庄的距离，实际就成了城市和村庄的距离。

当然，跨过村庄去，也还有崛起的楼房和楼群，也还有城市企业和高速公路，因而村庄就被城市称为了城中村。

城中村当然有城中村的天地。

村庄的天空，在天冷的季节里，会忽突忽突升起来黑色的烟尘，袅袅缠缠、纷纷攘攘，在村庄的上空，连成云团一样的烟和云团一样的雾，然后，与前前后后左左右右的村庄飘起的云团，连成越来越大的黑霾，滚滚滔滔、苍苍茫茫，朝城市飘来，延绵在城市的上空。

村庄的地下，一条工业退水渠，由北到南或明或暗地流着黑水和臭水，幽幽亮亮，穿过城村，给村庄污染也被村庄排放进脏水，给村庄垃圾被村庄倾倒进炉灰，流走的流走，滞留的滞留，然后，铺陈着污秽，或者，窝藏着肮脏，散发着熏臭的气味，飘忽于城村之间。

城市看着村庄的黑烟发愁到家了，发愁的不是一个城中村，而是整个城市的整个城中村。整个城市星星点点散布了100多个城中村，100多个城中村星星点点散布了30000多个烟筒，30000多个烟筒密密麻麻擎着30000多团蘑菇黑云，把黑云送上村庄的天空也送向城市的天空。

黑云升空黑云漫空的结果是，城市雾霾指数直接爆表。

城市就想，自己曾经是空气污染的全球之最，但自己已经摘掉的全球之最的黑色帽子，会不会又重新戴上？

黑云压城，一座城市，又怎一个"愁"字了得？

城市只能做出一个决定：消灭城中村污染。

其实，城市多少年前就已经做过相似的决定。

最早的时候，即使城市也同村庄一样，燃烧着散发一氧化碳、二氧化硫的原煤。那时候，城市的街街巷巷吆喝着一个声音："烧土噢——烧——土！"卖烧土做什么？和泥，和原煤掺合在一起，和了煤泥，烧，或者打煤糕。那时候，家家户户会全家出动打煤糕，把原煤和烧土搅合起来，铺了满地的煤糕。煤糕晒干了垛在门洞里，冬天的时候生一只铸铁炉子烧。城市人家烧的是原煤，工业锅炉烧的是原煤，原煤变成火焰，变成烟尘，变成漫天的乌烟瘴气，就把城市推上了空气污染全球之最的位置。

之后，城市禁绝了燃烧原煤，家户也不用打煤糕了，卖烧土的也退出了城市的街巷，而卖煤球和卖蜂窝煤的在街道里呼喊着："卖蜂窝煤啦——卖蜂窝煤来——"于是，城市人家改烧了煤球和蜂窝煤，工业锅炉也改烧了煤球和蜂窝煤。再之后，煤球和蜂窝煤也退出了城市，城外电力工业的余热被引进城市，城郊焦化工业的煤气被引进城市，国家西气东送的天然气被引进城市，沸腾在城市的锅炉和林立在城市的烟囱，统统被推倒，城市曾经空气污染全球之最的黑色帽子，终于被城市远远甩掉！

但是，城中村——原先城市边缘的城边村变成了城市合围的城中村——依然燃烧着原煤。而且城中村已经不是原先传统的农家平房，而是被村里的人们改造成半高的农家楼房，出租给城市打工的人群。城中村的人们用原煤烧着小锅炉，给租房者供着土暖气，温暖着自己也污染着自己，污染着村庄也污染着城市。这个时候，不仅城市的烟囱已经被全部淘汰，城外的烟囱也被渐渐淘汰；不仅城市的工业被全部搬迁，城郊的工业也被渐渐搬迁。城里城外的高空污染被消灭了，城中村低空的污染就成了升向高空的污染。

于是，城市决定：改造城中村。

改造怎么改？城中村去掉"村"，城中村变成"城"。

绝不像写一个"拆"字或者画一个圆圈一样的简单。

"拆"字后面跟着的是"难"字，画上"拆"字之后，城市的人一趟趟往村庄跑，村庄的人家家闭了门不见，或者，干脆聚在一起讨要说法：到底是你城市在得早还是我村庄在得早？凭什么你城市就要拆我村庄？中国革命过去是农村包围城市，凭什么你这会儿就要城市拆掉村庄？

"难"字后面跟着的是"利"字，村庄的人毕竟是村庄的人，左想右想都是实实在在的事情，掂来掂去都是坛坛罐罐的家当，农家小楼盖了一层又一层，拆了，出租房的租金损失不说，房子的面积会不会损失？损失的面积能不能补给？儿女的房子有没有保障？根本得看看利益如何。

"利"字后面也跟着个"情"字，村庄的人当然也看到了城市对村庄的心意。实际上，这么多年间，城市已经在治理村庄的污染，给村庄的人配送蜂窝煤，给村庄的人补贴电暖器，给村庄的人连片整治，给村庄的人集中供热……村庄的人其实也都是有心的人，岂能看不到城市的真心？

"情"字后面就跟着个"信"字，村庄的人在电视上看到城市为村庄的事情在着急，在微信上看到书记、市长满脚泥土在工地奔走，在城市的土地上看到此起彼伏的新的楼群，也看到了别的村庄的人们回迁的笑容。村庄的人相信了，城市的书记、市长们是心里装着百姓而又实在干事的人。

于是"信"字后面回到了"拆"字，跟着，推土机、挖掘机、装载车开进；跟着，打夯机、搅拌机、大吊车开进……

之后，村庄的人再回到故地的时候，连自家曾经的村庄也找不见了，连自家房屋的位置也找不见了。

村庄的人恍惚间走进了比城市还新的别人的家园。

村庄的人恍惚之后信了，自己是住进了自己崭新的家里。

当然，曾经的工业退水渠不见了，渠道变成了一条大道。

渠道被覆盖在了大道底下，大道上种植的街树和比街树高的楼房，直溜溜地伸向远去。走进崭新家园的人们从楼群里出来，跨过大道便走进了晋地最长最大的汾河湿地公园。

据说，这也是中国乃至世界最长最大的湿地公园，走进去的时候，就像走进了自家的锦绣花园。曾经叫喊着"我们村比你城市早得多"的人们，只说这城市怎么没有早早改造我们的村庄呀，我们也差点就耽误了自己与好时光的相遇。

当然，人们知道，曾经冒着黑烟流着污浊的100多个城中村和30000多个烟筒，都已走进历史。许多的村庄在城市留下的，也仅仅是个地名。多少年后，也许地名也不复存在。

城市里的村庄消失了，却没有村庄消失的愁绪。

一个村庄，就这样变成了一片楼群，楼群上空"咕咕咕"回荡着鸽哨的声音，是谁家的鸽子在寻找曾经的家园？

人们从窗玻璃看出去，意识到自己是被楼举在了空中。

高处是蓝的天、白的云、飘的风筝和飞机画出的银线；不远的地方，天鹅如缕缕白云，从蓝天落在汾河的碧波之上……

蜜蜂小镇

初冬的大尖山，戴着一顶的苍绿，苍绿的山和水，是大地醒着的梦。

山与山之间被一条河沟隔开，但山伸出两片绿的草地，山与山就握手了。一条无名的小河，本来是朝着著名的沁河去的，跑到山与山握手的地方，却溅起了一种欢实的激动。

山与河看着绿草地上红的黄的彩的蜜蜂，欣赏地、欣慰地，笑了。蜜蜂们戴着眼镜，擎着鲜花，捧着书本，童子般忙碌的样子，似乎它们不是雕塑，而是给山水酿蜜的精灵。

山前卧着的许多积木魔方似的箱子，是蜜蜂居住的屋子；山根立着的一排新鲜样式的小楼，是村民居住的房子；一条青黛的公路伸向的一群乳白的楼房，是人和机器居住的地方。

这一切，把一片古老的山地，变成了一个新生的村庄。

只是，蜜蜂们睡着了。归巢的蜜蜂，在童话里冬眠呢。

忙碌在绿草地的蜜蜂雕塑，是冬眠的蜜蜂托给山谷的梦。

蜜蜂的梦在山谷，蜜蜂的寻觅也在山谷。

蜜蜂天生是探寻秘密的精灵，它们知道山里藏了多少蜜源。沁水人说，沁水森林覆盖率53.4％，林木绿化率57.3％；沁水的蜜源植物达180种之多——荆条、刺槐、狼牙刺是，枣树、柿树、苹果树也是，连翘、芝麻、向日葵是，桃花、梨花、油菜花，都是，光槐树，就有10万亩之多……沁水人知道的蜜源，蜜蜂们知道；沁水人不知道的蜜源，蜜蜂们也知道。蜜蜂不懂得统计，蜜蜂不懂得数据，蜜蜂也不懂得人的说法，但蜜蜂知道，漫山漫谷的树木花草，不止于此，流花流香的植物世界，不止于此。蜜蜂天生就会寻芳逐蜜，它们伸着灵敏的触角，寻得到藏在山里的蜜源和蜜源的诱惑。

蜜蜂扇动着透明的羽翼，飞越千年，飞成了一个沁水家族。沁水蜜蜂，飞过秦汉，飞过唐宋，飞过元明清，飞进21世纪的时候，飞了多少代，也许蜜蜂都不知道。不过沁水人知道，《沁水县志》记载，沁水养蜂已经有2500年的历史。沁水人说，沁水的先人，就和蜜蜂结缘。沁水的先人，是旧石器时代的下川人。其实，比下川人还早，北方的大象犀牛时代、太岳的鳄鱼巨龟时代，就飞着蜜蜂了。至少，神农稼穑于沁河的时候，蜜蜂就在沁河岸畔采撷花粉，舜帝躬耕历山的时候，蜜蜂就在舜王坪上采集花蜜。蜜蜂把大山大河亘古而来的馨香和小花小草自然滋长的馥郁，装进了自己的蜜囊。

沁水山好水好，沁水风爽气爽，沁水花香草香，自然招蜂引蝶。因而，蜜蜂万年千年地飞来，蜜蜂千里万里地飞来，飞进庄户人的田埂，飞进种田人的院落。但飞在历史上蜜蜂，是小窝巢的蜜蜂，是小群落的蜜蜂。就这，沁水人自古把自豪写进了民谚："养蜂三五窝，不愁吃喝穿。"不愁吃喝穿是过去时代的标志，是蜜蜂和沁水人历史的想法。现代的沁水人和蜜蜂都不这么想了，现代的沁水人和蜜蜂把"窝"换成"箱"，把"箱"列成"阵"，把"阵"建成"村"，把"村"扩成"镇"。沁水给蜜蜂建造了新的家园，蜜蜂给沁水酿造了新的农业，一个"甜"字，把沁水人和蜜蜂融合在了一起。

于是，一个崭新的"蜜蜂小镇"，诞生了。

就这样，一只小小蜜蜂在花间轻轻振动采蜜的翅膀，许多嗡嗡的蜂群就在山间款款扇动含蜜的清风；一群逐梦的农民，就在村庄旋起了酿蜜的薰风；沁水的大山里，于是就刮起了一场产业转型的甜蜜的飓风。在这飓风吹来之后，那些蜜蜂们惊异地瞭望和回望，看到自己居住的屋子变成了新屋，看到蜂农居住的房子变成了新房，看到山里山外立起了没有见过的机器居住的新楼。蜜蜂们突然发现，这飓风刮出的，是过去从未有过的一种改变。闭塞的山窝不再闭塞，沉寂的山村不再沉寂，土气的山民不再土气，仿佛山窝山村山民都和蜜蜂一样长了翅膀，飞动起来了。这世界变成了另一个世界。

这变，注定是千年农村、千年农业、千年农民的世纪之变。

这就是，农民，已经不再是面朝黄土背朝天的古老农民，而是变成了面向朝阳望蜂飞的现代蜂农；农村，已经不再是传统种植固守农耕的古老农村，而是变成了现代养殖转向生态蜂业的新型农村；农业，也已经不再是犁开山地种玉米的古老农业，而是变成了小镇流出黄金蜜的现代农工业。哦，现代农工业！农民从土地经济走向庭院经济，从庭院经济走向工商经济，走进了崛起于农业山壑里的现代农工企业。这标志着，农民走向山的出口，一切，在发生着历史性的改变……习惯于群居的蜜蜂，在绿园里找到了现代规模的飞动与酝酿；扑腾于土地的沁水人，在绿地上找到了现代发展的生长与怒放。

说起来，沁水是得天独厚的植物资源世界，也是得天独厚的化石能源世界。山西最大的自然宝地历山莽河，沁水拥抱其秀；山西最大的煤炭基地沁水煤田，沁水嵌在其间。山西蜜源植物资源 143 万公顷，沁水蜜源植物资源 200 万亩；沁水煤田煤炭储量 3000 亿吨，沁水县域煤炭储量 100 亿吨。资源在煤田，也在绿野，却不是铁一般的目光只盯紧在黑色乌金，而是光一样的视域拓展到绿色黄金。是绿色黄金与黑色乌金并行，是黑色乌金向绿色黄金转型。但无论如何，并行不悖或转型不逆的是，绿水青山给予人和蜜蜂的是永葆生命怒放的永续支撑。这是蜜蜂的自然体察，也是人的心理感悟。

也许蜜蜂和农民都知道，农业、种植和养殖，是这个世界的最根本的生态产业。农民在广阔的田野种植庄稼，农民的种植里，也种下了蜜蜂的花蜜；蜜蜂于广袤的山野采撷花粉，蜜蜂的采撷中，也采撷了庄稼的花粉。一切来源于自然，一切来源于生态。人与自然、人与植物、人与动物，自在地成为世界最和美的生态。人与蜜蜂，自然也营造了世界最甜美的生态链条和绿色产业。古人说："无论平原与山尖，无限风光尽被占。采得百花成蜜后，为谁辛苦为谁甜？"为谁辛苦为谁甜呢？蜜蜂自然知道为谁，人类自然知道为谁，然而人类和蜜蜂融合的时候，又何尝不是人与蜜蜂的生命与共？

蜜蜂是否知晓人的想法？蜜蜂是否与人类心灵相通？

蜜蜂依然在冬眠的梦里，但小镇感觉到了梦的碰撞。

小镇也做着一个春梦呢，小镇把这春梦建筑在地上。

冬眠的蜜蜂会在春日醒来，醒来的蜜蜂注定看到——

小镇把小镇拉成了一条4公里的蜜蜂谷，蜜蜂谷是树的乐园、花的乐园、虫的乐园、鸟的乐园。春风飞雨的时候，也是蜜蜂最忙的时候，它会飞进这新的深谷，与万物聊聊天。

小镇把小镇推上海拔1300米的蜜蜂顶，蜜蜂顶是天之所在、云之所在、雷之所在、雨之所在。春暖花开的时候，也是蜜蜂最快乐的时候，它会飞上这新的高地，向白云喊喊话。

小镇把长长蜜蜂谷和高高蜜蜂顶的步道伸向沁水山城，山城已是水色小城、魅力小城、人文小城、现代小城。精灵的蜜蜂醒来，能不荷载花粉花蜜，去叩一叩这城市的大门？

告诉城市，山里的柿园村已经变成一座蜜蜂小镇。那么，流向沁河的那条无名河，是不是该命名为"蜜蜂河"呢？

虎头山的绿

我登上久违的虎头山，看到的是满眼的绿。

这绿已经不是曾经的庄稼的绿，而是庄稼连着的森林的绿。虎头山，已经成为一座现代的森林公园。

虎头山是一个山村的头颅。这颗头颅高高扬起，把一个山村的名字写在了中国的大地上。这个山村曾响彻中国红遍中国，多少年后，这个山村又染绿自己也染绿了自己的世界。

这个山村在中国地图上是看不见的，在山西地图上也是看不见的。一个地图上看不见的地方却被世界看见，是因为遭遇了一场多年不遇的洪灾，冲毁了山村，也让山村冲了出去。

整整60年前，连绵七天七夜的暴雨袭来，滔滔滚滚的洪水暴发，土地被冲垮，房屋被冲塌，整个山村几乎毁灭。

当时，在昔阳开会的当家人冒雨赶了回来，看见满身泥水满脸憔悴而且熬红了眼睛的村人，急切地问："人呢？""都在。""牲畜呢？""都在。""粮食呢？""都抢救出来了。"当家人于是镇静了，然后，笑笑，说："那我得给大伙道喜呢。"

人们说："村里遭了大灾了，你还有心笑，还道什么喜？"当家人说："人在，牲畜在，粮食在，就是最大的喜啊！这么大的灾，村里没有死一个人，这不是大喜事吗？留得青山在，不怕没柴烧。人在根本就在，什么江山不是人打下的？"

村里人的心于是坚定起来，但每个人的心也在惋惜。毕竟，多年不遇的洪灾冲毁的，是村里人十年修造的梯田。

像中国许多农民一样，山村人祖祖辈辈操持的是土地和粮食。土地问题粮食问题也是中国历代的头号问题，是中国人的吃饭问题。共和国一代领袖们曾经强调：以粮为纲。山村急粮食，和国家急在一起。但山村穷山恶水，怎么打粮食？

穷则思变，变则催人，人则行动。山村人组织起来，拿出行动，开山挖土，筑坝填沟，修造梯田，硬是把七沟八梁一面坡建成满山梯田。在昔阳，在晋中，在山西，终于由一个落后村变成一个先进村，由一个贫穷村变成一个红旗村。

但一场暴雨，十年梯田，付之东流，红旗村的红旗还能竖起吗？山村人坚信：过去能行，现在就能行，完全能行。

山村人当即开始扶苗。被暴雨打倒的庄稼铺在泥里，山村人只有一个心事：扶苗助长。很快，倒伏的庄稼被扶起，扶起的庄稼又挺直，挺直的庄稼又生长，又是绿旺旺满地喜色。山村人为此立誓要做到"三不少"：产量不减少，口粮不减少，卖给国家的粮食不减少。后来，山村真做到了。

山村人继而开始修地。垒堰打坝，劈崖覆土，填沟造地，搬山造田，山村人从大灾中站起来，修复了梯田，新开了良田，建起了水田，把大灾变成了小灾，把小灾变成了没灾。人们由此又提出要做到"三不要"：不向国家要钱财，不向国家要物资，不向国家要粮食。当年，山村就做到了。

山村人开始修盖房屋。山村人不要国家救济，把救济让给别村，取出自己银行的存款，拿出自己浑身的力气，白天修造海绵田，黑夜建设新农村。两个月时间，20眼石窑建起来了，40间瓦房也建起来了。山村人说："咱多干点活，就什么都有了。不给国家添麻烦。" 这些，山村都做到了。

洪水给了山村一个水土流失的灾难，山村人给灾难创造了一个重返绿色的农业，重新给虎头山披上了漫山的梯田。天灾给了山村一个毁灭田地的打击，山村人给中国创造了一个战天斗地的壮举，给中国农业创造了改造山河的奇迹。

山西作家孙谦曾赶赴山村采访，写出了《大寨英雄谱》。之后，这个改造穷山恶水的山村，这个向荒山秃岭要粮的山村，粮食亩产超过"黄河"又超过"长江"，亩产达到 606 公斤。山村走上自己虎头山的巅峰，也走上中国农业的高峰。

我在 1970 年代，我的高中时代，和同学们徒步行走，从平定走到昔阳，走进山村，看到了那个时代山村的轰动。

我在 1990 年代再看到这个山村的时候，是它沉寂迷茫多少年之后，毅然开启了沉重转身，转向乡土工业的道路。

当然，这也是一个时代的转身，整个山西的转身，整个中国的转身，由农业经济的发展走上工业经济发展的道路。

这个时候，人说这个村子只会种地干农业，在中国农村也要干工业的时候，这个村里的人却什么也干不了。但山村人不信，山村人既然干得了农业，就一定干得了工业。山村人自己也问自己，穷山恶水都能改造了，难道干不了工业？

山村的山上不缺的是石头，山村人的手里不缺开山采石的力量，山村人不只会把石头垒成农业梯田的石堰，而且一样会把石头投进工业窑炉的炉膛。山村地里不缺的是庄稼，山村人手里不缺的是收割庄稼的技术，山村人不但会把庄稼打成粮食送进粮仓，而且一样会把秸秆扎成原料送进机器。

于是，机器立起来了，原料堆起来了，窑炉竖起来了，烟筒耸起来了，乡土式的水泥工业和化学工业，在虎头山下轰轰隆隆鸣响起来。祖祖辈辈没干过的工业在自己手里干了起来。土地变成了工地，农民变成了工人。人们劲头鼓了起来，精神抖了起来。然而，黄烟也冒了起来，污染也升了起来。

水泥炉窑忽突忽突冒着灰黄的尘烟，拉着长长的烟带；化工烟囱也呼突呼突冒着灰黑的乌烟，拉着长长的烟带。虎头山下飘荡着乡土工业的污染，给原生态的农业空间涂抹上了环境污染的黑色。但山村并未因此富裕也并未因此焕然，反而是荒山秃岭笼罩了乌烟浊气，愈发缺乏了生态的景气。

山村知道，许许多多的乡土工业，导致了环境污染灾患。离山村不远的地方，一个名为金石坡的村子，一家生产铬盐的乡土工业，没赚多少财富，却导致重金属毒化土壤。国家为治理其造成的重金属污染，解毒和填埋被毒化的土壤，仅拿出治理资金就高达亿元，远远超出其所赚金钱的百倍之多。

虽然，山村的乡土工业不存在重金属污染毒化土壤，但也不仅仅只是污烟吞没了生态景气。就如水泥炉窑的火热烧制，不仅仅只是导致空气污浊，其山石资源的切割开采，也给自然生态以暴虐的破坏。而且，是永久的不可恢复的破坏。钢铁打击的开凿和粉碎山体的爆破，给自然以永远的戳伤。

别人的污染山村人看到了，自己的破坏山村人也看到了。看起来热火朝天且蒸蒸向上的乡土工业，虽给山村带来了工业的原始起步，但并没给山村带来工业的原始积累，反而给虎头山的世界带来了生态环境祸患和人群生存威胁。

1990 年代末，"三晋环保行"记者团曾到山村采访，现场直击乡土工业的生态破坏和环境污染，监督其断然治理。

后来听说，山村人是自己彻底坚定了环境觉醒，也彻底关闭了虎头山下污染的乡土工业，再次选择了艰难转身。

我看到虎头山把植物绿遍满山的时候，已是 21 世纪的绿色时代。这个时代的颜色和这个时间的颜色，恰恰是绿。

绿的路把我送上绿的山，我感觉自己的心也被染绿了。

这绿，在虎头山，是从村庄绿起的。山村站立的村树，是给这个绿世界奠基的绿树；绿树们弯弯曲曲盘绕着村庄，延伸到村后的海绵田，海绵田就铺展了绿油油的庄稼；庄稼的绿，延延绵绵地绿上梯田，梯田上又滚动着绿滔滔的树木；而树木的绿，一层一层、一阶一阶、一叠一叠地绿上山坡；山坡的绿，就一直绿着、绿着、绿着，绿茸茸地绿到了山顶，和山顶的松林绿在了一起、融为了一体。整个虎头山的绿，把洒在地上、山上和漫在空气里的阳光都染绿了。

是的，虎头山的绿，把阳光染绿了，也把空间染绿了。

在我的记忆里，多少年前，在虎头山的村庄，是有一棵柳树的，最早叫苦人树，后来叫乐人树。苦人树和乐人树之间，走过了一代一代人的苦乐。而在虎头山的山顶，是有一片松树林的，且只此一片。光秃秃的山头，兀立着一片松林，我曾以为神奇，而且为之惊奇：整座虎头山光山秃岭，何以就有了一片松树林，就像一顶帽子，戴在虎头山的头顶？那么，而今虎头山七沟八梁的黄，变成了七沟八梁的绿，是神奇的松树林和魔幻的乐人树，洇化成了满山满坡满世界的绿吗？

其实，我知道，是山村的人用曾经干农业的手、曾经干工业的手，干出了生态产业的绿。这绿，这浓得富有了感染力的绿，把山下曾经的大柳树和山顶曾经的松树林淹没了，它和它们融合成了漫漫的绿。它是把绿泼在了曾经战天斗地的空间里和曾经改天换地的时间里了，把一个村庄的历史时间和现实空间凝固在绿的底色上，从而使之成为一种现代意义上的风景。它的每一片绿都是新的，它的每一点新也都是绿的。这绿，是一种崭新的世纪之绿，一种世纪的现代之绿。

事实上，虎头山的绿，是把空间染绿，把时间也染绿了。

这绿，在虎头山，就是从时间绿起的。如果以时间倒溯，虎头山的绿，绿了曾经飘过乌烟的虎头山，绿了曾经披着荒草的虎头山，绿了曾经流失水土的虎头山。如果以时间顺序，虎头山的绿，是向荒山要粮的虎头山绿过来了，是向石山要财的虎头山绿过来了，是向青山要福的虎头山绿过来了。如果以时间前指，虎头山的绿，将绿向青山绿水的虎头山，绿向生态文明的虎头山，绿向天人和谐的虎头山。整个虎头山的绿，把走在过去时态、现在时态、未来时态里的时间也染绿了。

我站在虎头山上看见，山村曾经灾后重建的窑洞，成了万绿里的风景；山村曾经抗击干旱的水池，成了万绿里的风景；山村曾经架桥引水的渡槽，成了万绿里的风景；山村曾经退耕还林创造的生态，本身成为万绿，本身成为风景。

这翻天覆地的绿，是人与山牵手、人与水牵手、人与自然牵手，把穷山恶水变成了青山绿水，把青山绿水变成了金山银山。一座改天换地的新农村，生长在绿水青山金山银水的蓬勃里。它不仅是自然生态的宝库，而且是社会生态的宝库。

像共和国的一代领袖们曾经所言，山村虽然梯田造得好、粮食打得多，但要多种树，在根本上改变自然生态环境。

实际上，生态环境的改变，改变的恰恰是人类的未来。

我想，倘若60年前就这样富有绿，还会有穷山恶水和水土流失的灾难吗？倘若 30 年前就这样富有绿，会有荒山秃岭和生态破坏的祸患吗？历史不能假设，但却能够观照。

虎头山的自然生态巨变，应该就是虎头山自己的注脚。

一个再造生态家园的村庄，肯定是富有无穷未来的村庄。

柏山的梦幻

我来到蒲县，是来寻找一个梦。

梦里是一座山，一座庙，一副对联。山是一座神山，庙是一座神庙，对联是一副神示的对联。

似乎早就熟悉一切，又似乎不熟悉一切。熟悉对联上写的什么，却不熟悉对联写的什么样子。深夜的时候，睡梦里醒来，我拉开落地窗幕，远远望着窗外清明夜空里幽静山上独亮的灯。似乎是在梦里，又似乎不在梦里。判断那就是柏山和柏山庙。清醒地相信那就是柏山和柏山庙。而且，仿佛是曾经到过柏山庙的，但是又不清楚柏山庙长什么样子。

我寻找的那副对联，就在那远远的山上。

下榻于山城最高的楼里，我在山城最高楼里远望柏山。山城第一缕阳光打在柏山庙，柏山庙朱红的庙墙连同整个柏山顶，就被最早的阳光打得金亮金亮。山城最后一缕阳光也打在柏山庙，柏山庙和簇拥它的满山绿树，也被最后的阳光照得金亮金亮。在阳光撤离柏山之后，阳光撤离天宫之后，就把柏山庙交给了夜，交给了月光，交给了深邃和幽远。

夜梦醒来，就望向水一样的月光和孤星一样的柏山庙。

望时，山和城都静了，庙和人也静了。望着融融月光里的庙和淡淡灯光里的城，想，庙里的神和城里的人在做什么？人在做梦，人把白日里做不到的事情拿到梦里去做，做得如神如仙如魔如幻。人能够看到自己和别人在梦里做着的事情，神仙呢？不知神仙是否像人一样做梦，神仙肯定在看人做事和做梦，看人在梦里梦外做着许多事情也演着许多故事。

据说柏山庙的那副对联，就是人在梦里做出来的。

我登上柏山，看到满世界的左扭柏，像上山的路，是旋转着往上长的。本就是自然生长的树，但在人的传说里，说是神仙种下的树。这传说，是否也是从梦里传出来的？

也许是长夜梦，也许是白日梦。传说里说，柏山原来没多少柏树，实际连草也不多，就连牲口都没有草吃，庙里的老和尚就派小和尚给牲口找草。小和尚找呀找呀，找累了，便在山崖下睡着了。小和尚在沉睡中做了一个梦，梦见一片低洼的地方，长了许多的青草。梦醒之后，果然看到低洼的地方长了许多青草，他便割了青草回去。这之后，他每天都到低洼的地方割草，但割了就又长，割了就又长。小和尚奇怪了，就挖开草地看，结果，挖出一只破盆子。他把盆子拿给老和尚看，老和尚一看是个不值钱的破盆子，就给猪当了食盆。结果，猪食吃了又有，吃了又有。老和尚也奇怪了，就拿了元宝放进盆，结果，盆里源源不断生出了元宝。事情让土匪知道了，就打进山庙要抢聚宝盆。老和尚赶紧让小和尚把盆藏了。小和尚把盆埋在了一棵左旋柏下，土匪走后，小和尚去找盆子，却怎么也找不到了。只看到满山哗哗哗长出来了密密匝匝的柏树，且越长越旺，覆盖了山峦。

在蒲县，人们相信，柏山的树就是这样生长起来的。甚至觉得，生长了柏树的聚宝盆，依然埋在柏山的树下。而埋在柏山的聚宝盆，就是神树在柏山的根脉和灵脉。

看着柏树就知道了，柏山的聚宝盆，就是柏山的柏树。

难怪找聚宝盆的人们，找不到聚宝盆，就找上了柏山的柏树，就砍伐柏山的柏树，完全忘记了柏山的树是神树。

后来，砍树的人越来越多了，甚至山里的土匪、地方的军阀都上山砍树。砍得县太爷心急如焚却束手无策，便召来众乡绅商议。突然，两位农人急急忙忙跑进县衙，惊恐地说，夜里梦见东岳大帝了，东岳大帝该是震怒了，托梦给两人一人说了一句话。什么话？一位农人说："伐吾山林吾无语。"一位农人说："伤汝性命汝难逃。"县太爷惊奇了，众乡绅也惊奇，众人把两句话合起来，就合成了一副对联——

伐吾山林吾无语

伤汝性命汝难逃

县太爷赶紧率众乡绅焚香膜拜东岳大帝，立马沐浴手书并命人篆刻，把这副对联刻在柏山庙也就是东岳庙上，刻在东岳大帝行宫的门廊，墨版金字，潜藏锋利。作为实证，县太爷和两位农人的名字，也刻录在了联上。之后，人们果然听说柏山出了蹊跷的事情，砍树者竟有人暴尸荒野；再之后，远近乡人都知道了这副对联和这个事情，从此没人再敢上山砍树。这副对联，也许也是县太爷或乡绅策划的一个梦呢。

县太爷管的事，假托东岳大帝在梦里显灵，东岳大帝自己的事，又托人把梦说破。人和神之间，也有一种默契吗？

人事靠神，神事靠人。人神的默契，是至深的默契。

登上柏山极顶就登上柏山庙，就看见了东岳大帝的行宫。

东岳大帝本来是住在东岳泰山的，但东岳大帝会巡视天下，巡视天下，就在天下有了自己的行宫。

东岳大帝原来也是人，是商周时代的英雄。英雄战死沙场，就被人封了神，封成了东岳大帝泰山神。泰山是人间灵魂的归宿之地，泰山神是阴间鬼魂的最高主宰。东岳大帝从泰山飞来柏山，是做了一个梦的，梦见奉旨玉皇大帝，来柏山惩恶扬善。柏山的东岳庙和泰山的东岳庙不一样，泰山东岳庙没有地狱，柏山东岳庙却造了一座地狱。东岳大帝坐镇山顶上，下设了72

司和 18 层地狱，地狱的入口处写着——

    此处衙门难用贿
    下边官府不容情

　　人间极顶是天堂，天堂背后是地狱。地狱的入口是一道法不容情的门，也是善恶分界的门。其警示意义在于告诫人间，为善者升天堂，作恶者下地狱，升天堂会享人间没有的福，下地狱会受人间没有的难。天堂，人间，地狱，三界同在柏山，却魂归不同去处。善魂永驻天堂，恶魂永在地狱。三界世界，简直就是一个神奇的构思，而做出这个构思的人，肯定是一个梦想家。非此，怎能创造如此真实的意念世界？

　　意念的世界也是神奇的世界。在这个世界，东岳大帝管神管人管鬼，管山管水管风，管林管兽管鸟，万物皆在心里。

　　要不，东岳大帝怎会托梦给人，让一副对联显示神威？

　　柏山是民间祈福的一座神山，也是生态旺福的一座灵山。为此，唯蒲县独有的"四醮朝山"庙会，一方百姓和所在官方，会一起把日常的神山祭祀和灵山崇拜推向一个高潮。

　　"四醮朝山"即东南西北四方百姓祭祀东岳大帝的隆重仪式。说是四醮，其实是所有村庄所有百姓的盛大祭拜；说是朝山，其实是在梦醒半夜就朝柏山走了。"四醮"都想争得"第一朝山权"，所以整个夜都像梦中赶路。先是，村庄百姓十人数十人从村庄流出，百人数百人汇入大道，抬着神轿，扛着供品，吹着唢呐，打着锣鼓，把山里的夜闹得从来没有的轰动，似乎山被掀起来，水被扬起来，夜被撑破了。继而，"四醮"方位涌来的人群，千人万人地打着灯笼汇聚到柏山脚下，一片灯海，一片声浪，荡漾着，滚动着，把山城沸腾，然后，响鼓隆隆，铜锣鸣鸣，朝向山上涌动，把声浪推上山腰。之后，所有灯笼聚集在山顶，所有轰响凝聚在山顶，鼓声铜声唢呐声，急急如雷，锵锵如闪，嘀嘀如雨，似乎人把柏山托到了天上，天给人间降落了骤雨，雨洗的星星落在了柏山。最后，星星点亮了朝霞，点亮了太阳，点亮了漫天晴光，紫烟如龙、龙舞如虹，直至祭祀被晚霞染红……

蒲县的"朝山"是人们真诚的敬奉，人用喧天的锣鼓把心意大声告诉东岳大帝，在敬奉中祈祷东岳大帝降福人间。人也一次又一次、一代又一代地把深刻的警示写在了心上。

我在柏山看到柏山庙和它的对联的时候，它是沉静的。

"四醮朝山"的轰动已然过去，柏山庙也寂静了。但在蒲县，已经没有一个人不知道这副对联，已经没有一个人敢上山砍树。于是，柏山的绿，一绿到今，而且，绿到了山外。于是，蒲县拥有了100平方公里的五鹿山国家自然保护区，拥有白皮松等近1000种植物，拥有金钱豹等近500种动物。它不仅是花草树木的公园，而且是飞禽走兽的乐园。

柏山所有的古老梦幻，已经与现代构想对接。

因而，绝对不仅是不敢上山砍树，而是就不会上山砍树。不仅不会上山砍树，而且，想着梦着做着的，都是上山种树。崖缝里栽树、石山上植树，不能种树的地方，填了土也种树。哪怕种植一棵柏树，种植一棵松树，也是种下了福祉之树和未来之树。所有无绿的地方，都绿了，绿了一山又一山。神没种树的地方，人种了树，人创造了自然之上的又一个自然。

　　柏山的绿是风神一样绿，风落在哪里哪里就绿。

　　落在人眼里，视角就绿了；落在人心里，心志就绿了；落在人手上，手就种出了绿色。古老的绿衔接了现代的绿，现代的绿融入了古老的绿。古老的绿和现代的绿，在人的心界人的世界融合在了一起，幻化为一种苍茫的、新颖的、生长的绿。不仅生长绿，而且生长蓝、生长清，生长出天空的蓝，生长出河流的清，生长出了神奇的生命和灵魂的颜色！

　　柏山的神仙，是天堂的神仙，也是人间的神仙。人即神，神即人。柏山的梦幻，是神的梦幻，也是人的梦幻。

　　听过了柏山的故事，没到过柏山，也曾依稀梦游柏山。

古镇梨花雪

白是突然之间，就把古县镇的田野覆盖了。

白是奔跑着赶过来的，像海一样在空中漫过，漫向远方。

天惊异地睁大了眼睛，想，我没有落雪，地上怎么会落了这么多的白？而且太阳明晃晃照着，地上的白怎么化不掉呢？地也奇怪了，说，天下了这么一场大雪，怎么没有落到地上，而是悬浮在了半空？抑或不是雪，是天上飘在了低空的云？

春风赶紧跑过来，说梨树在感恩冬天的天空给它的浸淫呢，梨树在感恩土地在冬日给它的滋润呢。它们用千树万树梨花开、千亩万亩梨花放的气势，朝天开放朝地开放，开得漫山遍野，开得铺天盖地。它们献给天地的，是一派洁白的芬芳。

但是谁也没想到，天地没想到，树们也没想到，祁县的人们，古县镇的人们，会给梨花雪或者梨花云一个盛大的节日，给梨花林或者梨花海一场隆重的庆典，并给它命名出一个蓄满芳菲也释放芳菲的名字："古县镇梨花节"。

这样一个节庆的时刻，"晋鼓祁鸣"的锣鼓，惊醒了十万亩梨花的睡意。十万亩梨花的怒放，昂扬了"晋鼓祁鸣"的轰动，或者，十万亩梨花踩踏着"唐王点兵"的鼓点急急赶路。"唐王点兵"的奏鸣，激励着十万亩梨花哗哗盛开。

哦，人和梨花一样，是盛情地开放了。

人也以开花的方式，感激梨花世界给人的滋养。

一棵梨树与人类相遇，使人和树成了跨界的朋友。

梨树的历史肯定比人的历史长，但人的历史就是人和树相遇的历史。

在原始森林，在深山老林，没有与人类相遇的时候，它是一棵树，是完全自然的、完全生态的树。与人类相遇之后，走出了山林，走进了人类，它还是一棵树，却是融进了人欲、融进了文化的树。人给自然的树、生态的树，赋予了文化意义。

自然的树由此成为人文的树。

人从一棵梨树爬上去又爬下来，尝到了梨子的味道，这也许即是人和梨树的第一次相遇。梨子的味道，使树被赋予食物化的价值。梨花果腹，梨肉润肺，梨汁解渴，梨根止痛，梨树于是具有了一种物质文化的意义。当初，人在一棵梨树下，发现和渴望的是梨果的味道，收获的完全是生理的满足。

人从几树梨花看过去又看过来，读到了梨花的诗意，这也许就是人和梨树的第二次相遇。梨花的素洁，使树被赋予审美化的价值。梨花春情，梨花带雨，梨花香雪，梨花静女，梨树因而具有了一种精神文化的意义。这时，人在一枝梨花里，触发和寻找的是梨花的意蕴，收获更多的是心灵的寄托。

人在万千梨花里行走和沐浴，深懂了梨花林的启示，而这，无疑是人和树的第三次相遇。梨林的浩瀚，使树被赋予现代化的价值，梨果产业，梨林经济，绿色文旅，生态文明，梨树由此具有了一种文明形态的意义。此刻，人在万千梨树林里，悟出的是人与梨花的哲学，收获的是现代文明的思维。

梨树由自然生态的荒野走向了生态文明的世界。

人从一棵梨树上爬下来，走进了万亩梨花林的世界；梨从几树梨花间走过来，也走进了万千赏花人的世界。人在了梨花的海里，梨花也在了人的心里。梨花和人纠缠着，人和梨花就融合在了一种人与自然和谐、人与生态和谐的境界。

树将梨花举成了漫过头顶的云，是因为人将梨花举成了漫过大地的海。

天看到梨花海的时候，地看到梨花云的时候，天和地也都看到了梨花云和梨花海里的人。

梨花林里其实不都是赏花的人。

梨花林里多的其实是给梨花授粉的人。

蜜蜂本来是给梨花授粉的人，是梨花最早的跨界朋友。蜜蜂和梨花是什么时候相遇的，肯定不比人和梨花相遇晚。梨花早就是向蜜蜂供蜜的人，蜜蜂早就是给梨花授粉的人。梨花授粉的时候给蜜蜂供蜜，蜜蜂采蜜的时候给梨花授粉。

蜜蜂和梨花相逢，肯定有许多知心的话要说。

但梨花实在是太忙了，忙着含苞忙着开花忙着吐蕊，忙得像盛典上升空的烟花，此起彼伏、啪啪怒放；蜜蜂也给忙坏了，忙着寻觅忙着采撷忙着授粉，忙得如秋场里扇动的风车，隆隆旋转、嗡嗡乱叫。梨花急得抖擞着，恨不能变成蜜蜂飞舞起来；蜜蜂也忙得直打转，恨不能变成花粉洒向梨花。

　　人也自然是急了。人是梨花的朋友也是蜜蜂的朋友，人不能看着朋友着急自己不急，人自然是想朋友所想急朋友所急。人于是拿了细细长长的杆子，蘸了黄黄的花粉，升向高高的梨花，给梨花授粉。人成了蜜蜂成了花的媒人，手里的长杆也成了蜜蜂的触角，人也像蜜蜂一样、梨花一样地忙碌了。

　　赏花的人们，也成了蜜蜂。赏花的人们本是来看花的，用眼睛看，看到眼里也看到了心里；用镜头看，看在手机里也看在了微信里。于是远离古镇的人们，远在世界的人们，也看到古镇的梨花。但赏花的人们在花海里淌过，头顶肩角都沾染了花粉，沾染了花粉也授给了花朵，人都成了授粉的蜜蜂。

　　梨花的世界，其实不只是梨花，也不只是人和蜜蜂。

　　梨花树底下，小草们塞塞窣窣长着，使劲地长着，它们想以自己的绿陪衬梨花的白吗？梨花树的梢头，小鸟们喳喳喳叫着，是在争吵梨花的样子吗？一只鸟居然啄了一朵梨花，衔着，飞走了，它是去告诉远方的鸟们一个梨花的秘密吗？

　　梨花云里，是住了许多的精灵的，花、蜂、鸟、虫、人，它们，都通着灵性。

　　梨花林和梨花海的世界，也是一个透亮着灵性的世界。

天看到地上的梨花，是浩瀚的梨花，雪浪一样的梨花。

地看到悬空的梨花，是延绵的梨花，云海一样的梨花。

它们都没看到梨花的细微，梨花的真切，但是人看到了。人看到天地之间的梨花，不仅是浩瀚的延绵的梨花，不仅是云一样、雪一样的梨花，还是青云一样、绿雪一样的梨花。人和蜜蜂一样和鸟一样，切近地、真切地，看到了梨花的细微。

梨花的花蕊是青绿的，梨花的花蒂是青绿的，梨花与梨花的空间是青绿的，梨花分泌的花粉是青黄青绿的。青绿的梨花盛开，青绿的梨叶分蘖，呈现了青山绿水的颜色，也预示了叶绿青果的颜色。漫山遍野的青绿，源于一朵花的青绿。

值此青绿，只此青绿。这青绿将生长、出落、蔓延成绿水青山，也成长、演变、转化为金山银山。因为，这颜色本身，融入了绿水青山的底色；这颜色生长，就造就青山绿水的样子；这颜色的未来，就是青山绿水走向金山银山的未来。

天上的白云，地上的绿雪，延绵着，伸向远去；地上的青云，天上的蓝海，延绵着，伸向远方……远方，会是一个什么样子？远方也在一朵花里吐蕊，也在一棵树里成长，也在一片林里绽放。此时此地和远方，都在这样的日子里绽放。

肯定，哪一天，覆盖古县镇的白突然揭开了，会爆出来一个绿森森的世界，然后走向一个金灿灿的世界。

梦回故居村

我走进一座古村落——故居村，古镇里的古村落。

我游着古村落看着故居村的时候，我没有多想它，但回到城市之后，夜里突然醒来，禁不住想起了这个故居村。

或者说，我走进古镇，本来是要看梨花的，却发现了古村落；我看到古村落，本来是要看古戏台和古庙宇的，竟然发现，这古戏台和古庙宇，落在一座破败荒芜的故居村里。

原来，这个古村落，是一座在历史进程里已经进入凋敝的故居村，是一座在现代化时代渐渐走向衰落的故居村。

我为什么会在夜里想起故居村呢？我不知道。

当然，我是意外进入故居村和发现故居村的。

故居村被丢在黄土旷野和黄土沟壑之间，被古老的黄土塬切近地围着，也被黄土塬盛开的梨花林远远地看着。但它，就像丢在凹凸的黄土塬上的一盘骰子，该是寂寞已久了。虽然新铺的乡村公路通到了村庄，但村庄依然是寂寞的样子。

走进村口就看到了那座古戏台，清代建筑，是原貌上新修缮的古戏台。戏台高阁，雕梁画栋，台顶圆缓，翘檐斗拱，是比我们老家逝去的古戏台要形制特别、规模阔大的古戏台。戏场是整洁的，方形的地砖和多形的地块，直铺向对面。而对面，就是村庄的关帝庙，也是清代建筑，也是原貌上新修缮的古庙。钟楼鼓楼，相向而立，殿堂简朴，庙宇高耸。作为一个村庄的关帝庙，精巧紧凑、素朴完整，也算具有不小的规模。只看村庄的戏台和庙宇，就看出村庄曾经的繁华，也看出村庄曾经的人气。人气就是这个村庄曾经繁华的标志。

只是，古戏台和古庙宇空无一人，连游人都没有，只有不远的村舍前，木木地坐着两位老人，在朝这边看着。

然而，戏场旁畔，场下一个黄土路口，却熙熙攘攘热热闹闹。路口搭着许多黄土色的布篷，布篷底下是村庄的集市，集市烟火袅袅蒸汽腾腾，许多穿了长衫短衫戴了瓜皮帽的汉子，和红红绿绿盘了发髻的女子，坐着站着走着，吆喝着应答着，人气旺旺，影影绰绰，空中飘荡着唱戏的声音，完全是过去时代的场面。我没见过这样的场面，我这是去了古代吗？突然，我一回头，戏场上冷寂无人了，空空荡荡。再一回头，黄土路口的集市也没了，只有一片暗黑。我恍惚着，我是来看古村的古戏台和古庙宇，怎么就看到了古村集市的幻影？是冥冥之中，神灵在给我呈现古村庄曾经有过的热烈吗？

然后，我醒了。醒了想想，我是做了一个梦。

想着走在古村落的事情，怎么就做起梦来了？

看过古庙古戏台，我走进那条灰黄的街巷。街巷里一辆蹦蹦车拉着村妇走过，是拿了长杆夫给梨树点花授粉的人们。

街巷许多残壁断垣的院落。老树萧萧，荒草萋萋，雕砖刻石的高门、豪宅、庭院，完全破败已久。都曾是光鲜的人家，是那种村庄里的富豪大户，可惜都倒塌了。但在倒塌的门楼壁上，钉上了一个崭新的蓝色的牌子："孙某某故居。"

一座院落如此，两座院落如此，三座院落如此……凋敝，坍塌，荒芜。隔门隔户，左门右户，连绵过去，全是，全是"孙某某故居"，只是，同一个孙姓下不是同一个某某，都曾是兴旺的家户。据说，整个古村，是一个辉煌的家族。辉煌的家族何以如此？问一位走过的老人，老人说，都走了，300多人的村子，走得只剩100多人了。家族的后人，做官的做官，经商的经商，留在村庄的，也跟着孩子读书，搬到城里去了。村头的关帝庙，就曾是村庄的小学。后来，小学没了，被取消了。大人小孩都到城里去了，村庄只剩下了老人。

老人说，家族有个祠堂，走过一个黄土山凹，上去就是。我走进了黄土山凹，却见满坡垃圾糟蹋着山凹的新绿。

突然，山凹变幻成一条通向荒草地的路。路左边是枯林，路右边也是枯林。两片枯林之间，本来是敞开一条路的，忽然，一堵高高大大密密实实的浓绿的植物方块，飞来一样落在路的中间。我从植物方块右侧走过去，却看到前方荒草地人影黑黑朝我走来。我立马头皮发紧，就想从植物方块的左侧返回。本来植物方块和枯林间是可以走过去的，返回时却挤也挤不过来了，而一个黑黑的人影，已经走到我的身后，已经紧贴我的身体。我急了，使劲一挤，猛然从缝隙挤了过来。我挣脱了紧贴我的人影，匆匆跑走。回头一看，人影没有追我，人影没了，人影出没的地方，已然变成一片荒坟。

哦，是又做了一个梦。怎么做了这么一个梦？

梦醒以后，惊魂不定，却依然想着在故居村的事情。

我就是从那个漫坡垃圾的黄土山凹走过去的，走过去，走上去，走进了孙家祠堂。家族的一位老者已经在那里等候。

祠堂建在村庄最高的福地，是新修不久的祠堂。院里立着漫漶的古碑，墙角卧着残断的刻石。祠堂的门敞开着，堂上供奉着满满的牌位。同行的人进去了，我没有进去。我觉得你看着满堂的牌位，满堂的灵魂也在看你，甚至是审视。

家族的老者说，祖先是明代从河北迁来的，已经延续22代；名门望族，耕读传世，做官的先人最高做到副都御史，经商的族人最远做到国境线外。祠堂是在外的后人回乡修建的，族里后人没忘记祖宗。但祠堂是修起来了，故居却破败了。我从又一条街巷走回的时候，就又看到许多凋敝坍塌的故居。故居的房屋比现居的房子都好，依然钉了"孙某某故居"的蓝牌，像是另一种牌位。老者说，故居的后人不回来了，祠堂里的灵魂会回来。深夜的村庄，狗会汪汪乱叫，猫会咚咚乱跳，就是猫狗看到祖宗的灵魂回来了。灵魂们回到故居看看，然后，又回到祠堂商议：该怎么办啊？

是啊！渐渐都凋敝了，坍塌了，荒芜了，成了废墟。

该怎么办呢？凋敝下去，会不会整个村庄都成了废墟？

我又看到古戏台了，我又走到了通向古戏台的路上。走着走着，路突然没有了。古戏台这边的路和那边的路，突然都没了，断了，塌了，陷了。古戏台和古庙成了孤岛、孤峰、孤地，兀突在我前面，我寸步难行。我走不过去，我不知所措，我不知何往。路怎么会断了？路怎么会没了？而且，我站立的地方，也在塌陷了。我感觉到了脚下的地在抖动，我感觉到了我的腿在抖动。我听见有人喊：跳啊，跳啊！我又听见有人喊：飞啊，飞啊！我是想跳，我是想飞，但我飞不起来。是脚下坍塌了，我被飞起来了。我的双手划着，我的双脚蹬着，但我不知落向哪里。我脚使劲一蹬，终于醒了。

醒了，还在想着梦里的问题：我落向哪里？

是飘向天空，还是落向深渊？

故居村里的人们，留下的渐渐老去，走出的不再回归。

故居村的人肯定是要走向现代城市的。故居村说，不只是贫困的村落会凋敝荒芜，富裕的村落也会凋敝荒芜。古代人走向现代人，现代人走向现代化，应该是人性之使然。

古村落走出去的，第一代会走向县城，第二代会走向省城，第三代会走向京城，第四代会走向世界，第 N 代，会走向宇宙城吗？地球村会成为人类的故居村吗？我不知道。

故居村的故人已经在天上，故居村的今人和我一样，故居村的未来人还没有出生。谁又会知道是什么样子？

不过，我想知道，故居村怎样走向现代化而不再衰敝？

石膏山的鸣叫

　　肯定是有过"轰隆隆"的剧烈震响的。然后，太行山和吕梁山就挤了过来，把汾河挤在一条逼仄的狭谷里，然后，太行山和吕梁山又裂开许多逼仄的山口。

　　坐落在汾河边上的灵石便憋屈得没了去处。往前去，是汾河，这是汾河上最狭窄的地方，所以，它没了前路；往后走，是大山，不是吕梁山就是太行山，所以，也没了后路，便朝太行山或者吕梁山的山口里钻去。

　　太行山或者吕梁山留在汾河峡谷的山口都不大，但从狭窄的山口钻进去，嚯，就像钻进了一个宝葫芦，天也高了，地也阔了，山也绿了，越往里走，越是一个不一样的天地。

　　我是跟着仁义河驰进石膏山的。仁义河流出去是汾河，仁义河伸进去是石膏山。河越往里越清澈，山越往里越幽静。走到卧龙山庄的时候，山好水好，围出了一片绝好的清静。

在汾河岸畔的城市居住久了，在城市的轰鸣中居住久了，就想念山静水静的地方。没想，车门打开，顿时被一阵声音袭击，进而被笼罩，然后，就再也脱不开这种声音了。

嗞——嗞——嗞嗞嗞嗞——

山越清静声音越响，声音越响山越清静。只是，不知道这是什么声音？

听出来是虫鸣，但不清楚是什么虫子在鸣叫。

像一张带响的网，从空中撒下来，劈头盖脸把你盖住，铺天盖地把你罩住，或者，像浓绿的山间突然升起了漫天的声暴。对，声暴，不是尘暴，是声音的风暴。它从山野扑过来，从地面卷起来，从天空落下来，把你包裹，包得紧紧的，声音不遗余力地朝你注射、注射、注射，把你塞得满满。

满壑都是这个声音，满空都是这个声音，像阳光一样，像空气一样，荡着，漫着，似乎融在了空气里，融在了阳光里，吵得声音发热阳光也发热，阳光发热空气也发热，发热的空气、发热的阳光、发热的声音，颤动着、抖动着，把山谷塞得满满的，把沟壑塞得满满的，把人也塞得满满的。

声音像在空中荡着，又不在空中荡着，而是从空中落下来，落在了地上。落在地上就像远远近近急促赶路的声音，远远近近都在赶路，赶路的声音连成一片，像跑拉松的人。人太多了太密了，就到处都是人流，也到处都是声音。声音汇成了一种浩荡的透迤的延绵的流动，急促而又缓慢。

直到下榻在安静的卧龙山庄，窗外，楼外，满山满坡，白天黑夜，还是这种声音。可到底是什么声音呢？

朋友说，是蛐蛐儿的声音吧？

我想起儿时在乡村听到的蛐蛐儿的叫声。

也是在山里。我们走进深深的山谷，给学校的庄稼地看秋，怕狍灵、獾偷吃了老师的南瓜。山里的傍晚像染色的布，说暗就暗了，说黑就黑了。天黑了，月亮就挂在了天上，星星也打着了灯笼，漫山遍野的蛐蛐儿便朝着月光欢叫起来，嘟儿嘟儿嘟儿，嘟儿嘟儿嘟儿，满山满谷的蛐蛐儿，比赛似的，满山满谷的蛐蛐儿拿着声音赛跑，嘟儿嘟儿，像赶着马车赛跑。

蛐蛐儿嘟儿嘟儿叫，我们悄悄走了过去，蛐蛐儿又在别的地方嘟儿嘟儿，我们走到别的地方，蛐蛐儿又在原来的地方嘟儿嘟儿。跑来跑去久了，我们不再理蛐蛐儿了，就埋伏到田头，睁大眼睛，竖起耳朵，等待狍灵、獾来偷吃老师的南瓜，也机警地瞅着，害怕遇上绿眼睛的狼或白胡子的狐狸……一群孩子折腾一夜，不觉得瞌睡，蛐蛐儿嘟儿嘟儿倒把太阳叫起来了。

我太熟悉蛐蛐儿发出的声音了，那是嘟儿嘟儿嘟儿的声音，就像旧时候斗蛐蛐儿的北京爷们说话，动不动会带个儿化的尾音：蛐蛐儿。统统的儿化。也不知是蛐蛐儿学了北京爷们的儿化音，还是北京爷们学了蛐蛐儿的儿化音，反正蛐蛐儿的鸣叫声，是完全儿化的声音，是带了金属味儿的儿化的声音。

而且，许多地方的蛐蛐儿，似乎满世界的蛐蛐儿，都带了儿化的声音。

我觉得，笼罩在石膏山的声音，像，又不像蛐蛐儿的声音。

石膏山的声音是沙哑的嗞嗞嗞嗞——嗞嗞嗞嗞——

朋友又说，是蝈蝈儿的声音吧？

蝈蝈儿的声音我是知悉的，在我们村庄，我们叫"蛐蛐"。

但离开乡村多少年，记忆已经模糊。好在，在城市，年年听到蝈蝈儿的声音。不是在太原，是在北京。年年这个季节，北京的街头，骑了车子载了一大篓子蝈蝈儿笼的人，会在幼儿园或者小学门口卖蝈蝈儿。卖蝈蝈儿的人载了一大篓嘚儿咕嘚儿咕的声音，买了蝈蝈儿的孩子提了一小笼嘚儿咕嘚儿咕的声音踏踏踏跑去，老人追着孩子和嘚儿咕嘚儿咕的声音，直喘。

我们村庄的孩子是用不着买蝈蝈儿的，山坡上到处都是蝈蝈儿，山坡的世界就是蝈蝈儿的世界，蝈蝈儿的世界也是孩子的世界。所以，村庄的孩子不仅不用买蝈蝈儿，而且根本就不用逮蝈蝈儿。他们在山坡上寻找蝈蝈儿，找到了，就悄悄看着蝈蝈儿鸣叫，然后，嘴里发出嘚儿咕嘚儿咕的模仿。结果，这一模仿不要紧，要紧的是，蝈蝈儿发现了人类，便息了声音，躲开人类，跑了。

在城市，买了蝈蝈儿，城市就有了乡村的声音。城市把老人们熟悉的自然之声带给孩子们，孩子们看到蝈蝈儿听到蝈蝈儿的声音，会说"蝈蝈儿是一片叶子做的，是一只会唱歌的叶子"，但孩子们哪里知道生长蝈蝈儿的自然是什么样子，哪里知道蝈蝈儿们在山里鸣叫的时候是什么样子。虽然也像蛐蛐儿似的嘚儿嘚儿，但比蛐蛐儿叫得强悍且霸道，绝对是蛐蛐儿升级版的鸣叫。

石膏山的声音，像是蝈蝈儿的声音，又不像蝈蝈儿的声音。

石膏山的声音是磁性的嗞嗞嗞嗞——嗞嗞嗞嗞——

嗞嗞嗞嗞来自漫山遍野的绿。

来自绿草，来自绿树，来自绿的灌木丛。

像是藏在草里、藏在树里、藏在绿里，是绿藏不住了、树藏不住了、草也藏不住了，就轰轰烈烈爆发出来。或者似乎就是绿发出的鸣叫、树发出的鸣叫、草发出的鸣叫，树和草实在太稠密了，稠密得挤在一起，挤得化也化不开，就挤出了声音，就憋也憋不住地喊了出来，不停地挤，不停地喊，挤成了一片也喊成了一片，摩肩接踵地喊，喊得地动山摇。

我靠近树丛灌丛，瞪了眼睛竖起耳朵屏声静气，听。树灌丛中，亿万只虫子在微啼，在私语，在竞叫，然后统统变成了喧哗，嗞嗞嗞嗞，嗞嗞嗞嗞。像风刮草树，草树把风撕裂，或者林中昆虫们演绎着伐木时代电锯曾经发出的嘶鸣。但我没找见什么虫子，只听到急促的嗞滋滋滋，细碎的嗞滋滋滋，此起彼伏的嗞嗞嗞嗞，单调而重复，细碎而轰鸣，嘶哑而磅礴。

是的，肯定是夏虫鸣叫，但就是不知道什么虫子。遇到巡山人，指指山野的声音，问，这什么在叫？巡山人说，是蝉，知了。再问，知了不是像唱歌一样"知了——知了——"地叫吗？这个只是嗞嗞嗞地叫。巡山人说，是夏蝉，夏蝉的声音，夏蝉就是这样的叫声。蝉从土里钻出来爬到树上，就这个声音，日夜不停地叫，一直这样叫，叫到死。

都说，夏虫不可语冰，但是，冰可语夏蝉吗？

人都不怎么知蝉，冰，可语蝉吗？

蝉鸣太稠密了，卧龙山庄，都是，卧龙山庄往龙吟谷，都是。

鸟鸣也是稠密的，但鸟鸣只是蝉鸣旋律里的花腔，像漫漫绿里冒出的红，绿是山的底色，红一下把绿点燃了，满山满谷的绿便越发被泼染得鲜活鲜亮。蝉鸣也是。蝉鸣是山的基调，鸟鸣跳跃在蝉鸣里，把蝉鸣跳得越发掀起波浪。蝉鸣就像绵绵厚厚的绿，而绵绵厚厚的绿又像富有弹性的蹦极垫，鸟鸣的花腔就像在蹦极上弹起的鸟，婉转飞升、飞升、再飞升……在波澜连绵的蝉鸣里，把合唱推向激越。

当然，鸟鸣和鸟一样，并没有真的在绿上弹跳起来，并没有真的被蹦到空中。鸟和蝉一样，是只听它们鸣叫，不见它们飞行。鸟鸣和蝉鸣，都藏在厚厚的绿里，藏在厚厚的绿里竞唱。鸟唱得流利婉转，蝉唱得沙哑单调，鸟嫌蝉聒噪，便喊着别吵了别吵了，但蝉不怕鸟嫌它聒噪，越发起劲地唱。鸟和蝉便争吵，唇枪舌剑，剑拔弩张，互不示弱，滔滔不绝。

只是不知它们争吵的时候，是否相互看见，是否相互对峙？我问，鸟和蝉争吵，会动手吗？巡山人不解。我说，鸟会吃掉蝉吗？巡山人说，会，在山里，蝉被吃掉的事太平常了。我说，既被吃掉，蝉还敢叫？巡山人说，被吃就不叫唤了？蝉叫唤是在求偶，求偶是要繁殖后代，叫唤是蝉的本性，怎么会不叫？鸟也一样的，鸟也会被吃掉，但鸟会不叫吗？

我和巡山人说话的时候，蝉和鸟一直在鸣叫。

蝉和蝉、鸟和鸟、鸟和蝉的鸣叫，也像人和人的说话吧？

水也会说话，水也会鸣叫起来

水是和山说话，和石头说话。

走在龙吟谷里就看到了水。水是清冽的那种，是散发着清冽气息从石头缝隙钻来钻去的那种。钻来钻去的时候，石头挡住了它的去路，它就和石头说起话来。水大的时候会推着石头走，和石头一路聊天；水小的时候会绕过石头，和石头做个告别。水和石头说话的时候，鸟和蝉也不停。鸟叫蝉鸣在头上，水的声音在脚下，你于是被夹在声音的缝隙里了。

路把你托上山腰，托在了树的头顶，你像被声音托起来了，满涧满谷的蝉鸣鸟叫里，看不见水，却听见水的声音比看见水的时候还响。蝉声鸟声水声，交织在一起混合在一起，把山谷哗地响成一片。钢锯一样坚强嘶鸣的蝉声，鸟给了它溪水一样的婉柔，风一样飘忽无形的鸟声，蝉给了它钢锯一样的筋骨。想象中寂静的山谷，简直就是一个天然的音箱。

也会突然什么也听不见了，因为你钻进了山腰的溶洞。溶洞离奇地静，水也离奇地静。静得听得到滴水的声音和声音的回响，像深夜听到钟表的秒针和秒针的回响。百万年亿万年的时间，就滴答在溶洞的水声里。然而钻出溶洞，一切的静又没入水的轰动，瀑布、湍流、飞泉，呼啸着跌下山崖，跌得粉碎，发出疼痛的号叫，但依然一拐一拐地，奔向前方。

水鸣叫着、欢叫着，奔向我来时的地方。

初出峡的水，是否知道前路会是什么样子？

但我知道。水的前路是河，河的前路是世界、是海。

或许，路上会有水的异变、水的色变，甚至水的声变。

世界什么变动都会有，像龙吟谷不仅有水声蝉声鸟声，且水声蝉声鸟声都会变。吟诗一样的水声，音乐一样的鸟声，或许金属一样的蛐蛐儿声和铜铃一样的蝈蝈儿声，都会变。它们汇入沙哑嘶哑永远磁性的蝉声，就变成了呼呼哗哗的声音，变成了风的声音。呼呼呼呼，哗哗哗哗……呃，龙吟谷起风了，真的起风了。龙吟谷动荡起来了，龙吟谷响动起来了！

龙吟谷响动起来的时候，树摇动，草摇动，荆棘摇动，满山满谷的绿摇成海浪，似乎风是绿的。蝉鸣鸟鸣，所有虫鸣，突然停息。哗哗哗哗，哗哗哗哗，唯有风声，只有风声。只听风声，你就知道，风的脚步是怎样的；只听风声，你就知道，雨的脚步是怎样的；只听风声，你就知道，兽的脚步是怎样的；只听风声，你就知道，雷雨交加的脚步是怎样的。这声音，山里的神仙也听到了。

而这一切停息的时候，人却被激动了。人开始呐喊、吼叫，啊嗷——啊嗷——我也放声呐喊、吼叫，啊嗷——啊嗷——我放开喉咙的时候，沙哑的嘶哑的声音居然吼叫成浑厚的嘹亮的声音。我对朋友说，你也呐喊啊，你也吼叫啊。朋友声音天生洪亮，但朋友试了试，说，我叫不出来，不会叫。朋友不敢，不好意思，怕失了儒雅。我又放开喉咙，啊嗷——啊嗷——啊嗷——

我的声音，融在了蝉鸣鸟鸣水鸣和树鸣里。

我不担心沙哑的嘶哑的呐喊呼喊被世界嘲笑。

只是，所有的呐喊呼喊，没有形成山的回响。山里的绿太厚太密了，厚厚密密的绿，把所有的呐喊呼喊吸收消弭了。

就这样，在龙吟谷，我听到了夏声的鸣叫。

所有蝉声鸟声兽声风声雨声人声，都是龙吟谷的龙吟。

离开龙吟谷回到城市的时候，我依然想着石膏山的鸣叫。

我的耳朵里依然响着夏声的和鸣，依然响着嗞嗞嗞嗞的蝉鸣。我以为我听到了城市的蝉声。侧耳细听，窗外没有蝉声；跑到楼下，树上没有蝉声；走入树林，林中也没有蝉声。

蝉鸣的季节，城市怎么会没有蝉鸣呢？

我走进城市的汾河湿地生态公园。我在灌木和乔木林里倾听，满林子的鸟鸣里，没有一丝的蝉鸣；我在芦苇和蒲草丛上聆听，芦苇河的鸟鸣里，也没有一丝的蝉鸣，没有。

这是城市最长最大且比城市还长的河流公园，树像绿河一样流淌在两岸，绿像云河一样流淌在两岸，白鹭嘎嘎叫着归来，灰鹤嗷嗷叫着归来，大鸟小鸟叽叽喳喳叫着归来。

但是，蝉鸣呢？城市应有的夏蝉的鸣叫，哪里去了？

城市在塑造自然，城市在回归自然，城市在走向自然。城市的自然与山野的自然虽然存在距离，城市的自然虽然笼罩在机器的喧嚣里，但城市不该没有夏蝉的和鸣啊！

突然，在城市的喧嚣里，我听见了一阵蝉声。我赶紧跑出汾河公园，穿过街树，循着蝉鸣，找去，找去……到了那个地方，却发现，哪里是什么蝉鸣，是电锯在嘶鸣。

之后，我每每到汾河公园走步，都要听听有没有蝉鸣。我希望听到一声沙哑的、嘶哑的、磁性的嗞嗞嗞嗞，从深树里传来。

我期待着，等待着，我等待着城市的夏蝉和鸣。

工业／风光不在别处

魔幻风力树

晋北的风，是著名的风，是一年一场风，从春刮到冬，又从冬刮到春。

就在这样的风里，草，青了黄了；树，荣了枯了；地，绿了白了；山，秀了秃了。

千年这样，万年也这样。

然而，一种树，却拥有不变的颜色：银色，一种现代技术的颜色，一种永远铮亮的颜色！

这就是风力树！

风力树是突然生长起来的，生长在现代人的手上，生长在晋北的土地上，生长在朔漠的群山上。

于是，我们看到了，比土地高的，是青草；比青草高的，是山峦；比山峦高的，是树；而比树高的，则是风力树！

我就是在这个时候看到风力树的。向晚的阳光打了过来，斜斜的、黄黄的、长长的，打在逶迤的山峦上，打在高高的风力树上，将银白的风力树，打成金色与银色浑然的剪影。

那时，一棵一棵的风力树，一列一列的风力树，就站立于斜阳点燃的山峦，旋转着、旋转着，旋转成一种顶天立地的动的风景，一种耸立并且显耀于古老群山之间的现代风景。

然而，那又岂止是风景！风力树站成的列成的，其实是一个巨大的风力场。千年的风，万年的飙，在风力树的旋动里，在风力场的吐纳里，变成了无形的力，变成了无形的——电。

"哦，电！电是什么呢？难道，仅仅可以是物理意义上的解释，是一种能量，是一种现象，是一种波吗？"

那时，我们的诗人、散文家张锐锋就提出来这样一个问题。他谦和地说，这也许是一个可笑的问题。

是呢，电是什么呢？

"是一种魔术，是世界现代工业革命带来的最大的工业魔术！电是魔法师的事业！"我们的散文家又如此诗意地说。他也许说出了一个定义。谁又会说，这不是一个电的美学定义呢？

那么，风力树，是不是一种魔术树呢？

风力场，是不是一种魔术场呢？

风力世界，是不是一种魔术世界呢？

风力树是那种只有三个尖尖叶轮和一杆高高电塔长成的树，但那叶，是足足 30 米长、40 米长、50 米长的巨叶；那树，是足足 50 米高、70 米高、100 米高的巨树。那是一种现代的工业树。

就那么一种简约的构架，近似无力，却收了天空的呼号，收了大地的呼吸，收了广漠的风。

我们的山西诗人罗向东说："风跑的地方多了，它的舞姿，是送给跋涉者的衣裳。"也许，正是这样，跑着的风，与跋涉上山的风力树，演了一场魔术。

那么这风力树呢，就是一种魔树。

风力场是那种唯有高高耸立的电塔列成的场，但那场，却是由远远近近、纵纵横横的风力树站成的森林，是雄浑浩阔到足以完全包容了轻风、劲风、狂风、飓风、暴风的巨场。那也是一种现代的工业场。

就那么一种疏离的空间，形似无为，却融了天地的气象，融了空阔的势能，融了浩博的力。

我们年轻的电力诗人宁肯说："就让暴风雨来得更猛烈些吧，我们彼此托付，一起走出光明的路程。"就这样，劲猛的风，在风力场的空间，演了一种魔术。

那么这风力场呢，也是一种魔场。

应该说，那银色的旋转着的风力树的森林，也是绿色的旋转着的风力树的森林，绿色的旋转着的风力场的森林，是现代化的绿色的森林！

将自然的风、清洁的风、绿色的风，自然的能源、清洁的能源、绿色的能源，旋转成自然的力、清洁的力、绿色的力，然后呢，自然的电、清洁的电、绿色的电，就诞生了。

于是，风力树旋转的时候，城市的机器旋转了；风力场吟唱的时候，城市的舞台吟唱了；风力网流动的时候，网络的世界流动了；风力世界炫耀的时候，霓虹的世界炫耀了。

我突然想起我曾经看到的一棵风力树，是站立在安徒生童话的故乡丹麦哥本哈根世界气候变化大会广场上的风力树。那是我在世界气候大会之后的寻访。我仰望着那棵树，我仰望着那棵树的旋转，我想象着这棵树对于我们中国晋地的意义。

没想到，之后，我就在中国的许多地方看到了那样的风力树和风力树的森林。在京西山间，在河北平原，在内蒙古草原，在山西的晋南、晋东、晋西、晋北，都看到了。似乎哥本哈根那棵树，就像童话一样，噌噌噌地，屹立在了我们的土地上。

然而那已经不是我们童年时代的风葫芦，已经不是哪吒脚下踩蹬的风火轮，也已经不是堂吉诃德追逐的大风车。

那是哪吒的风火轮与塞万提斯的大风车衍化出的现代神话，是安徒生的童话与哥本哈根的风力树生长出的中国故事。

是啊是啊，风力树，那就是高高站立在现代世界的能源树。风力场呢，那就是巍巍屹立在世界当代的能源场。

也就是这片古老土地上挥舞着的现代技术的魔术树，也就是这片古老山水间演绎着的现代工业的神话场！

这样的魔术，或者，童话和神话，也是一年演一场吗？从春演到冬，又，从冬演到春吗？

应该说，是千年演一场，万年演一场！

神秘光伏谷

天空是蓝色的，光伏谷也是蓝色的。

蓝色的光伏谷是铺在黄色土地与绿色草地之间的一种神秘的颜色。

那是晶体硅片的颜色，也是科学结晶的颜色。

就那样一块一块地、一板一板地、一列一列地、一片一片地，架在黄土谷里，架在绿草地间。

斜斜地、涌涌地、光光亮亮地、滚滚滔滔地，朝着天空、朝着光源、朝着遥远而博大的太阳。

我看着光伏谷的时候，我已走进光伏谷的世界。

我是先在光伏谷的光电演示银屏上看到光伏谷的虚拟世界的，明明暗暗的光影，幽幽冥冥的深邃，那闪出闪入的梦想一般的迷迷幻幻的世界，就显影在了蓝光满满的演示时空。

之后，我就真的走进了光伏谷的真实世界。我在起起伏伏的光伏世界看光伏，光伏在起起伏伏的蓝色世界看我。我于是终于被淹没在了光伏的波浪里了，也终于被淹没在自己的惊奇里。

那时，我惊奇的不只是这光伏谷海海漫漫的蓝色，也不只是这光伏谷幽幽亮亮的海，而是这光伏谷之所在，这光伏谷匍匐着的浩浩荡荡的蓝，其实是覆盖在一片沉陷的土地之上。

那是塞外煤城的采煤塌陷区，是煤矿深处的沉降断裂带，是黑色工业崛起之后所牺牲掉的绿色的生态。

煤炭，本是潜藏在地质深层的黑色的太阳，然而，却被挖掘、挖掘，挖掘成为燃烧的火焰、燃烧的火力、燃烧的火电。然后，地质断裂了、土地沉沦了，沉沦断裂的土地，张着无泪的眼睛，悲怆而绝望地望着天空。

那么，天空是什么样子呢？是灰色的，寂如死灰的；是沉重的，了无生机的；是失去蔚蓝、失去了白云的；是看不到星星、看不到月亮的；是遮掩了阳光、铅云弥漫的。天空，实际成为只有混沌迷茫的黑与灰的空间。

而在这天与地的灾患空间，最悲惨的，是土地对村庄的背弃与村庄对土地的背弃，是乡土对人的弃离与人对乡土的弃离，是家园对生命的失去与生命对家园的失去。没有什么悲愤甚过背弃，没有什么悲哀甚过失去。

也许，就是在这个时候，光伏谷来了，光伏谷诞生了，光伏谷走进了那片沉降断裂的土地。

光伏谷，那就是对采煤断裂的一种拯救，对土地塌陷的一种修复，对天空死寂的一种重塑。

一种起死回生！一种鼎力回天！

想想，那光伏谷的蓝色之下和蓝色之上，可有塌陷土地的生灵在鸣叫？可有沉沦村庄的村魂在沉吟？可有离乡迁徙者的眷恋？可有回乡寻访者的慰藉？也许，沉沦的一切，已经过去；拯救的一切，正在新生。一切的一切，都在重建。

光伏谷，那就是一个重建的蓝绿的王国，一个重建的阳光的王国！它不仅种植草树，也种植光伏；它不仅种植蓝绿，也种植太阳。太阳种在蓝的硅板上，硅板就变成金亮金亮的太阳；太阳种在蓝的硅板里，硅板就变成海亮海亮的太阳。

太阳，这古老的神祇！还记得遥远的追赶吗？夸父与日逐走，弃其杖，化为邓林；后羿飞弓射日，日陨落，唯余一阳。那追赶，追到而今，该是追上现代化的创造了，该是在重新种电种光种太阳呢。于是，太阳，就成为种进蓝色海洋的光与电。

也许，这世界，就是一个循环的圆，一个生态的圆，一个由圆圈走成怪圈又由怪圈走成圆圈的诡谲循环。

远古的太阳之下的森林，曾被颠覆为地底的黑色的太阳；地底的黑色的太阳，曾被挖掘成地上的红色的电火；地上的红色的电火，又铸造了空间的蓝色的晶硅；空间的蓝色的晶硅，又种植了天上的金色的阳光。这是一种怎样的奇异循环呢？

而就在这样的循环里，创造，诞生了，创造走向了破坏，而破坏，又走向了修复；奇迹，也诞生了，奇迹走向了毁灭，而毁灭，又走向了拯救。是人类一抖擞，上帝就发抖呢，还是上帝一抖擞，人类就发抖？也许，这竟是一个永远的迷圈。

不过，现实的改变是，光伏谷已是一片古老的谷，也是一片现代的谷；是一片破碎的谷，也是一片重建的谷；是一片绿色的谷，也是一片蓝色的谷；是一片神秘的谷，也是一片神奇的谷！这片凹凸跌宕的硅谷，正在发生着人类的自我完善。

创造，破坏，修复。奇迹，毁灭，拯救。

就像白日的阳光种入蓝色而蓝色收获金光的时候，也是夜晚的黑暗终于生出太阳而太阳辉耀黑暗的时候。

光伏——太阳！太阳——光伏！

我们神一样的光能！我们魔一样的热能！这光这热，意味着，它给了人类许许多多的太阳、许许多多的神光。

这是自然之光，也是科技之光，更是人类之光！

不仅仅是辉耀在山谷间的蓝光，也是辉耀在天地间的晴光，甚至，是辉耀在人类间的灵光。

蓝色的光伏谷，神秘而神奇的光伏谷，那是人类补在大地上的颜色，也是人类补在天空上的颜色。

白云火电城

一座城市，将高耸的烟囱和硕大的凉水塔耸立在她的城头，你似乎知道了，这是一座什么样的城市。

这座城市总这样走进我的视野，我也走向她的城府。她迎着我的，就是高耸的烟囱和硕大的凉水塔。

不过，那烟囱和凉水塔的世界，已经不是曾经的沉重的黑烟，也不是曾经的浓稠的黄烟，而是渐飞渐轻的白色的烟，或者，渐飘渐消的银色的气，甚至，就是无烟的静或者无气的静。

这就是火电之城的烟囱，也就是煤炭之城的烟囱。

我们说，山西，是一个煤电的世界。煤点燃了火，火点燃了电，电点燃了城。山西的城市，生产煤炭，也生产火电，还生产光亮。

这煤电之城与火电之城，也就是山西的能源之城。

然而，不同的是，如今的煤矿，已不是曾经的煤矿；现在的火电，也不是过去的火电；而今的光亮，也已不是从前的光亮。

我看到过曾经的煤矿，也看到过如今的煤矿。

曾经，为什么说煤矿是黑的？因为，疯狂的煤炭、煤渣、煤尘、煤水，污染着煤矿的世界，导致地是黑的，树是黑的，风是黑的，甚至连飞鸟，也是黑的。

如今的煤矿呢？采煤是封闭的，出煤是封闭的，装煤是封闭的，运煤是封闭的，是煤矿不见煤。地是绿的，空间是蓝的，头顶是白的，一种现代派的气质。

我看到过过去的火电，也看到过现在的火电。

过去，为什么说火电是灰的？因为，肆虐的灰尘、灰土、灰渣、灰水，污染着火电的世界，造成天是灰的，地是灰的，空间是灰的，就连人，也是灰的。

如今的火电，黑龙被降服了，黄龙被降服了，灰龙被降服了，白雪似的龙，飞上了天空。似乎天上悠然的白云，就是那高烟囱和凉水塔轻轻放飞上去的。

那么，它怎样实现了如此轻松的改变呢？

如此飘然而至的改变，其实源自沉重如铁的蜕变。

火红的发电，那是火的工业也是烟的工业，改变，就在火热的大锅炉与灰黑的高烟囱之间，铺开。铺开什么呢？铺开了消灭火电污染的激战，甚至于决战。

起先，是持久升级的脱黑之战，是反反复复的旋风除尘之役、水膜除尘之役、静电除尘之役、布袋除尘之役。最后，庞大的除尘系统，罩在了火电的头上。火电，终于脱掉了黑色的灰尘。

之后，是高压进逼的脱硫之战，是波波折折的燃煤固硫之役、干法脱硫之役、湿法脱硫之役、切断旁路之役。最后，高大的脱硫塔，矗立在了火电旁侧。火电，终于脱掉了黄色的硫。

再后，是利剑倒悬的脱硝之战，是铿铿锵锵的低氮燃烧之役、催化还原之役、非催化还原之役。脱硝、脱硝，再脱硝，最后，巨大的脱硝工程，横卧在火电之间。火电，终于脱掉了污染的硝烟。

而今呢，是生死倒逼的超低排放之战，是步步紧逼的近零排放之役、趋零排放之役、甚至零排放之役。超低、超低，再超低，严细的环保标准，亮在了火电前面。火电，将清洁与绿，高举成了自己的生命。

宏大的电力工程刮骨疗毒、切肤再植，落后的火电机组壮士断腕、破釜沉舟，传统的火电企业脱胎换骨、断尾求生。火电之城，终于抛却了黑色，撑起了一片晴蓝。

蓝色的穹窿悬在了天上，白色的云朵飘在了头上，绿色的草树铺在了地上，银色的电网架在了铁塔之上。

这座煤炭之城，这座火电之城，就成为黄土高原的山西、塞外漠地的晋北之环境空气质量最好的城市！

不仅白天看见了蓝天白云，夜晚也看见了蓝天白云。不仅夜晚看到了月亮星星，白天也看到了星星月亮。

而这时，山西所有的火电之城、所有的能源之城，也亮起了美丽的蓝天绿地白云和月亮星星夜空的美丽。

于是，我们看到而今的光亮，已不是从前的光亮。

从前，我们城市，虽然也是光亮的，但那是深陷于灰暗与尘黄围困的光亮，那光亮，远远逊色于光亮打出的污染的颜色。站在城市看城市，那城市，似乎不像现代文明的城市。

而今，我们的城市依然光亮，但那光亮不再混沌不再灰黄，而是清清丽丽亮亮堂堂，霓虹就是霓虹，辉煌就是辉煌，在无边的夜空遥看地上的城市，那城市，就像星空的街市。

人类走过多少时代了，钻木取火的时代，伐薪焚火的时代，挖煤燃火的时代，掘气燃烧的时代。在这个时候，煤炭与火电，走进了一个绿色的清洁燃烧的时代。

人们曾把滚滚浓烟赞为彩云，那是火红时代的愚昧。人们又将银烟飘飘比作白云，这是绿色时代的进步。那么，当烟囱彻底消失了烟的时候，我们将怎样比拟？

我想，那应该就是生态文明时代的逐梦与圆梦。

应该说，煤炭期望着那样的时代，火电期望着那样的时代，人们呢，也期望着那样的时代。

清洁的电力与洁净的电光，可以诞生在污染的火炉，也可以诞生在洁净的火炉。火电，选择清洁。

魔幻的电能与神秘的电流，可以新生于火热的燃烧，也可以新生于不再燃烧。火电城，可选择不再燃烧吗？

也许，未来，这座煤炭之城、这座火电之城，所有的燃烧，都在于追求和创造一种——

清洁的燃烧，或者，无煤的燃烧。

甚或，可能就是，不再燃烧！

天琴特高压

用什么形容特高压呢？

像五线谱吗？像英文笺吗？

是电能的高铁吗？是电流的高速吗？

我感觉，特高压，那就是一架浩大的天地琴，琴头在这边，琴尾在那边，琴身在千里万里的天地之间。

这琴，起伏于千沟万壑，逶迤在万水千山，颤动着天风的弹拨，呼啸着地气的揉弦，演奏着电金属的共鸣。

我是在走上山峦的特高压和走进草地的特高压的时候，看到了那个震撼于心的美轮美奂的银色世界的。

在那片世界，A形的铁塔，M形的铁架，I形的铁杆，Y形的铁叉，全都支撑着银弦；或指向天空，或托着云霓，或支撑蔚蓝，或遥瞰远山，全都向天而歌。

银弦呢，炫耀在灼热的阳光里，吱吱吱地，哗哗叭叭地，跟着逶逶迤迤的铁塔，延伸，延伸，一直延伸到远山与天空里去了，将歌声唱给了遥远遥远的地方。

琴弦一样的电网，笼罩了电的世界，也笼罩了人的世界。电网之下，不仅人群渺小，而且，那魔方似的封闭着的绿色大厦，也像盒子一样的小。然而，人们进入那绿盒子的时候，却又感觉到了这盒子别一样的巨大。是的，那盒子似乎突然变成了一种银色的巨大，巨大到似乎盒子里银色的机器和银色的管线，又显得渺小了。

简直是一个魔盒！而这魔盒，据说，就是 ±800 千伏特高压交流变直流的输变电魔盒，是急速的电的变奏和奔跑，也是远程的变奏和奔跑。而这样的变奏和奔跑，是电的聚变和电的裂变。而这样的变奏，就让千里之外的远方，听到了看到了电的琴声和电的光亮。

我久久地惊奇，也久久被震慑。电是神奇的，人呢更神奇，居然将电，这种看着看不着摸着摸不着的东西，装进了如此的盒子，装进了如此的线路，并且，交流变直流、直流变交流地变着魔法。如此，会不会有一天，也将自然的雷电闪收了起来，装进这样的盒子和线路呢？

当然，1000 千伏特高压交流输变电的世界，就没有这样绿魔盒似的大厦了。那是全然的银灰色所在，全然的铁塔钢架和混凝土构筑的天地。没有生命的绿和生态的绿，连作为颜色的绿也没有。忽有绿蚂蚱飞入，也躲在阴影里喘息。人之外，有生命的东西，就只有飞在电网之上旋于蓝天之下的黑色的乌鸦。

特高压，其实就是一片孤岛。不是水波阻断的孤岛，不是沙漠隔离的孤岛，而是深处于绿洲又拒绝绿洲的孤岛。特高压不拒绝绿色，但拒绝植入生命的绿色；特高压不拒绝生命，但拒绝任何的植物和飞鸟侵入。

那么，见证了一片天地终于由绿色而演变为银色世界的人，就是特高压人。

而在特高压的世界里，无论是男人还是女人，居然都是年轻的特高压人。

也许，当建设与掘进的第一铲土在绿洲或者青山上掘起的时候，没人会知道这特高压与绿生命的距离。然而，当建设竣工的最后一抹银灰将绿洲和青山推远的时候，却无疑注定了这特高压与绿生命的绝缘。

特高压人，于是成为这孤岛里唯一的生命，是唯一的年轻的生命，也是唯一的忙碌的生命，无暇休假，无暇探亲，无暇恋爱，无暇结婚。身在电能世界，却没有城市的光耀；身处自然世界，却没有山野的繁花。

然而，特高压人富有自己独在的世界、独在的风景、独在的精神。最早看着旭日与晨光，最多看着蓝天与白云，最后看着落日与晚霞。他们说："这是享受啊！"也许，最享受的，就是与天地弹拨和倾听这现代的特高压之琴的玄妙。

这是一个什么世界呢？这是一种什么风景呢？这是年轻人的世界，这是年轻人的风景。年轻的特高压没有绿色的生命，年轻的特高压人就用青春给特高压植绿。年轻的特高压人用生命与青春托着的，是电，是诗，是远方。

就像特高压人所说：我们的特高压，是世界的中国创造、世界的中国引领。世界上不是没人研究过特高压，但即使大国强国，也仅仅局限于小规模实践。世界上没有一个国家像中国这样进入宏大的规模化工程营运。中国已经由特高压的追赶者成为同行者，由同行者成为领跑者。

就像特高压人所言：我们的特高压，又是中国的山西创造、中国的山西引领。中国的第一条特高压在山西建成，标志着中国在世界上的突破。站在山西的特高压，你就站在了世界特高压的巅峰；看着山西的特高压，你就领略了世界特高压的风景。山西特高压，走在了世界的前沿。

我已经多少年没有看到这样的自信了，也已经多少年没有看到过这样的骄傲。在特高压，我感觉，血脉偾张。

我举头望向特高压，我看到，蓝天之下，特高压之上，黑鸦盘旋翻飞着。它也想要成为落在特高压上的音符吗？

我感觉到，特高压电流从高远的银弦流过的时候，是深深地流淌在年轻的特高压人的血脉里了。

而特高压银弦将这清洁的能源送向远方的时候，也将年轻的特高压人清洁的精神，送向了远方。

特高压，天地琴，你可听到了遥远的回声？

蓝色火焰

从 1 到 10000，多远？

从沁水到沁水。

1，是 1 口井；10000，是 10000 口井。

虽说是在沁水，但这井并不是水井，而是煤层气井。

那么，这井，在哪里？

看到了吗？许多看起来像巨型螳螂一样站立的机器，黄黄绿绿的、红红蓝蓝的，矗立在山上山下、山里山外，不停地抬头低头、抬头低头……

那就是磕头机，一种抽采煤层气的钢架铁臂。它们把钢铁机井扎进 1000 米的地层深处，将煤层气抽吸上来，送进远远近近的城市和乡村……

于是，这煤层气，点燃了新能源的蓝色火焰。

其实，蓝色火焰在沁水的城乡厨房和工业炉膛，已经燃烧成一种蓝色的日常，已经激不起当初点燃它时溅起的欢欣。

但这是人类火焰历史和燃烧历史的一次现代革命。

如果说自然给了万物以生命一样的生存物质——大地、空气、水、食物，那么，自然又给世界以火，就把人类和物类截然地分别开了。就是说，这个世界，这个地球，这个宇宙，在人类之外，再没有任何生命可以使用火了。

那么，火是怎样进入人类的？

是天神举着一把火走向了人类。天神说，给你以火，世界于是遭遇了烈日暴晒之神火、电闪雷击之天火、火山喷发之地火，原始森林就滚过了燎原的烈火。火过之后，人类发现，火是怎样的骇人怎样的神秘啊！焚烧植物，植物熟了；燃烧动物，动物香了。火无意间带给人类以食香也带给人类以顿悟：火，太神奇了。人类于是在灰烬里找啊找，终于发现了尚未熄灭的薪火，赶紧把火种储存起来，使自然之火在人的发现里得以延续。从此，人类结束了茹毛饮血的历史。

突然有一天，人类发现，火种熄灭，天火没了。人类着急啊，手里拿着木棍或燧石，心急火燎，旋转，击打，没想，火，竟然诞生了。钻木，竟可以生火；击燧，竟可以取火！这样，人类又燃起了火种。于是砍柴烧火伐薪烧炭，渐渐，一种自由自在的火的生成就成为人类自由自在的火的应用。人类由刀耕火种进入犁耕耧种，由篝火而食进入炊火而居。火，在人类的发明里获得了新生。人类结束了天降雷火燃亮世界的历史。历史，由原始文明时代进入了农耕文明时代。

也就在这个时候，人类发现了煤炭，煤炭燃起了烈火，也燃起了炼火。以煤炭为热力，以煤炭为动力，人类把矿石炼成了铜铁，人类把铜铁铸成了机器；然后，人类把蒸汽机烧起来了，人类把发电机转起来了；之后，人类的火车惊醒深山，人类的电光照彻长夜。世界于是乎如火如荼、热浪滔天、呼啸轰鸣、光焰万丈地旋转。火，在人类的工业发明和工业创造里成为不灭之焰，人类跨进煤炭之火蒸腾工业巨轮的历程。人类，由作坊式手工业时代进入新型的大工业时代。

谁知，煤炭作为工业的黑马，长时间里并不完全听人驾驭，而是暗藏乖戾之气。这乖戾之气得了一个雅致的英文名字"瓦斯"，动辄爆发炸裂性脾气。之后，人类终于发现，这样的气体居然是一种可以燃烧的煤层气。于是，就捕捉了这说乖戾也乖戾、说温和也温和的气体，点燃了城市蓝色的火焰。这火，在人类现代科技和现代能源的掘进里成为现代之火，人类将这蕴藏地层深处的气体高举成为世纪火炬。由此，人类由黑色的工业文明时代进入了绿色的生态文明时代。

就这样，蓝色火焰，以能源革命的方式进入了人类。人类与火之间、火与人类之间，蓝焰成为人类火焰的现代标志。

人类在点燃并且拥有了现代蓝焰的这个时代，是离原初燃烧的自然天火越来越远了，但是，人类与自然、与世界，不是越来越远，而是越来越近了。人类深刻地依赖着这个自然世界，人类的一切现代化，都深切地依赖着这个自然世界。

只是，人们也许没有完全意识到自己与自然的关系。

即如这蓝色火焰，谁能意识到，是这沁水山里红红绿绿的深井钻和磕头机，将现代与自然深深打通并连成了一体？

其实，沁水的煤层气，是在那些磕头机咣当咣当旋转之前，钢铁的深井钻，就早已经轰隆轰隆打了下去。

人说，螳螂似的磕头机，是人类对地球的疯狂索取。

其实，自然界所有生物都具索取本能，人不过是最具索取能量的那个。自然给了人类一颗躁动不安的心，人类即以自己的不安搅动自然。人类也许并没以为自己无所不能，否则不会造一个无所不能的神。然而连无所不能的神都是人类所造，而人类不止一次把所想变为所在，人类岂不又以为自己无所不能？因而，人类把钢铁之器打进了地层深处的时候，世界越来越少了可以挡住人类进取的障碍，《人类环境宣言》都说了，人类总是有所发现有所发明有所创造有所前进的。

人以石炭替代木炭而挖开煤炭世界的时候，肯定洋溢的是一种人类的自信，一如山西人自信沁水煤田是山西最大的煤田，沁水人自信沁水气田是山西最大的气田。纵使这气曾是藏在煤炭空隙的死亡魔咒——古人因之窒息而死，近人因之火烧而死，今人因之爆炸而死——却也没有挡住人类的长驱直入。人类以古之竹筒引气、近之打洞排气、今之天灯烧气的方式破解死亡魔咒。然后，终于发现，这煤层气并非祸害之气，而是造福之气，于是人类又自豪于发现了新的清洁能源。

人类因之也越来越感觉到，现代人类，越来越离不开自然了。所有现代的东西，无不来源于自然。自然是任何生命的母体，地球是任何生命的母体。地球不仅是一个承载生命的星球，而且地球本身是一个富有生命的星球。就像人的肌体，它的体型，它的皮肤，它的肌肉，它的骨骼，它的血液，它的气脉，它的经络，它的温热，它的能量，它的奥秘……都是活着的，都是具有生命力的。只是，它们是完全不同于人类生命结构的生命，是人类尚未认识的超越人类生命的生命。

比起地球生命，人的生命历史实在太短。人不仅比不过地球的生命历史，而且比不过地上生命与地下生命的转换历史。当地上森林转换为地下煤炭的时候，人可知自己曾经是什么样的生命基因？当人类遇到了煤炭又遇到了煤层气的时候，人可知煤炭和煤层气也都是地球的生命肌理？人类自以为煤层气是祸气也是福气，尽管这深藏在煤层深处的气体，不过是地球生命的一种气脉而已，它与世界任何存在物的本质内涵一样，其本身并没有利害之分也没有福祸之分，是人类赋予其福祸利害。

人类生命与地球生命的不同在于，与世界生命的交互间，人类对所有自然生命持人的判断。

当然，自然给了人类生存的世界，人类不可能放弃，向自然索取是人类生命的本性。但人类生命依存于自然，人类不可以疯狂，与自然生命与共是人类生命的理性。以垂直之态直立于自然，以匍匐之态膜拜于自然，是人类应有之态。

那么，沁水山里的磕头机，何尝不是人类向地球谢恩？

人类在自然界发现火之后，举木为火、举煤为火、举油为火、举核为火、举气为火，自然厚待人类，人类当不负自然！

从磕头机到蓝火焰，距离多远？

从沁水到沁水，从沁水到中国。

沁水地上山清水秀，流出去的，是山水之灵气。

沁水地下煤厚气足，抽起来的，是天地之净气。

富有了这山水天地之气，于是便有了这样的现实——

沁水嬗变的城市是绿的，置身煤田却不烧煤炭，这是沁水绿色的秘密；沁水点燃的蓝焰是绿的，燃在沁水也燃向中国，这是沁水绿色的馈赠。

沁水崛起的工业是绿的，经济质量居山西一流；沁水流过沁河是绿的，水体质量居山西一流；沁水头顶的天空是绿的，空气质量居山西一流。

就像举在沁水能源建筑物之上的一枚徽标——一炬蓝焰燃烧的形象，也是，一片绿叶蓬勃的形象。

遗址荒芜

背后的山上，有一座坟茔，坟里埋着一位老人。

这位老人，曾经是这座城市当代工业的第一位测绘师。

当在老人的测绘里，共和国在这个城市的第一个工业群即将矗立起来、沸腾起来的时候，这位测绘老人却奔波日久，积劳成疾，壮志未酬，不幸去世。老人在离开这片土地的时候，恋恋不舍、心有不甘，紧紧抓着同事的手，说："我死后，请把我埋在晋祠山上，我要看看太原化工区的将来……"

而今，这位测绘师所说的"将来"已经来了，已是"将来"的"将来"，但一切都已经荒芜在了到来的"将来"里。

一切重归于荒野，一切重归于自由生长，也重归于野性生长。似乎一位健壮的老人怆然老去，漫出了无边的苍茫。

曾经是一个辽亮而且辉煌的世界。辽亮和辉煌，在这里不是一个概念、不是一个词语，而是一个矗立在阳光或者夜光里的银色管网的世界和铜色炼塔的世界，一个金属构架悬空盘曲纵横回旋的世界、一个钢铁结构高低交织指向天空的世界。这个世界，白天像一座太阳城，勃发着热气腾腾的光辉，似乎浑身上下的钢铁都在使劲地发光发热；黑夜像一座星光城，散发着幽亮灿然的灵光宝气，甚至比钻石比星光还熠熠闪耀闪闪发亮。是的，它是比深空钻石和星光还闪耀发亮的现代工业城。这样的工业城，似乎把世界所有的色彩都淡化了融化了，留下的，只有银色管网的闪亮和金色炼塔的辉煌。

但是，70 年后，在已经到来的"将来"，它却被人交给了草木、交给了野禽、交给了莽莽苍苍的荒芜。

曾经作为庞然大物的一个钢铁世界，如今沉落在了野草野树野蛮生长的世界里，或是野草野树野心勃勃地沸腾起来，把一个钢铁世界淹没在自己的野蛮生长里。苔样的微绿，钻出柏油路和水泥地龟裂酥碎的缝隙，长成了离离原草和漫漫荒棘，覆盖了路也覆盖了土。茅草、蒺藜、黄蒿，椿树、榆树、槐树，丛生着、竞长着，把钢铁的结构都遮掩在婆娑的树影里。柔韧的青藤攀爬上树木也攀爬上墙壁，伸向早已冷寂的钢铁管网，给横空的钢铁带去青藤的体温和绿色的鲜活，甚至爬上高的砼塔和高的铁架，竭力想占领世界的制高地带。那些曾经盘龙卧虎高耸入云的钢铁巨构，终于脱落了光辉，剥落了锈迹，在生机勃勃的草木世界里，落尽了风采。它们落荒于葳蕤的草木间，湮没于丰茂的荒芜里，只伸着衰老枯朽的身躯和残缺破败的骨架，向天发着风样的叹息。

据说，这是共和国工业的长子。长子长过童年，长过青年，长过壮年，长到老年，就像走入暮色，是重归荒野了。

但是，这应该不是这片曾经的热土背后山上那位走入坟墓的测绘老人想要看到的"将来"，是他没有想到的"将来"。

在已来的"将来"里，荒草不是过去的荒草，杂树也不是过去的杂树，但钢铁是曾经的钢铁，砼构是曾经的砼构。

荒草杂树不知道的事情，钢铁砼构知道。荒草杂树伸向和贴近钢铁砼构的时候，似乎听到了钢铁砼构蕴藏的回响。

树们草们依稀感觉到了钢铁回到发热炙热的年代，以致被热烤着，树们草们都纷纷退去，鸟声树声都隐隐消去。野树荒草间，炙热的钢铁重新发亮起来，蒸汽的砼构重新沸腾起来，退去的草们树们鸟声树声化成了穿着工装的人们在热气蒸腾的机器喧嚣里匆匆忙忙的穿梭劳作。满世界的机器认得每一个人，满世界的人也熟悉每一部机器。人和机器一样繁忙，机器也和人一样忙碌。人和机器成了亲热的老伙计，机器和人成了娴熟的好身手。机器喷吐水气如雨雾飘洒在空间，人也在雨雾飘洒的空间里挥汗如雨。就在人与机器的忙碌和劳作里，黑色原煤穿越机器的天地、管道的天地、炼塔的天地，魔法似的变成了雪一样的、棉一样的、盐一样的洁白颗粒。

机器和人、人和机器都着了魔了，机器和人、人和机器，都日日夜夜在钢管和铁塔的世界里施着这样迷幻的魔法。

在这样的魔法里，工业世界变出的洁白们就到农业的世界里去了。于是，洁白的结晶、洁白的颗粒、洁白的粉末走向了田野、走向了土地。这一去，就变成了绿茵茵的稻谷、金灿灿的麦浪、白花花的棉桃，变成农业的收成与农人们一起笑出灿烂。而也就在这个时候，工业世界变出的洁白们也会到别的工业世界去，洁白的结晶、洁白的颗粒、洁白的粉末又走向了机器、走向了炼炉，而后，就变成了奔跑的车轮、疾驰的舰船、飞升的火焰，变成工业的成果与工人们一起酣畅。在蕴涵煤炭的太行吕梁腹地，一个炼塔与管网构筑的化学工业王国，把黑色、褐色或者焦色的古老矿藏变成银色、白色甚至彩色的现代创造。而且，工业的炉膛、工业的炼火、工业的管线，给城市送去了蓝色的火焰，也送去了炽热的温暖。送着火焰和温暖的人们，成为手握魔棒点石成金的人们。

这样的事情，砼构们是知道的，铁塔们是知道的，草们树们从砼构铁塔的回想和回响里返回来的时候，也知道了。

钢铁砼构间变出的白色，树们草们也是熟悉的，那是铺在田野上的白棉一样的白，铺在农人稻谷场的白米一样的白。

树们草们就是从麦棉的原野和稻谷的土地上飞过来、跑过来的，它们曾在这里看到土地的演变和稻谷的命运。

所有的演变，恰恰发生在这座工业巨构崛起的时候，它从地下、地上、空间，改变了这片土地原初生态的样貌。

一座现代化学工业城，其实是一条吸水的蛟龙。蛟龙把触须伸向了名胜晋祠，流淌了千年万年的晋祠难老泉，于是成了蛟龙吞吸的源泉。管径1.25米的砼涵和管道切进地下，蜿蜒10公里直达晋祠难老泉域，清凌凌的难老泉流进地下的管道，也流进悬空的管网，流进地上的砼池，也流进高耸的炼塔。在管网和炼塔的沸腾里，水与黑色的、褐色的、灰色的物质相遇，融合、分裂、吸收、释放、交换、提炼，然后变成结晶的颗粒的提纯物质，也变成了浑浊的浓重的污染液体。污染液体流进粗粗长长的管网，排向河道、排向农田、排向原野，而那些管网炼塔连接的高高的烟囱，则把黑色的烟尘、灰色的烟气、黄色的烟雾，排向了天空，也排向了人们的视野。

于是，自然的生态、工业的生态、农业的生态、城市的生态，遭遇了前所未有的异化、演变、灾患。

在这片生态空间里，城市的西山工业群，化工工业、采煤工业、发电工业、水泥工业，焦渴的钻头和干涩的铸管，肆意地逼向地下，逼向曾经滔滔滚滚的晋祠水域，终使晋祠难老泉被抽吸得水量锐减、水流枯竭、水源干涸。晋祠清泉浇灌的晋祠稻谷，被迫以毒化的工业污水灌溉，终致曾作为"贡米"的晋祠大米变成了"毒米"，农人不吃了销给工人，工人不吃了销给城市，城市的人不吃了，"贡米"只沉落在城市的记忆。就在这个时候，污染的河流注入汾河，汾河成了黑色、灰色、酱色的河流，成了粉河、酚河、疯河，也成了山西乃至中国污染最重的河流；污染的烟尘泻向天空，天空成了暗色、异色、彩色的天空，成了尘霾、灰霾、雾霾，空气也成了中国乃至世界污染最重的空气。天上和地下，双重的污染，终使这座工业的城市成为世界污染最重的城市。

城市的人、树木、飞鸟都惊奇地发现，城市的河流变黑或变枯的时候，城市的天空，降下了酸雨，也降下了黑雪。

人们终于看到，工业给城市给人们带来现代便利和现世享受的时候，也给城市给生态带来了现实灾难和未来隐患。

想象中的"将来"是曾经美好的，但现实不是人们曾经想到的"将来"，也不是埋在背后山上的那位测绘老人曾经想到的"将来"。

曾经的"将来"已经到来，然而不尽美好的时候，城市的人们，在城市工业的世界开辟了拨转现实和扭转"将来"的改变。

改变依然从工业起步，工业不消灭污染，污染必消灭工业。于是消减烟尘、消减污水、消减固废，铺开尾部治理，把污染遏制在工业的末端；但尾部治理并未解决全部问题，于是消解烟尘、消解污水、消解固废，铺开局部治理，把污染消化在工业的过程；但局部治理也未解决全部问题，于是淘汰工艺、关停设施、搬迁企业，铺开全面治理，把污染消灭在城市的发展里。工业治理的理念上升到城市治理的理念，城市不消灭污染，污染必消灭城市。于是，炼铜工业的黑烟消灭了，炼钢工业的红烟消灭了。炼砼工业的灰烟消灭了，炼化工业的黄烟消灭了，最后，西山工业群，取缔淘汰关停搬迁，完完全全干干净净，退出了西山，退出了城市。

城市的化学工业群是最后关停并退出城市的，但作为城市最早的共和国工业群，城市给它保留了遗址矗立的样子。

只是，时间的风刮过来，时间的雨刷过去，它被侵蚀但它竭力抗拒着时间的侵蚀，以致庞大的钢铁管网憋胀了筋骨，结果憋胀得凝固成锈蚀的颜色；以致高耸的砼构铁塔也憋胀了脸庞，结果也憋胀得落下了剥蚀的碎末。而在它的身旁，绿生生的植物们噌噌噌往上长着，终于以满满漫漫的绿把它包围、淹没。而在它的视野里，那些曾经与它一同崛起的工业，完全倒下了、完全消失了，在它们消失的地方，长起了立体交错的高速公路，长起了森林一样的城市楼群，也长起了比城市楼群稠密的绿草、绿树、绿林。那绿走过来漫过来，与它身边的绿连成一片融成一片，它于是淹没在整个城市的绿里了，淹没在整个城市的楼群里了。它这时忽然疑惑，它这是荒芜在新的城市里，还是新生在新的城市里了？它是衰落在新的绿色里，还是重生在新的绿色里？它不知道自己怎样回答。

但它看到和感觉到的是，人类一旦退去，把一切交给自然还给自然，无论城市无论工业，都会被自然生态绿化，被自然生态覆盖，被自然生态淹没，最后，回归自然回归生态。

草们知道树们知道，其实它自己也知道，一个城市工业集群在成为遗址的时候，在回归自然的时候，相对其曾经的辉煌，已经是走入衰落和老去的境地。

而在它衰落和老去的时候，城市的天空蓝了亮了，城市的河流清了净了，城市的难老泉复又流出了潺潺流水，城郊的稻田上复又锣鼓喧天地沸腾了插秧的节日和开镰的节日。

如此，它的衰落和老去，给予现代生态城市的是一种再生和新生，而给予工业遗址自己的将是一种涅槃和重生。

只是，它的命运依然不在自己，是任其荒芜，深深归于草木，然后彻底消失，还是珍视遗址，成为城市记忆，以此印证历史？这依然在于城市的选择，依然在于人类的选择。

也许是不愿意再一次看到曾经的城市工业而今的工业遗址命运未卜和难以预测的将来，埋在背后晋祠山上的那位测绘老人，终于离开了他曾经恋恋不舍又不得不舍的这片工业的故土。是老人家的家人，千里迢迢，把老人的坟茔，迁回到远离此地的故乡老家去了。他远离了这片共和国工业的遗址。

老人走了，是否会魂牵梦绕地回来，看看这片工业遗址的将来，看看这片苍莽绿野的未来？

远处 / 又是谁家风景

黄土圪梁

黄土高原不知道什么时候站累了，终于趴了下来。趴下来，却又不甘地爬了起来，爬成了一世界的黄土圪梁，爬成了一世界的黄土沟壑。

黄土圪梁与黄土沟壑于是爬成一种袒露的挣扎，爬成一种赤裸的崛起，爬成了一种凄风苦雨在黄土塬上切削而成的梁峁沟壑的枯黄雕像。

我们走进黄土高原的典型地貌，而到达任何地方，都会看到延绵的、苍茫的黄土圪梁俯卧躬行的世界。

而我，就是在那个黄昏，走进了吕梁山的这片黄土涌动的世界的。

那时，黄昏的天幕从高空沉了下来，斜阳的金辉贴着天底也贴着地平浩荡过来，将熙熙云翳和漫漫土塬打得金亮金亮；斜射的亮色和垂直的暗色交叉在黄土塬上，陈列在黄土世界的梁峁沟壑，立时呈现出幽幽明明的神秘反差；而梁峁背后的土塬，披着金黄，亮亮光光浑然一色地伸向了远方。

时空突然笼罩了归去的感觉。我们的大巴在高速上疾驰，那些明暗的梁峁沟壑，唰唰唰赶来又嗖嗖嗖退去，似乎一群躬起腰背赤裸着臂膀的高原汉子，不是要赶回炊烟袅袅的村舍，而是趁着夕光尚亮的瞬息，依然匆忙劳碌在向晚的秋风里，好收割最后一片庄稼，或者，耕犁最后一垄大地。

这些耕作在黄土地上的农人的形象，将自己的腰背和臂膀躬成黄土圪梁的时候，夕阳的沐浴给它们镀上了肌腱精壮的铜色和汗流浃背的金亮。它们的躯体于是凸的越凸凹的越凹凸的越亮而凹的越暗了，犹以一种倔强而精悍的雄性坚韧，背负着漠漠黄土艰难躬行。这躬行，似凝聚了整个躯体的骨力，即使扑倒了卧倒了，依然凸起着隆起着，保持着前驱的姿势，成为背负整个黄土高原匍匐前行的——脊梁。

哦，脊梁！人们形容过的黄土高原的黄土的脊梁！

那么，这就是所谓的黄土高原挺着的黄土的坚强吗？

应该说，这是黄土塬上纵横着的沟壑梁峁的峻嶒，是黄土高原行走在云天之下大地之上的嵯峨，是黄土圪梁站成并屹立在整个高原世界又支撑着整个高原世界的千古农人的嶙峋，是我们赋之以诗的赞美和歌的颂唱的黄土地的奇崛。

这形象，它辉煌在夕阳里，是铜色的，是金色的，或者，在天光云焰的烧炼里，它们就是铜铸的金铸的。而且这铜铸的金铸的脊梁，躬身凸隆于大地之上，赤裸裸地、光灿灿地，简直就是亘古不变的青铜，或者呢，就是万古不朽的金钢！

但事实上，那里，哪有什么青铜，又哪有什么金钢啊！这夕光里幻然而闪耀的所谓青铜的金属的脊梁，这光与影交织里演化的审美，其实恰恰是岁月风雨剥蚀和雕刻的一种畸形的形象。

是的，是畸形的形象。这凸隆的形象里，黄土上每条金铜凸立的脊梁和它的天造般凹陷的幽影深暗的沟壑，黄土塬上波澜起伏跌宕汹涌的脊梁和它的宿命般沉落的阴森深重的沟壑，整个黄土高原崛起了天底又雄立天地之间的浩茫的脊梁和它的命运注定的忧郁深彻的沟壑，恰恰是其脊梁的光彩也是脊梁的悲怆，是黄土高原脊梁形象一个巨大的悖论。

这黄土高原脊柱般弓起又肋骨般趴伏的千梁万壑，其实是天的遗憾也是地的喟叹，是天地间水土流失的一种无奈！

人在审美里以为那是风的创作雨的杰作，焉知天若有知，天的自审里，也不认为那是自己的佳作，而恰恰是拙作。

而且，其本身源于一种天地悖谬。天降雨水，给大地以浸润、滋养和浇灌，也给大地以冲刷、洗涤和毁灭；天走风神，给世界以催生、抚慰和激荡，也给世界以侵蚀、风化和剥落。久久，岩石都腐烂了剥离了沙化了，何况黄土呢？

浩渺之黄土，就这样剥蚀着、消化着，终至于衰落。

当然，原初的黄土世界并非如此。黄土高原曾是森林茂密的原始世界，远古生物、远古植物、远古动物，喧嚣了一个远古的时代。不知什么时候，一个巨大的地质运动颠覆了这一切，而一切之后，就成为后来的黄土高原和高原山河。

森林被颠覆于地层深处，变成了黑色的矿藏，而地底翻出的岩浆和沙土，就变成赤裸地面的黄土和黄土地上的山。

于是，当这黄土塬上光秃的山和裸露的黄土承受了天风天雨的时候，终于抑制不住冲刷和洗涤的无情而急剧外溢，或者承受不了侵蚀和剥离的创痛而流离失所。终于，由圆润而雕凿成凸凹的形象，由丰厚而瘦削成骨感的屹立，由壮硕的躯体而耸立成为挺着的脊梁。岂不知，那挺立的脊梁掉下来的，是汗是血是泪，是这丰润丰腴的土地的灵肉。

这就是天下农人为之而流血流汗流失生命的黄土形象！

热爱土地的农人没有不珍爱黄土的。我想起我的祖父，一位终生躬耕于黄土的农人。是在黄土高原边缘的晋东山地，说是黄土高原，却奇缺的就是黄土。祖父一生都在山坡上搜刮着黄土，搜刮了黄土造地，造了地种粮，种了粮果腹，总是把山坡搜刮得土木净光，把塄边拔除得草木净光。结果，一场暴雨，造地搜刮的黄土和黄土种植的庄禾，流失殆尽。

于是，我的祖父，我的祖父们，一代又一代的农人们，又辛劳在垒塄、刮土、造地、种粮的无限循环里了，并在这无限循环里打得一颗颗一粒粒有限的粮食。而那粮食，在祖父们眼里，已不是粮食，而是土换来的金子，土变成的金子。因而，在所有老辈农人的眼里，黄土不是土，黄土就是粮食，土地就是粮仓，黄土是可以变成金的，黄土塬就是米粮川。

在这样的珍惜里，可以想见，那刮光土木的黄土收集，那拔光草木的庄稼守卫，实在是天下农人珍惜过度的悖反。

就像这黄土塬上水土流走对于黄土沟壑黄土脊梁的塑造。在外人看在，黄土脊梁耸立的千沟万壑，那是美轮美奂的天工造物，是奇美绝伦的鬼斧神工。然而，在老辈农人看来，黄土脊梁背后的世界，却是无可奈何的土地的坍塌和流水落花似的粮食的丢失。而在生态学家看来，当这黄土流失了的时候，那所谓挺立的脊梁，已不是了挺立也不是了脊梁。

事实上，所谓的脊梁，其实就是剥蚀、疏离、消瘦了的黄土的形销骨立；而所谓的挺立，也完全是颓落、坍塌、流失了的黄土的残骸遗骨。由黄土塬而流失成了黄土梁，由黄土梁而流失成了黄土峁，由黄土峁而流失成了黄土林，由黄土林而流失成了黄土沟壑……终于，禾草悲摧，黄土逝去！

逝去的流失的黄土，就成为河沟里的洪水，黄河里的黄水，黄土高原的泥水，河南中原的地上河，山东入海口的三角洲，就成为黄河入海而流进海洋的浑黄。黄土高原的厚土坍塌下去了，千里之外的入海口却壅积起辽阔而肥厚的土地，而大海，则默默地，遥遥地，吞没了黄土。

那么，黄土高原流失的仅仅是黄土吗？仅仅是黄土里的庄禾和粮食吗？仅仅是传统农人的汗水和血肉吗？

对于现代社会，对于现代人，那黄土那土地，其实，依然是大地的精血、生态的魂灵、人类的元气、文化的息壤。

流失了黄土，流走了土地，乡村何以立农，农业何以生长，工业何以为基，城市何以怒放，文明何以葳蕤？

看着黄土塬纵纵横横的梁峁和长长短短的山壑，看着黄土高原兀立的脊梁和深重凹陷的肋沟，看着大地上流过的黄色的沉重和沉重的积淀，我久久地怅望，久久地慨叹。

那么，我们只能怅望大地，或者，只能慨叹山河吗？

一切流失不会在一夕完成，但愿一夕不是一种注定。

我想，结束剥落、坍塌和流失，给黄土以丰厚与蕴藉，或者，延续垮塌、流走与萎缩，让脊梁依然凸露与消瘦——这是一个时代的选择，也是一种现代的选择。

抑或，是一个时代的抉择和一种现代的抉择！

也许，古老的天，只给了黄土高原以裸露的肌肤，然后，它交给现代人类的，就是给这黄土塬和黄土脊梁披上衣裳。

乾坤湾

我终于站在了乾坤湾。我站在永和的高山之巅，看乾坤湾。

我站在山西的山巅看陕西的山，看黄河从山西的山和陕西的山间流过。

陕西的山圆岛一样卧着，山色灰黄；乾坤湾也圆环一样盘着，河色浑黄。

黄河从山西的山和陕西的山间流过的时候，长长的黄河就流成了圆圆的河湾。

之前，我没有见过乾坤湾的黄河，但我看见过别的地方流着的不一样的黄河。

在保德峡谷，我看到的黄河，是长流直泻着的一种深静与悠远的大河；那河流淌到吉县壶口的时候，一河大波纵横而来，突然聚拢，猛然飞起，凌空一跃，呼啸成一种狂野与桀骜；而到了河津龙门，这黄河汹涌出峡，则演绎成一种激越与奔放；

直至芮城风陵渡，终于流淌在了空阔嘹亮的天野里了，沉寂为一种深邃与凝重，然后，由南而东，折转而去……那时，黄河将一河滔滔铺张得豪情澎湃雄劲激荡而终至于肃穆坚韧，展现的是一种男子般长驱直入的豪壮气势。

而在偏关老龙头，我则看到了黄河的婉转回环，将山岗和古堡围拢在一湾青碧之间；它流到河曲娘娘滩时，则伸出双臂将一座绿洲怀抱在奔腾流泻的河心，孕育出了一个超然于世的所在；而至于柳林三交渡的山川间，远远的黄河如天降的黄绫，浩渺、缥缈，将远山环绕成一座圆润的孤丘；至石楼马家畔，黄河的婉转回环则愈发婉转回环，如一条缠绕于青冈大山的飘带闪烁抖动在朦胧的天光里……那时，黄河终于将自己舞成了一个圆，呈示着女子般神奇曼妙的气韵。

我走过的黄河，就这样，一条河流成了一条带，一条带流成了一道弧，一道弧流成了一个湾，一个湾流成了一个圆。

不过，不是小家碧玉曲水流觞的圆舞，而是大气磅礴激荡豪迈的回旋，是低徊在山岸水谷里的旷世奇绝的奏鸣。

可以说，黄河的直之美与曲之美，或由曲之美流成直之美，或由直之美流成曲之美，我都已看过，唯独没看见过黄河在永和乾坤湾的婉转回流，与这回流婉转里的乾坤世界。

倒是曾在乾坤湾的摄影图片里看到过乾坤湾的黄河。那里，黄河也是盘旋在乾坤湾的一个巨大的圆、一个浑黄的圆，而且圆得没有来由、圆得没有去处。似乎，在乾坤湾，黄河不是拐了一个湾，旋了一道弧，而是重重复重重，山不转水转地，绕着凸隆的圆形山，从流来的地方，又流回到流来的地方。似乎，黄河之水天上来，终究，又流回到天上去了。

我真的站在乾坤湾看黄河的时候，黄河是震撼的，惊心动魄的震撼。那时，黄河是落在山底的，落在山底，却惊动了无数的山。山西的山肯定是急切而不顾危殆地扑来看河的，它们挤挤挨挨踮着脚尖万头攒动地越站越高越站越挤，结果，一站就站成了壁立千载厮守亿万斯年的悬崖。而陕西的山，则缓缓伏下身体匍匐向河边，也想急急切切挽住匆匆而过的黄河却又担心跌进河里，结果，却挽也挽不住地被黄河把自己旋转成了一个圆，黄河，也被它拖成了一个圆。

　　山西的山和陕西的山，就这样站成了一湾晋陕大峡谷，灰黄灰黄地、日日夜夜地、亘古不朽地，站立着，看着黄河在乾坤湾里流成了黄土铺成的，也是阳光铺成的天河。

　　是的，天河，就是一条天河！你越过群山，看得见这河从远远的天上泻了下来，在这乾坤湾，浩浩荡荡地泻了过去，又泻进远远的天上去了。似乎，这河是携群山而来，留一堆山给乾坤湾，然后，又携一堆群山而去。这时，你看得见大河行走，却听不见行走之声；你看得见群山奔驰，也听不见奔驰之声。是大音无声，是滚滚滔滔的天籁地籁，已经与河与山一起凝固，凝固成浑黄、浩大、旋转的乾坤湾，前无古人后无来者于天地之间，将美轮美奂震撼成一种大有大无。

　　人说，一条黄河在流过的地方，不是十湾八湾，而是九曲十八湾，甚至九十九道湾。那么，在乾坤湾，到底多少这样的湾？据说，从陕西看，是五曲五道湾，从山西看，是七曲七道湾。诸如英雄湾、仙人湾、永和关湾、白家山湾、郭家山湾、河浍里湾、于家嘴湾。弯弯曲曲延延绵绵32公里，形成了黄河流域最大最多最完整的蛇曲群，形成了黄河之上最亮最美最旷阔的天然地质博物馆。在乾坤湾，就是看一个山或看一道湾，就已经至美至甚，何况是一群的蛇曲湾呢？

然而，这样的弯弯曲曲回回旋旋的黄河蛇曲阵，在任何一个河湾或者任何一个山湾，人们是不能够完全地完整地领略于眼底的。唯高空摄影，方尽显乾坤湾的蜿蜒蛇曲之美。

于是我又在乾坤湾看到了乾坤湾的彩照。不过，那是完全不同于曾经看到的彩照。那是梦幻光影里的乾坤湾，金红迷离中的乾坤湾，晴云蓝海下的乾坤湾。那里，乾坤湾是潜藏在朦胧溟蒙万山激荡里的浑黄土龙，也许因为藏得太深太久了，老天挥动剑一样的阳光，哗哗哗劈碎密密掩隐的暮霭，或挥出漫天的碧蓝，悄悄地融化了厚厚覆盖的白云。于是，一条土龙顿时变成了一条金龙，在天地玄黄之间，爆出一世界的绝妙、美艳与奇幻，惊出一世界的诧异、惊愕与震撼。

我在乾坤湾看乾坤湾的时候，没赶上这样的时刻。但我在乾坤湾的彩照世界看到了这样的时刻。而捕捉到这样瞬息千年的彩的摄影，无疑是高空的拍摄或天上的拍摄。那么，是无人机上的拍摄吗？是航天器上的拍摄吗？我想到了现代摄影乃至现代发展之于乾坤湾的审美关联。是的，乾坤湾一直在那里，一条金龙一直在那里，如若没有这个时代的发现、这个时代的打捞、这个时代的呈现，这奇彩焕然的金龙，这悠悠长长弯弯曲曲的乾坤湾，会飞腾飞翔并飞向世界吗？

据说，这乾坤湾神龙一样的彩色摄影，已经登上了中央电视台新闻联播的片头，央视将其作为大地山河中国龙的形象，展示给了世界；也已经载入国家主席赠送俄罗斯总统的画册，作为国际文化交流的珍贵礼品，推向了世界。

乾坤湾，这个古老的河湾，这个蛇曲如龙、金光如龙、沸腾如龙的黄河湾，在这个时代，横空出世了！

哦，是横空出世了！是纵情而飞了！

乾坤湾里，黄河千里。黄河之上，乾坤万里。

在乾坤湾，站在高山之巅，或者走在山峦之上，远眺黄河，你于是看到了黄河之水天上来的悠远缥缈。而立在黄河岸边，或者立在黄河水间，仰视黄河，你又感觉到了黄河之水天上来的磅礴气势。黄河之水天上来，黄河落天走山西，这条中国龙，给人惊魂摄魄的激荡，也给人超然于世的激越。

那么，我们就是这样由高山之巅走下黄河河谷的，我们就是这样由黄河沙滩进入黄河水流的时候。那时，悠远的乾坤湾的神龙不见了，阔大的乾坤湾的圆弧也不见了，黄河的超然缥缈和黄河的气势激荡，顿时化作了一种人与河的浑然融合。这个时候，仿佛河不是流在河里，人也不是立在河岸，似乎啊，河是流在了人的心里，而人，也流在了河的心里。

也就在这个时候，我在黄河的沙滩上，捡起了一块圆石。在我欲将石头投向河心的时候，却猛然发现，这小小的青色的圆石，竟嵌着一圈圆圆的玉样的洁白。这简直就是一个微缩在石头里的乾坤湾啊！我惊呼，我捡到了一个乾坤湾。我把石头给了身边一位爱石的作家，送她。她也惊呼，简直是一只天眼啊，一只天眼！人们一看，都惊呼，简直太神奇了！像一个乾坤湾，又像一只天眼。一只天眼看着一个乾坤湾，天眼和乾坤湾合成一体了，是完全的神功之作天然之作啊！

人们以为天然之作总是好的。其实呢，不尽然。天然的东西，不一定就都好。黄土高原是不是天然的？天然的黄土高坡，大风刮过暴雨刷过，但流失了多少黄塬厚土？绿水青山是好的，绿水青山就是金山银山。冰山雪原是好的，冰山雪原也是金山银山。但荒山秃岭是好的吗？荒山秃岭也是金山银山吗？许多人欣赏黄土高原和黄河浩流的"黄"，无疑只是审美的眼光，但以生态的眼光看，流失的高坡、流失的脊梁、流失的泥土、流失的林草，无论如何也成不了金山银山。

不过，黄土高原也在变成金山银山呢，黄土沟壑也在变成金山银谷呢，黄土高坡也在变成金坡银坡呢！在乾坤湾，我们已经看到了人们种植在黄色山梁和黄色沟壑的绿树。

由山巅往下看，看黄河的时候，就看到了山梁山坡漫山遍织的鱼鳞坑和鱼鳞坑里的树；由河谷往上看，看黄塬的时候，也看到了山岗山脊挺立的绿树和绿树顶着的蓝。看山，山种了绿；看沟，沟植了绿。整个黄河岸畔，虽然尚未漫山覆盖生命之色，但树们锥子似的扎在山坡缀在山峦，熙熙攘攘的，没有一丝犹豫的样子。河畔的枣子红了，竟没有人顾得上收获，树上树下坡上坡下结着鲜亮的脆枣也落着滚圆的红枣。满世界的黄尚未退去，黄世界却生长着倔强的绿。

河的这边与河的对岸，薄薄的绿里，耸立起了几多构造别致的现代建筑，也错落着点点传统意味的乡土建筑。

黄河蛇曲一样蜿蜒在山峦之下，野游的栈道和野居的屋舍之间，木的廊庭、木的楼阁、木的天梯，嗒嗒嗒叩响着行人的脚步，来的人去的人都在心里画下一幅自己的黄河。

秋叶黄着，红着，落着，落在山间，落在草地，斑驳了一地的诗意。山泉从崖缝里钻了出来，油亮油亮地，又蛇一样钻入草叶，时明时暗地，钻入山下，钻入到黄河里去了。

这河谷，这山川，这无边无际地隆起的俯卧的脊梁和沟壑，越来越披上了人类的衣裳，越来越跳动了人类的脉搏。

一个时代就这样焕发着一条黄龙和它的黄龙世界。

风沙林变奏

风还在，沙也在，只是，以一种不同方式存在，存在于林和草的延绵里，存在于雨和雾的清鲜里。

多少年前，一群油光发亮的外国人来到这里，风把外国人刮得灰头土脸，外国人说："这是一个不适宜人类生存的地方！"

多少年过去，我来到这里的时候，一切都变了。

风还在，但风变了。风浅吟着徐缓的背景音乐，云在天空涂抹着铅色的油彩，树在草地滚荡着浓稠的绿浪，空间飘洒着雨的微尘，四野弥漫着雾的梦幻。雨落在湖里，湖波澜不惊，雾飘在原上，原绿意不减，雨雾间，树轻轻摇，草微微斜，立在草间树间的风电树，缓缓地，舞动着银色的风叶。

一切依然在风动，却又似乎凝固，凝固在缓缓的动静里，凝固在云里，凝固在绿里，凝固在树里，凝固在草里，凝固在沙里，凝固在雨里，凝固在雾里，凝固在湖里，凝固在原里，凝固在——风里……那么风呢？风自己最好的形式就是凝固在风里，凝固在缓缓的动静里，也凝固在柔润的雨雾里。

就在这样的动静里，风和沙，别离了。风和沙在别离中找到了自己的归宿。风和沙，不再搅和得天昏地暗昏天黑地。

这可是曾经的风沙地啊！

往前，再往前，再再往前，就是著名的科尔沁沙地——由科尔沁草原沙漠化的科尔沁沙地。

那么，风沙地的风呢？风沙地的沙呢？

这已是著名的风沙林了。风和沙别离后，都和森林结了缘，在森林里重构了别一种的存在。

天苍苍，野茫茫，这已是重生的彰武草原。

风沙地的风，藏起来了。风沙地的沙，也藏起来了。藏着藏着，风不放心地跑了出来，吹一吹藏沙的草，吻一吻掩草的花，拂一拂遮花的灌木，捋一捋灌丛里的树，告诉它们，也告诉灵动的飞禽走兽，把沙藏好了，别让沙给暴露了。却不料，风把自己给暴露了，风把自己暴露得没有了隐秘。

风是透明的，风已经不携带任何杂质，风也不裹挟任何沙粒。风担心的是沙没了遮挡，风担心的是沙会被暴露。风其实担心的是沙不好好在草下待着而闹腾开来打搅了风的清净。当风拂过被草被林覆盖的沙和被沙被土支撑的林的时候，看它们浑然融合的样子，风也越发地轻松起来。

人轻松的时候总想起回忆，风也一样。风是向前刮的，回忆是向后走的，风想回忆的时候，就突然折返，往回走了。

风折返到一个狂风呼啸的时代，自己都觉得太疯狂了。

没有树，没有草，没有绿，只有沙。

沙里是沙，沙外还是沙，全然没有了绿的覆盖与遮蔽，像是辽阔的地球的边缘，像是遥远的外星的荒漠。

风就在那个时候遭遇了沙，遭遇沙就把天地卷成混沌。

风是一个游走在地球的侠客，沙是一袭匍匐于大地的黄龙。风知道，地球承载大地，大地哺育生命，生命生于绿色，绿色被黄沙吞没，大地便缺失滋润，风就会喘息就会呐喊就会咆哮。风遭遇了沙，风会暴躁，沙也会暴躁。风与沙，就会暴躁对暴躁，狂怒对狂怒，就会暴戾就会狂烈就会肆虐。

风沙肆虐的时候，会上演一种魔幻。听过地面的雷吗？那就是地面的雷。见过滚动的墙吗？那就是滚动的墙。看过直立的浪吗？那就是直立的浪。一种浑黄的、呼啸的、奔腾的、翻滚的、铺天盖地的、顶天立地的、排山倒海的沙浪，碾压过来，碾压过来，把一切碾压成惊天动地的雄奇与惊骇。

如果不以给人类造成的危害看待，这完全可以称得上自然造化的威力、风与沙酝酿的气势、自然审美的壮观。

壮观吗？壮观！风也壮观，沙也壮观。

然而，那是被称为风暴、沙暴、沙尘暴的灾难！灾难蔚为壮观的时候，给世界的是一种近似末日的威胁与绝望。

在威胁与绝望里，村庄和田野，被沙尘吞没。

当村庄从沙尘里醒来，屋顶被黄尘覆盖，房门被黄沙掩埋，而人要出门，连门都推不开了，只能从窗户跳出。

人灰头土脸，村灰头土脸，世界灰头土脸。

风太知道了，这灰头土脸的世界，是风的杰作，是风和沙的杰作。风把沙一粒一粒吹过草地，一抔一抔刮过绿塬，一波一波掠过山丘。然后，风沙线前移了，风沙地拓展了，风把沙，刮成了一个沙化的王国。风最熟悉大自然的蝴蝶效应了，多么微小的微妙的沙粒啊，竟然把一片世界改变！

人呢，村庄呢，田园呢？是风进沙进，沙进人退，人退绿退。风以自己的速度裹挟了黄沙黄尘，从彰武刮起个把钟头就刮进了盛京。它把天空染成浑黄、把人地染成浑黄、把村庄染成浑黄、把城市染成浑黄。风走过的地方，它再走回来，若不是沙地留下风的足迹，风自己都不知道那里是哪里了。

但风知道那不是自己的过错，风已经四处走遍，走得多了久了，风知道，是谁把草变成了沙把草原变成了沙地。

风又向历史的深处走去，返回到一个老绿的时代。

那时候，林、草、树，还在，牛、羊、人，也在。

绿还是无涯无涯澎湃激荡地漫溢着，时间还是莺飞草长风吹草低的样子，像地球上所有滋养生灵激扬生命的地方。

风在万物怒放的地方，成为翠草青萍之末的呼吸。

风想起来了，那是清代的皇家牧场哦。科尔沁沙地那时还不叫科尔沁沙地，而是水草肥美的科尔沁草原。科尔沁草原铺展过来，羊没在草里，牛立在原上，马和牧马人穿行在草原，飘在空中的蒙古长调和牛哞马嘶羊咩，落在地上的辽西肥草和农耕牧养人居，构成了盛京皇家牧场的万种风情。

不过，这样的皇家牧场，并不是给人看风情的。风看的是风情，人看到的却是实利。皇家牧场必有皇家牧场的需用，皇家牧场其实就是皇家的生鲜物库。牛羊进贡皇宫，酥油进贡皇宫，粮食进贡皇宫。大地生长了肥草，肥草养肥了牛羊，牛羊养肥了宫廷，宫廷养肥了皇亲国戚大臣，也养活了牧民。

皇家牧场，年年月月、月月年年，皇家肥了，牧场瘦了，抑或，瘦了的不只是牧场，瘦了的，还有丰润的草原。

草原瘦了，但毕竟还拥有自己生存的魅力。

生长草的地方，生长牛羊；生长牛羊的地方，生长人类。牛羊逐水草而居，人类，也逐水草而居。

之后，战争，兵燹，灾荒，流离失所的人们，顶风走来。

逃荒的来了，开荒的来了，闯关东的来了。来了，就将垦殖的艰辛，农耕的苦累，种植在了草原之上。

风于是听到了，人说，不垦荒，喝西北风吗？

垦荒的人们，把草根都垦出来了，把树根都垦出来了。农人们将草根树根挖起来抖开来，抖落根须的沙土，沙土便在风中飘扬。在风里，农田黄了绿了，庄稼绿了黄了，风把点点的黄，刮成片片的黄，把片片的黄，刮成茫茫的黄。最后，黄已不是草黄禾黄，而是沙黄，是浩浩汤汤的沙漠的黄。

一截历史有一截历史的行程，一个时代有一个时代的方式。风把皇家牧场刮成农家垦场，把游牧时间刮成农耕时间，把绿的草地刮成黄的沙地。是风之过吗？其实，历史给你什么样的路途，你就注定到达什么样的地方；时代给你什么样的方式，你就注定收获什么样的结果。似乎，你别无选择！

别无选择吗？风走过黄沙之后，却看到，历史重新选择了扭转，时代重新选择了不同，人们重新选择了改变。

风终于回到黄沙返绿的现场，沙地新绿的现场。

黄沙的世界可以造绿吗？黄沙的世界可以变绿吗？

世界似乎都不曾相信不曾见过。世界见过的是海市蜃楼，世界见过的是沙漠幻影。然而风见过，风见证了黄沙变绿。

风其实见过并且见证的，是彰武人的风骨和风韵。

风与彰武人是有过交锋的，风记住了彰武人的个性。就像一位高官，抛却城市的厚禄，把自己投到这风沙之地，种树。这个人种下第一棵樟子松的时候，自己也站成了一棵樟子松。风，就在这个时候与樟子松交锋，与这个人交锋。风凶猛地刮过来，樟子松倒了；他躬耕过来，樟子松活了。

要知道是怎样的风！是尘暴的风、沙暴的风、顶天立地的风、幕天席地的风。风刮倒一棵樟子松，他种植一群樟子松；风刮倒一群樟子松，他种植一片樟子松。不仅种植樟子松，而且培植彰武松；不仅培植种樟子松的人，而且培植种彰武松的人。樟子松彰武松和它的种植者，最终屹立在大漠风中。

然而在松林终于耸立如海的时候，这个人，却倒在了他的大漠林海。永远地，躺在了黄沙之下，躺在了风沙林里。

一个灵魂，永远种植在了科尔沁沙地的风沙林里。

一个灵魂，永远成为一棵大树，成为对科尔沁沙地的挑战和进击，成为彰武人的生命感召和生态凝聚。

于是，一个人一群人的植绿，成为一方人一域人的植绿。

风看到，这个人，这群人，这方人，这域人，他们相信绿色，他们相信生态，他们相信自然，他们也相信自己。

彰武人由此铺开了现代化的沙地造绿的世纪重建。

风走过山水林田湖草沙，风看到了这样的重建。彰武人以树挡沙，沙被挡在绿林之外；以草固沙，沙被固在了青草之地；

以水含沙，沙被含在了碧水之间；以工用沙，沙被用在了工业之中；以光锁沙，沙被锁在了光伏之下。是人进绿进，绿进沙退，沙退人进，彰武由此进入了新的千里江山图。

风这时意识到，彰武沙地在重归彰武草原，科尔沁沙地在重归科尔沁草原。风从草原、森林和云雾、细雨里穿过的时候，风听到人们的叙说：在彰武，森林覆盖率已经由2.9％提升到31.47％，风的速度新近又由3.4米/秒下降到1.9米/秒，而降雨量，则正在由350毫米/年上升到800毫米/年。

风沙林与天地人融合在自然的柔情里了。绿树微雨里重生的风也旋转进风电树的叶片，化作了点亮城市乡村的灿然。

这是中国北纬42度曾经荒凉的风沙线啊！

在这曾被外国人称为不适宜人类生存的地方，风听到彰武人说："老祖宗把我们搁在这里，我们就要干出个生存的样子。"

风已经不是曾经的风，沙已经不是曾经的沙。

人呢，也已经不是曾经的人了。

夜宿滇池畔

落地昆明，夜宿滇池岸畔。晚餐后，与曙方兄去看滇池。

生态文学采风云南行，先到的作家，已经看过了滇池。我们因航班时间，未赶上去看，但滇池这课，得自行补上。

滇池在哪？问昆明人，昆明人用手指指，说："出门，拐弯，前行，二三百米，即是。"

寻路出去，走走，停停，停停，走走，却始终不见滇池。唯街灯浑黄，花树草木温润。

打开手机地图，一看，已在滇池边上却没见到滇池，是滇池被绿树高坡隔着呢，穿过绿树登上高坡，即是。

高坡之上，湖岸长、直、宽阔，瓷砖塑胶铺着，灯光悬空照着，全然的现代光彩。灯光如龙远去，钢亮护栏之外，无边的黑，黑压压的，黑把一切淹没。

曙方兄说："这就是滇池吗？什么也看不到啊？"

是的，什么也看不到。唯远近灯光，成为夜的眼。远山逶迤，影影绰绰，天际背景衬着，山比黑夜还黑。

山是什么山？忘了。昆明，曾经来过，滇池，也曾来过。记得是在山上看滇池的，但是不是这山，不知道了。只记得山上看滇池，滇池一片晴光，湖周田畴错杂。

据说，那时候，滇池是中国湖泊污染第一湖，远远近近 35 条河流，工业污水，农业污水，生活污水，全都往里排，把 I 类水污染成了 II 类， II 类水污染成了 III 类， III 类水污染成了 IV 类，IV 类水污染成了 V 类，V 类水污染成了劣 V 类。遂以生物治理，种植水葫芦，水葫芦疯长，导致富营养化，又成生物污染、蓝藻污染。滇池之污，越治越难，结果，成了不治之症。

晚餐的时候询问滇池污染治理，昆明市副市长说："已退出地面水劣 V 类水质，达到 IV 类水标准，接近 III 类水水质了。"心想，IV 类水标准，已经不是工业污水水质了，恢复到一般工业用水水质标准了，是可以浇树、可以农灌、可以做景观用水的水质了。何况，滇池还在向 III 类水质迈进，并且已经接近 III 类水水质了呢。这么个曾经的污染"老大难"，不可谓改善不大！

遂与曙方兄低头看水。曙方兄说："这水，清了，比以前清了。"我的眼睛属于看不清又不戴眼镜的那种，夜不观色，越发看不清水的究竟。揉揉眼去看，依然看不清楚。

唯见一片浑黄，浑黄的空间浑黄的水面，浑黄间泛绿。

突见蚊虫袭来。曙方兄说："这多蚊子！"

我说："水边，岂能没有蚊子？"

归来，在手机上看微信群里的消息。

看到"中国环境"手机平台快速推送的生态文学采风报道，报道里，作家们观览了滇池生态，察看了滇池水质，参观了滇池岸畔的治污展馆。诗人黄亚洲已把写滇池变化的诗发在群里，他说："滇池的金线鲃回来了。"金线鲃，曾哪里去了？被污染驱赶走了，驱赶得几乎绝迹。而今，金线鲃又回到了滇池。

那么，滇池，这个曾经的不治之症，是怎么治好的？

心想，明早，一定与曙方兄再去看看白日的滇池。

突然一只黑影，飞过手机屏幕，像从手机里飞出。

定睛一看，是只蚊子。

蚊子飞得迟钝，似乎飞不快。我本能地用手一抓，居然抓到了手里，但张手一看，蚊子居然从手心飞走。

毕竟是秋天的蚊子了，也许不咬人了？我没追它。

但躺下不久，嗡嗡嗡的鸣叫由远而近。我想，是跑掉的蚊子回来了。心想，我没有追你，你怎么反来找我？

遂举起两手，形成合拍之势，等待蚊子飞过，即予痛击。但看着蚊子飞来了飞来了，飞进两掌之中了，啪地拍响，张手看时，却并没见蚊子。这家伙，跑了。

一会儿，嗡嗡嗡又来，便伸出一只胳膊给蚊子做诱饵，等待蚊子落脚，然后，以另一只手拍它。但蚊子似乎看穿了我的意图，在眼前转了两圈，迅速飞走。

不久，迷糊之间，嗡嗡嗡声又起。又赶紧伸出胳膊，等待着，看蚊子嗡嗡嗡地落在了胳膊之上，手慢慢抬起，然后飞快地拍下，啪，却又让蚊子给跑掉了。

原来，这家伙并不迟钝啊！方知昆明的蚊子，也鬼。

昆明蚊子和太原蚊子差不多，大，灰黄，飞来的时候嗡嗡嗡叫着。不像北京的蚊子，小，黑，间有白点，不怎么叫，却追着人咬。太原蚊子是人不动时才落下去咬，且叮住不动，结果被人一巴掌拍死。昆明的蚊子不这样，即使落在你身上了，也不会等你去拍它。我之前以为它迟钝，说来真是误解，也误会了蚊子。

看来，蚊子再来，得改变改变策略了。

果然，不多会儿，蚊子又来了，嗡嗡嗡，嗡嗡嗡，我眼睛死死盯住飞行的蚊子，跟着它飞来飞去，不等它落下，就在它将落未落的时候，手和蚊子一起落下，啪，快速出手，趁其不备，出其不意，一掌毙命。看看被拍死的蚊子，是尚未吸血的样子。

庆幸，没被蚊子咬了。这下可以入梦了。

却反而睡不着了。

滇池边的夜真静啊，静得听见满空的虫鸣和水声。没有现代城市的嚣声，满是唧唧唧唧的虫鸣和哗哗哗哗的水声。

似乎回到了乡村时代。

想起来，滇池似乎接近乡村，曾经见它的时候，似乎是在郊外。当然，现在不是。傍晚到达时，看到的是完全现代的城市。是的，一方滇池养着这样的好地方，哪有现代化不到达的？作为现代城市而没有喧嚣在夜里的市声，难得。

嗡嗡嗡嗡，嗡嗡嗡嗡……似乎是错觉，似乎是耳鸣，细听，不是错觉，不是耳鸣，是蚊子又来了。

突然惊起，警觉起来。不是打死了吗？怎么还有？难道不只一只？遂爬起床，在空中，在墙上，在屋顶，找。居然找不到，居然声音也听不到了。再找，依然没有。

遗憾着，或者，庆幸着，又睡。

嗡嗡嗡嗡，嗡嗡嗡嗡……患"嗡嗡症"了吗？真被蚊子闹得患耳鸣症了吗？竖起耳朵听听，细听，却还是蚊子。

突然想到，这么折腾，明天一早还能起来看滇池吗？还能去做生态文学采风吗？看看手机，子夜已过。咳，这个觉睡得！干脆，不管了。遂把被子往头上一蒙，藏起头就睡。

心想，看你还怎么咬！

嗡嗡嗡嗡，嗡嗡嗡嗡……居然还响，而且越来越响，睁开眼，居然看见被子外有蚊的影子。被子居然是透亮的！

遂撑起被子，把被子撑得像一只大灯笼，可以看见外面蚊子的飞动。看着看着，蚊子居然朝我的被子口飞来了。遂撑开一个大口子，让蚊子进入，蚊子居然真的钻进了被窝。

第一次发现，蚊子居然可以钻进被窝。

这该怎么办呢？急中生智，立即把被子的洞口捂住，把蚊子关在被窝。看到蚊子在被窝里飞动，然后，收紧口子，勒紧被子，浑身滚动。滚了几滚，掀开被子，却没看到蚊子。

明明包在被窝里了，怎么没了？蚊子被气流挤出去了？

再来。又撑开一个口子，等待蚊子来犯。蚊子果真又来了，又钻进了被窝。这家伙，居然可以在被窝狭小的空间飞行。看着它越飞越深，我悄悄把被口封死，然后，滚，滚，滚。

然后，爬起身来看。这招还灵验，蚊子果然被压死了。

又躺下等待。但等了半天，再没有蚊子到来。

心里琢磨，这下也许没蚊子了，可以放心出来睡了。遂伸出头来长出了口气。但伸出头不久,蚊子嗡嗡嗡嗡又赶来了。

又赶紧缩回头去,撑开被子,屏声静气,等待蚊子进入。看着蚊子进入,悄悄紧缩被口,然后翻滚,翻滚,翻滚。

然而,这次没有压死。

这么快就不灵了?不会吧。又躺下等待,又如此复制。等待蚊子,等待钻入,但飞来过,也钻入过,却没被压死。最后,再等待,蚊子也不来了。反而,滚得自己肚子饿了。

起来,吃了晚餐拿回的一个小饼,搜索一遍蚊子。

拉灯,开启黑灯模式,睡觉。

眼睛已经睁不开了,累了。满夜的唧唧声隐去。

却感觉嗡嗡声又来了,而且,嗡嗡声越来越近。

感觉嗡嗡声落到左脸上了,啪,举手就是一巴掌。感觉嗡嗡声落在脑门上了,啪,举手又是一巴掌。感觉嗡嗡声落在右脸上了,啪,举手还是一巴掌。

一巴掌打在眼上,迷糊里突然清醒。

心里骂一声。这辈子写过错字,说过错话,办过错事,却从没挨过耳光啊,怎么从太原到昆明了,被窝子也钻了,肚子也饿了,还得自打耳光?

昆明的宾馆,怎么这么多蚊子啊!

遂爬起来,又找。却看见了蚊香,如获至宝。欲点燃,却没有火。细看,是电蚊香,不用火的。赶紧插上电源,然后,拉灭灯,倒在床上。遂进入迷迷糊糊。

虫鸣依然唧唧唧唧……水声依然哗哗哗哗……

但听不到蚊子的嗡嗡嗡嗡了。蚊子说:"人类已经无所不用其极，电蚊香、电蚊拍、诱蚊灯、激光器，都用上了，我们还敢发声吗？但是，人类能消灭了我们吗？"

"人类是消灭不了我们的。"蚊子说，"世界不能没有蚊子。我们蚊子会吃掉水污染物质，会传授生物花粉。如果人类消灭了我们蚊子，自然界就会失衡，生态环境也会失衡。"

我说："这么说，你们蚊子对滇池环境治理有贡献了？"

蚊子说："不敢不敢，我们吃掉的污染物质，对滇池生态的改善，其实微乎其微。滇池的污染归咎于人类，滇池的改善也归功于人类。人类治理滇池，500里滇池500亿元，真是下了血本。淘汰了沿岸所有污染企业，堵死了周边所有污水排口，拆掉了湖边200亿的豪华楼群，兴建了城乡28座污水处理厂，引来牛栏江给滇池补水换水……滇池就变了。"

我问："你都看到了？那么对于人类，你到底是伙伴还是对手？说是伙伴，你这家伙，专吸伙伴的血；说是对手，你这家伙，又专吃污染物。以前我怎么没想过：作为一只蚊子，你本身其实隐含了一个两难的悖论：到底是伙伴还是对手？"

我与蚊子对话，蚊子不再回答。

咯咯咕——咯咯咕——我突然惊醒：什么声音？

咯咯咕——咯咯咕——公鸡！居然是公鸡！这地方，居然有公鸡打鸣？我已经40年没听过公鸡打鸣了，却在云南，在昆明，在滇池边上的现代城市，听到了公鸡打鸣！

公鸡打鸣，意味着天亮了。

恰好，我给手机设定的铃声响了。预先设定手机铃声，是准备早早起来看滇池的，没想，被蚊子闹得一夜未睡！是补补觉呢，还是去看滇池？又是一个两难的取舍。

如果补补觉呢，就看不成滇池了。

一骨碌爬起身子，心说，先看看窗外吧，这滇池一夜，又是虫鸣，又是水声，又是鸡叫，到底是个什么地方啊！

一掀被子，却发现，被子上一道血印。哦？什么时候，一只蚊子被无意间打死了。那血，鲜红，肯定是吸的我的血液。

撩开纱帘，又发现，凉台开着个大缝子，这屋，居然没关窗！难怪蚊子这么多！开灯睡觉，不把蚊子招来，才怪。

到陌生地方，第一夜，开灯睡觉。这毛病，把我害苦了。

走向滇池的路，清净清爽，花草树木，绿得清润。

夜的虫鸣没有了，树木灌草之间，看到了幽幽亮亮的流水，似流着水琴的鸣奏。这大约就是夜里听到的水声了。

看这水，应该是从滇池流出来的，水清得看得见水草飘飘。昨晚看滇池的时候，听到静的水下有哗哗的水声，却看不见水流何处。看来，夜里的水声，是流到这小河来了。

登上清晨的滇池，方看清滇池的模样。

湖那边依然卧着的黑黑的山，影子倒进了滇池，把滇池吞进了黑影的世界，几乎吞去了半边。没被吞去的地方，像山的黑影吐出来银亮锦缎，千重万重地抖动着，抖向远去。

白色的鸟儿低空飞过，银色的鱼儿湖里跳起。

那鱼，是黄亚洲说的重新归来的金线鲃吗？那鸟，是黄亚洲说的划破水面的白鹭吗？鸟影划过水波，鱼儿追逐鸟影。鱼儿鸟儿在重新幽碧起来的滇池，演绎着水天之间的合欢。

滇池的水，深，看不清底，但已经不是昨晚的浑黄。

资料上说，滇池 2016 年摘掉劣 V 类帽子，2017 年保持 V 类水质，2018 年达到Ⅳ类水质，2019 至 2020 年保持Ⅳ类水质，2021 至 2022 年向Ⅲ类水趋进……这是滇池生态环境的数据，但我得看看数据背后的滇池。看滇池湖蓝的水，看湖蓝的水被鱼带起，看带起的水开成白色的花，越发相信我路过哗啦啦的小河，那哗啦啦的水琴，就是滇池弹拨出去的。

滇池的水，确实清了，像曙方兄昨晚说的。

只是，本想与曙方兄一起再来看看滇池，我却一个人跑来了。不知曙方兄这一夜可否也遭遇蚊子的袭击？也好，请在梦乡多留会儿吧，也许，梦里就可以游历清晨的滇池之光。

突然想，我昨夜的斗蚊子是不是类似于昆明的斗污染了？

又想，一座曾经闻名的污染之湖，变成一座涅槃再造的生态之湖，这改变，岂止是斗几只蚊子可比的？不过，斗一只蚊子，尚费了我一夜的周折，改变一座滇池，岂非一场鏖战？

滇池边的斗蚊一夜，足够我记忆收藏。

苍山洱海间

苍山的雪哪里去了
苍山的雪，流到洱海去了
洱海的水哪里去了
洱海的水，飞到天上去了

我没到洱海的时候，洱海的歌谣，已在故事里流传。

老阿奶把熬好的红糖水装进瓦罐，领着孙女爬上苍山采雪。老阿奶和孙女把洁白的雪捧进背篓，在背篓上插了红的黄的粉的鲜花，然后，到夏日的洱海边卖甜甜的"蜜雪"。上山下山之间，老阿奶把一首古老的歌谣唱给孙女……

苍山在歌谣里落雪，洱海在歌谣里飞翔，阿奶和乡人在歌谣里行走，山、海、云，在天地的世界里演绎传奇。

那时，云雾总是罩在苍山上的，山有多高云雾就有多高。云雾总是把自己最美丽的形象呈示给苍山。其实，云雾是生在大地的灵气，是山把灵气托上了天空。天空爽朗的时候，派了太阳出来迎接，灵气就成了飘在山顶的云，云成了比山还高的山。天空沉郁的时候，就让灵气在山间等着，灵气便成了飘在山间的雾，雾一会儿把山遮住，一会儿把山露出。山在雾里的时候，山就成了飘在大上的山。山在云下的时候，云又成了比山还高的山。天空收了云雾，又把云雾变成天的礼物送给大地。于是，淋淋雨落在大地，晶晶雪落在苍山。苍山十九峰和苍山十八溪的峰峰岭岭沟沟壑壑，就流出了水，流进了洱海。云雾，最终从天上回到了大地。

当然，云雾也是悬在洱海上的。海有多大云雾就多大。云雾总是把自己最宏阔的气势展现给洱海。云雾其实是洱海腾起的浩气，是海敞开怀抱让浩气自由飞翔。洱海把浩气漂浮在海上，浩气成了飘在苍山的雾；洱海把浩气蒸腾上天空，浩气便成了悬在天空的云。云也往往是沉落在洱海的，云落在洱海，就携带了蓝天落在洱海。蓝天悬在天空，蓝天是洱海的颜色；蓝天映在洱海，洱海是蓝天的颜色。蓝天和洱海何以同一种蓝色？因为洱海的水是天空落下来的，天空的水是洱海飞上去的。白的云、银的雾，恰是洱海的浩气在向天飞呢。洁的雪、清的雨，也恰是天上的云海给洱海降水呢。云雾藏住了苍山、藏住了洱海，却藏不住洱海源流。

洱海清流，源头在天上，源头在山里，源头在地下，而洱海清与浊的源头，却在苍山洱海间的白房子里。

白房子就是洱海岸畔古城和村庄的样子。地上的白房子与天上的白云彩，白得一样，似乎白房子就是天上降落的云彩。白房子落在山下，似乎山下就飘着了白云，白房子就是白云的故乡。白房子围在洱海，好似洱海镶嵌了白云，洱海就是白云的天堂。白的云彩在天上连绵，绿的苍山在云下逶迤，白的房子在山下伸延，蓝的洱海在白房子外跌宕。白房子住在苍山洱海的样子就是住在童话神话里的样子。住在白房子里的人，梦在天上，走出白房子的人，心在远方。出没在白房子的人，孩提时代是想着一个筋斗翻上云端，想着光着脚板走过海面，但祖辈足迹留给人的只是山和水的选择，梦从天空降落到大地，人就成了靠山吃山靠水吃水的人。

　　原先，靠山吃山靠水吃水的方式，是瞄准资源饭。靠山吃山的人举起铮亮的机械，砍向苍山，树木被砍成长长短短的木头，树木砍过了，又将山体切成高高矮矮的石雕；花花绿绿的山色破碎了，碎成花花绿绿的钞票。靠水吃水的人驾驭雪白的帆船，犁开洱海，鱼们被装进密密匝匝的渔网，捕鱼殆尽，又将洱海隔成方方块块的网箱；鼓鼓囊囊的渔网撑满了，撑起鼓鼓囊囊的腰包。苍山以苍白的撕裂，洱海以惨白的战栗，圆了白房子结结实实的梦想，也胀了白房子蓬蓬勃勃的欲望。靠山吃山愈演愈烈，山里的石料，把白房子盖得伸向了海边；靠水吃水愈来愈狂，养鱼的饲料，投进网箱也投进洱海。结果人进湖退了，洱海破坏了。山和海只得禁山禁伐禁海禁渔，山连茅草都不许割了，海也消停了白帆。

　　之后，靠山吃山靠水吃水的方式，又选择商业饭。靠山吃山的人也选择吃水，水流和高磷的现代化肥，河一样浇进种植的土地，绿油油的大蒜林在田野起舞，高额的利润回报来了，密集的行商坐贾来了，飘着蒜香的土地，流着钞票。靠水吃水的人也寻求着吃山，苍山伸向洱海的白房子，渐渐变成灯红酒绿的客栈，客栈喧嚣了杯盏的狂欢。狂欢和喧嚣起伏之间，生意和生意流动之间，醉意正酣的白房子，堆起了银钱。然而客栈的污水流进了洱海，种植的肥水流进了洱海，城乡的废水流进了洱海。洱海浑了浊了脏了臭了，屡屡爆发绿油油的蓝藻。蓝藻污染成了洱海的病，成了靠山吃山靠水吃水人的病。白房子做梦也没有想到，自己的梦竟变成噩梦。于是，禁磷禁污禁排禁废，禁绝一滴污染流进洱海。

再后，靠山吃山靠水吃水的方式，转向了生态饭。靠山吃山靠水吃水的人们其实是钟爱绿色的，但钟爱绿色不是钟爱绿得瘆人的蓝藻污染。蓝藻污染给人一个警醒，人们终于明白，靠山吃山靠水吃水，吃破了山吃坏了水，一切就没了。"一定要把洱海保护好！"洱海不仅全湖禁污且环湖禁污，洱海不仅全湖治污且环湖治污。苍山洱海间，铺开了从未有过的现代治理：贴近洱海的民宿客栈全被拆除搬迁，退离洱海近岸；漫向洱海的高磷种植全被摒弃淘汰，转向生态农业；环绕洱海的城市乡村全部开挖长长的地下沟壑，埋设现代管网；流向洱海的污水废水全部收入繁复的净化工程，进入循环运行。于是人退湖进了，污染消弭了。洱海视域里敞开了绿茸茸的生态廊道，洱海碧波间绽开了水灵灵的圣洁之花。

是啊，洱海开花了，洱海开花了！住在白房子里的人终于看到了洱海开花。洱海开花，不只是碧波间绽开了白浪花，而且是浩渺里盛开了海菜花。海菜花是洱海独有的花，是洱海圣洁的花。海菜花静静地盛开在洱海上，洱海欣欣地捧起了海菜花，海菜花成了点缀在洱海上的星星花，星星花就成了洱海的神示。住在白房子里的阿奶们终于又见到海菜花了。阿奶们是曾经见过海菜花的，阿奶们多年没见到海菜花了。洱海干净了，海菜花回来了。阿奶们是信奉神灵的。阿奶们相信山有山神海有海神，财神也不能违背自然天道，违背自然会遭自然报应。阿奶们相信土有土神树有树神，生态也有生态之神，人们生存在世界，人当拜生态之神赐福。

海菜花重新复归，是自然之神的福报，是生态之神的福报，是洱海之神的福报，是苍山洱海间风花雪月的福报。

风花雪月，在苍山洱海的世界，其实早就有着生态的意蕴。洱海边的古城之间，下关的风、上关的花、苍山的雪、洱海的月，是地理空间上的风花雪月。白房子里的姑娘头上，飘逸的风、艳丽的花、洁白的雪、弯曲的月，是戴在头饰上的风花雪月。洱海边的人把地理上的风花雪月戴在头上，是怎样的人与自然的合一！风花雪月戴在出入白房子的人的头上，风花雪月就戴在了白房子头上，风花雪月就戴在了洱海的头上，风花雪月就戴在了苍山的头上，风花雪月，就戴在了洱海源头弥苴河的头上，风花雪月，也就戴在了洱海流入的澜沧江的头上。风花雪月是长长一条大河的风花雪月。

是的，苍山洱海，风花雪月！风花雪月里藏着中国的生物宝库，苍山洱海里藏着高原的绿水青山。就在洱海消失的海菜花重新归来的时候，洱海消失的裂腹鱼也重新归来，洱海苍山消失的白鹭也重新归来。白鹭从天空落下，是落下一群白云，白鹭从洱海飞起，是飞起一群白雪，白鹭在洱海苍山间飞着，是飞着一群祥和。而沿着白鹭飞翔的方向，苍山延伸出去，是哀牢山；哀牢山延伸出去，是横断山；横断山延伸出去，是喜马拉雅山；洱海流淌出去，是澜沧江，澜沧江流淌出去，是湄公河；湄公河流淌出去，是中国的南海和浩瀚汪洋……苍山洱海的绿水青山和风花雪月通向世界。

采白雪的老阿奶和孙女的歌声，就是风花雪月的梦魂；风花雪月的梦魂，永远演绎着的是人与自然的深情。

老阿奶把苍山采来的雪装进背篓，背篓上插了红的黄的粉的鲜花。老阿奶领着孙女走下苍山卖雪。在洱海边上，老阿奶把甜甜的红糖水浇在雪上，孙女把甜甜的"蜜雪"捧在手心。苍山洱海之间，老阿奶把一首古老的歌谣唱给孙女……

我来到洱海的时候，洱海的故事，又在歌谣里生长。

> 苍山的雪哪里去了
>
> 苍山的雪，流到洱海去了
>
> 洱海的水哪里去了
>
> 洱海的水，流到大河去了

莲花池

莲花池为什么叫莲花池？

因为莲花池本身像一朵莲花，或者像一片荷叶。池的形状是一个旷阔的浩大的圆，池水碧绿幽亮，水面泛着天光，池的圆弧偶或存在凸凹的地方，但整个池塘，像一朵巨大的开在城市的莲花，或者一片巨大的漂在城市的荷叶，成为城市的一片安谧幽静之所在。所以，它叫莲花池。

但像莲花荷叶的池塘多得是，为什么它就叫莲花池？

因为莲花池本来就种着莲花，长着莲花，开着莲花。它不只是因为长得像莲花，而且因为长满了莲花。春天冒出来青嫩的莲叶，夏天爆开了鲜亮的莲花，秋天举着饱满的莲蓬，冬天，莲杆枯瘦成了一种风骨，但池塘周围的汉白玉围栏，依然盛开着雪白的莲花。因而，它便叫了莲花池。

但是种了莲花的池不止一个，为什么只有它叫莲花池？

据说金国皇帝完颜亮喜好莲花，在金国都城种了许多莲花，但总是长不好。他对群臣说："远方有个西湖，莲花长得非常美，我们是不是把都城迁到那里？那样我们的都城就生机勃勃了。"于是他把都城从哈尔滨迁到北京，西湖改名莲花池。从此北京就有了莲花池。

莲花池不只是一个名字，莲花池是一部历史。

走在莲花池公园，我在湖畔的侯仁之纪念角看到了一句话："先有莲花池，后有北京城。"这句话写在中国当代历史地理学家侯仁之的名字下。它是侯仁之的一个历史考证。

这个考证的结果是，莲花池是北京的发源地。

莲花池是北京的发源地，这个发源的"源"，其实是具有特指意义的"源"，是指北京的水源地。就是说，先有了莲花池作为水的发源，而后有了北京作为城的发源。金代皇帝完颜亮定都北京把西湖改名为莲花池，至今只有800多年的历史，但是，实际上，莲花池之前的西湖作为北京的水源地，至今却已有3000多年的历史。

北京最早在春秋战国时期，是燕国的都城，称为蓟，莲花池当时在蓟城的上水，叫西湖，是蓟城的水源地。如郦道元在《水经注》里所说，西湖"盖燕之旧池也"。作为战国七雄最小的燕国，在战国烽烟中，最后被秦国所灭，但国破湖在，西湖一直是蓟城的水源地。之后，至秦，至汉，至唐，至辽宋，西湖在北京一直保有水源地的地位。直至金人的铁骑攻破北宋，完颜亮将金都迁至北京，改称为中都，把西湖改成了莲花池，西湖，莲花池，依然是北京的水源地。莲花池流出的河，流成了莲花河，也流成了北京的一条水源河。

再后，蒙古人的铁骑踏平了金人的中都，金莲花池作为金中都的水源地，水量不足以承载蒙帝国雄心勃勃的世界大都市建造，元朝便追着高粱河水源改址新建了元大都，莲花池便失去京城的水源地地位，而成了城郊的水洼地。至明，至清，至民国，莲花池成了京城的郊游地，成了京西的莲藕地，成了郊外的荒草地。及至后来，成了北京的养殖之地，并由养殖之地成为蓄洪之地，由蓄洪之地成为排污之地，由排污之地成为垃圾之地，以致现代化的北京西站兴建时，几乎覆盖在莲花池头上，使之永远地沉入地下，彻底地消失。

莲花池见证了一种历史：水可以定都也可以废都。水以生态之旺而兴，也以生命之枯而废。莲花池由是见证了一种自己：水可以兴己也可以废己。就在莲花池距生命之源越来越远，生命之源意义越来越被漠视甚至遗忘的时候，侯仁之出现了。他说，莲花池是北京的生命源头，没有莲花池就没有北京城。他阻止了北京西站覆盖莲花池，终使莲花池保留。

莲花池的意义在于，它让北京知道城从哪里来。

侯仁之纪念角与北京西站只有一墙之隔。侯仁之纪念角与北京西站的一墙之隔，本身是一个绝佳的设计。它们互为见证，并见证了莲花池以3000年历史，解读城与水的关系。

我在莲花池看着莲花池，怎么看，莲花池都是一片巨大的荷叶，而这巨大的荷叶，就是一面巨大的镜子。

这镜子，把天空照在里面，把白云照在里面，把花草树木和楼群照在里面，照出了一幅自然与城市的水下立体倒影。倒影之上，摇曳生姿的莲花与叽叽鸣叫的鸟雀闹着，闪着雪光的白鸭和寻寻觅觅的灰鸭游着，它们同一时刻游在了水里也游在了天上。突然，鸭们被什么惊动，呱呱呱飞起，又扑棱棱落下，摇得一池绿水被搔了笑腺，禁不住笑了起来，笑出了满湖的皱纹。一湖的水，一湖的天，一湖的倒影，被簌簌簌摇碎。许久，静了下来，忽又被鸭们搔动，忽又忍俊不禁。

这镜子就是一面承载生灵婆娑的水镜，把一切动和静都圈在了镶嵌了汉白玉栏杆围着的水上。围栏之外，那些高出湖的地方、草坪、绿篱、小径、树带，以及树木间的人和鸟们，或熙熙攘攘，或疏疏朗朗，抱着湖，围着湖，绕着湖，铺伸延绵。树带之外，是城市的建筑，高楼、大厦、长殿、尖塔，现代的、古典的、现代古典浑然一体的建筑，高高矮矮、参参差差，丛林起伏地耸立着，围着湖，围着这片绽开在城市楼群里的绿意融融的荷叶，行着心向往之的注目之礼。

莲花池被公园的植被围着，被城市的建筑围着，被一切的一切围着，自然的天空被城市建筑的天际线切成了一片蓝色的穹庐，覆盖着楼群围着的莲花池这片水做的荷叶，莲花池俨然就是公园的圆心，俨然就是城市的圆心。池水清碧着清碧着，清碧向花树的斑斓，花树斑斓着斑斓着，斑斓向城市的耸立，城市耸立着耸立着，耸立向远处的群山……城市像是被莲花池辐聚而来波叠而来，又像是被莲花池辐散而去波叠而去……这构图，也许就是城市之源和它的形象示意？

我突然想起又一个关于莲花池的说法，说莲花池为什么叫莲花池？因为莲花池最早的源泉，就是喷薄而起的喷泉。泉水从地底喷出来的时候，在空中喷起一米之高，恰似湖水擎着一朵冰清玉洁的水莲花，水莲花落下来，就落成了波叠而来和波叠而去的湖，就落成了满湖绿茵茵的一片片小伞一样的荷叶，也落成了覆盖其上的绿莹莹的一片大湖一样的荷叶，然后就有了莲花池的名字。然而那是曾经的古西湖的喷泉和湖水，也是曾经的古莲花池的喷泉和池水，而不是现在。

现在呢？人以《水经注》所说古西湖"东西二里南北三里"测算，湖面约1.14平方公里；到了清代，莲花池萎缩至0.4平方公里，不足古西湖的一半，而且没有了浩瀚；再到莲花池被侯仁之呼吁保留的时候，其实只是一个荒芜的古池遗址，已经没有了源泉涌出。但现在，莲花池湖面1.26平方公里，虽然已无涌泉，但湖面回到了古西湖时代。在机器轰鸣、车流浩荡、金碧辉煌、人声喧嚣的现代都市，这片绿色簇拥清碧幽静的湖面，已经是城市绝少的一方水景了。

莲花池演变成了没有自己的涌泉但却依然水波荡漾的水景，它的水不再从地底涌出。那么它的水，是神来之水？

不是说，天下水流是一家吗？地上地下的水是一家，山上山下的水是一家，天上天下的水是一家。不是说，水脉人脉亦一脉吗？的确，水脉和血脉，也连成了一脉。

莲花池的水，就来自水脉血脉相通的地方。

莲花池保留下来的时候，虽然已经不是了水源地，也已经不是了曾经的莲花池，而且，已经没有了源泉活水，但是莲花池的灵魂还在，莲花池的根脉还在，在人的心底。人的心脉人的灵魂，其实深邃地和自然结在一起融在一起，也深邃地和水脉结在一起融在一起。没有一片水脉，不通达向人心。没有一种人间，不是在水一方。

据悉，现在，莲花池的水，来自玉渊潭。玉渊潭的水，来自永定河。永定河的水，来自桑干河。桑干河的水，来自灰河。灰河的水，来自山西的管涔山。管涔山何山？管涔山是华北的水塔，是灰河的发源地，也是永定河的发源地，当然也是现代莲花池的发源地了……我在北京看到了来自山西故乡的水！难怪看见莲花池的时候，就生发了一种感动激动。虽然我看见所有的水都会感动和激动，但在莲花池，我在感动激动的时候，多了的，是一种来自故乡的血脉相连、心脉相通的亲切，而这亲切，就是由河流的水脉和灵脉传导而来的。

河流穿越群山而来的水脉灵脉，在城市，由纵横在地上地下的水网传导进人的血脉心脉。莲花池是早就与城市水网连在一起了。多少年里，城市开着挖掘机器疏浚河湖，清通了地上水脉的栓塞淤堵；城市开着钻地机器铺筑管线，延伸了地下水脉的流畅通达；城市开着净化机器清剿污染，滤净了河湖水网的秽浊污垢。于是，城市的水流或在绿荫掩映间清澈出没，鱼和鸟也出没着玩起了游戏；或在岸草簇拥中澄碧流过，水和人都洗掉了黑水时代的忧愁。城市的湖泊敞开怀抱拥抱人们，人们也愿意把自己的影子投进水里，对影自美。

就在莲花池和莲花河畔，中国当代生态文学作家叶梅曾经写道："我家居住不远的莲花河，每年夏天也能闻到臭味，从桥上经过时，不忍探头但咬着牙还是想看个究竟，只见发黑的河水纹丝不动，就像一个酱缸似的在发酵，散发着一阵阵刺鼻的臭味。我想扭头逃开，但不知为什么，腿却迈不动，心里一个劲地想，这可怎么办？这可怎么办才好啊？"

她忧患着和焦急着，之后终于看到了莲花河的改变。

于是她在写看到福州的流花溪由污染丑陋变成清洁美丽的时候，不由想起了北京的莲花河，而在莲花河的芦苇青草和流水声响里，她心脉动了，感到了"一种安逸和欣喜"。

上善若水。世界之最善，是清洁之水。好水若善。

流进莲花池的水，是来自自然世界的水，是活激粼粼的透着灵气的水；荡漾在莲花池的水，是经见过城市世界的水，也是活激粼粼的透着灵气的水；流出莲花池的水，是流过现代人间的水，还是活激粼粼的透着灵气的水。莲花池的水，虽然只是北京之水的荷塘一叶，但它是独特一叶。

它的独特在于，它是水之历史和城之历史的源头一叶。

水的发源，比城的发源，早了许多许多。没有城的时候，没有国的时候，甚至没有人的时候，就有了水的发源和水。只是，那时候，水发源于自然，流走于自然，给花草树木汲，给飞禽走兽饮，却没有人吸吮。那时候，人类生命尚在水的孕育里，尚在自然的进化里。人的生命远远晚于水的生命。

然而，人的生命诞生之后，就与水的生命融在了一起。

自然诞生了人类，人逐水而奔，逐水而居，逐水而城，逐水而社会，逐水而国家，逐水而历史。莲花池的发现、莲花池的追溯，让北京看到了最早的北京，看到了最早的发源，看到了最早的水脉，也让北京看到了现代向历史的礼让，看到了城市与自然的和谐，看到了——现代以和谐对接未来。

城市不仅知道了自己从哪里来，而且知道了自己往哪里去。

莲花池是一湖水镜，城市在里面找见了自己。

归去 / 依然回望世界

沁水流过的地方

——在赵树理陵园

在沁河流过的地方，山西沁水尉迟村，是中国文学界"山药蛋派"创始人、人民作家赵树理的故乡。

赵树理故居、赵树理陵园、赵树理纪念馆、赵树理碑林……就坐落在沁河岸畔这片绿色的怀抱里。

而赵树理陵墓，真正一座"绿色青冢"——

迎春爬满坟头，花叶虽已凋尽，但枝条依然青绿。

松柏覆盖墓园，青绿也已褪去，但枝叶依然苍绿。

赵树理陵墓，就在这沁水牛头山的山坳里，常绿常青。

常绿常青可意味着，那是赵树理的青魂？

走向墓园的路，是缓缓地爬上去的，路畔陈列着雕刻了赵树理小说封面的石碑，石碑和松柏站在一起，站成了赵树理著作的里程碑。

赵树理坐在深沉的绿里，不是看他的著作，也不是看雕刻了他著作的石碑，而是凝目故乡，凝思沁水，凝心沁河，看远远近近的山河。

沁河，清清亮亮、浩浩汤汤，朝黄河，朝大海，流去……

逝者如斯，生命如斯。

赵树理，1906年生，生来已是115年；1970年9月23日卒，逝去也已51年。半个世纪一个世纪，生命何其迅忽！

人说，生命如果朽了，功名可以不朽；功名如果朽了，灵魂可以不朽；灵魂如果也朽了，就没什么可以不朽的了？

赵树理，是生命可以朽但灵魂可以不朽的人。

杨占平曾经假设，假如赵树理还健在……

我也不禁设问，假如赵树理还活着……

假如赵树理活着，看到农民的土地荒芜，他会怎样？

赵树理走在沁水的土地上，当年的小二黑而今的老二黑给他说："看看，都是好地啊！开荒开出来的好地，挖山挖出来的好地，荒了！"是的，赵树理看到了。土地，那是农民的命根子啊，耕者有其田。农民所有苦难，都曾源于地无一垄。中国农民千年一梦不就是土地和粮食吗？中国最早的农耕——下川种植、舜耕历山——就在沁水。没有土地就没有种植，没有种植就没有粮食，没有粮食就没有温饱，没有温饱就没有人权，而没有人权也就没有所有。赵树理不是人民作家吗？他的写农民和给农民写，其所有的泣血呼唤甚至生命付出，不就是因自己出身于农民失去过土地受难于饥馑因而要给农民争一垄土地争一丝温饱争一分人权吗？农民怎么可以没有土地放弃土地荒芜土地呢？这个时代，国家历史性地免除中国农民纳了千年也压了千年的农业税，多少年里拿出国库的资金给中国农民以土地补贴和种粮补贴。我们的农民，何以反而荒芜了土地荒芜了种植而离开土地呢？离开了土地离开了种植而不再生产粮食，农民，还是农民吗？

赵树理在土地上走过，荒草萋萋，激起沉重的思索。

假如赵树理活着，看到许多的村庄空空，他会怎样？

赵树理走在村庄里，恰遇回乡看望二黑爷爷和小芹奶奶的孙子驾车离去。赵树理看到，农民不仅离开了土地，而且离开了村庄；村庄不仅荒芜了土地，而且荒芜了院落。曾经房无一间的农人，他们的后人，已是人去屋空。许多屋顶不再升起炊烟，而是房屋倒塌、围墙破败、蒿草疯狂，已不再人迹缭绕。老二黑们已成为留在村庄的望月老人，而老人走向黄土之后，整个村庄会不会只闻鸡犬声不见人语响，甚至连鸡犬声也消入空无？人们为什么脱离土地脱离村庄而甘愿丢弃祖宗的家业？尽管这脱离和丢弃，不是突然地离开和丢弃的，是渐渐地外出读书、打工、开店、办乡土工业、接孩子出去上学，然后，居住在城镇城市，融入现代城市……农民离开了村庄离开了土地，谁来耕种土地，谁来种植庄稼，谁来生产粮食？就像那个著名的一问：谁来养活中国？但是，赵树理不就是这样离开土地离开村庄的吗？许多的人不都曾是这样走出农村的吗？难道农民就只能捆在农村的土地上劳作？难道农民就只能守在大山的土窝里做梦？

赵树理在村庄里逡巡，白蒿嗡嗡，溅起一声叹息。

假如赵树理活着，看到沁河失而复得，他会怎样？

赵树理走过沁河，沁河飘过小芹的歌声："清格凌凌的水，蓝格莹莹的天……"赵树理知道，那是农耕时代的沁河和沁河乡村的歌声。那么，后来，离开土地和村庄的农民，做什么了？农民的千年土地梦里，发家致富，曾是农民不息的梦想。这样的梦想，在乡土工业炼火燃烧起来的时候，变成了现实。所有沁河流过沁水煤田的地方，小煤窑挖下去了，小铁炉竖起来了，煤和铁换来的金钱鼓荡了农民的腰包，铁和煤遗留的污染却涂炭了沁河的山水。金钱改变了农民也改变了世界，农民不再是农民，沁河不再是沁河。煤山铁山代替绿水青山，国家总理看了，曾痛称是"垃圾堆上的富翁"。之后，工业大潮，大浪淘沙，散乱污染的乡土工业凤凰涅槃，终于被清洁集约的现代工业淘汰替代，沁河，也终于回归了清格凌凌蓝格莹莹的少女时代。现代工业的大潮也许无法使所有走出乡村的人们变成富翁，但毕竟有人由农民而成为农民企业家，由农民企业家而成为现代企业家。在现代工业的前景和农耕时代的背景之间，小芹的歌声又回到了沁河。

赵树理流连在沁河，沁河滔滔，荡着历史与现实的回声。

假如赵树理活着，看到尉迟村不凋的新绿，他会怎样？

赵树理坐在墓园，切近地看着尉迟。小芹的侄女葛水平在沁河走过，她诗意地叙述："河水带走两岸……"但赵树理看到，河水带走两岸，河水也带来两岸。尉迟破败的房屋越来越少，尉迟越来越成了一个新的村庄；尉迟灰黄的颜色越来越少，尉迟越来越成为一片绿的家园。他曾托女儿送给村里的树苗，已长成家园的大树。尉迟新了绿了，尉迟之外，沁水新了绿了。曾经荒芜的土地溢出退耕还林的绿，曾经走空的村庄竖起自然旅游的楼。农人的后裔走向城市，城市的人们走向乡村。这曾被十万大山幽闭为古人躲避战乱躲避灾祸的地方，高速公路伸进来了，山乡山城顿时成了敞迎世人回归自然走向乡愁的地方。人们看到，留在历史时空的古堡豪宅与走入现代时空的古村民居，以融入现代文明的方式，化入一种自然生态价值的现实再造……河水带走的必然被带走，也已经带走；河水带来的必然会带来，也已经带来。

赵树理坐在自己的墓园，听松声轻吟，听世界和鸣。

假如赵树理还健在……

假如赵树理还活着……

其实，不用假如，也不用假设，赵树理，灵魂不死。

中国最大的问题是农民问题，农民最大的问题是吃饭问题。这也是赵树理最关注最关切最关心的问题。这个时代，中国人不用再开山造田反而退耕还林，但1亿农民的脱贫问题解决了，6亿农民的吃饭问题解决了，14亿人口的温饱问题解决了。

这天大的问题，通向赵树理的灵魂，赵树理放心了。

天大问题的解决，是农业中国传统中国进入全球化时代成为工业中国现代中国而渐渐实现的，农业的全球化与工业的全球化，资源的全球化与经济的全球化，使中国在世界发展大循环里找到了可持续之路，实现了由生存到生态、由温饱到环保的转移。

这样的道路，在中国是新的，在赵树理，也是新的。

这就是——山水林田湖草沙是一个生态共同体，人与人是一个命运共同体，人与自然是一个生命共同体。人与人的关系，在根源上、本质上、核心意义上，就是人与自然的关系。

穷人与富人，本质上是资源财富占有问题；农民与市民，本质上是地理环境占位问题；城市与村庄，本质上是生态空间占据问题；穷国与富国，本质上是自然资源的占据问题。

现代人，如果进入人与自然的现代和谐，一切皆然。

而中国开创的就是一条生态和谐与绿色发展的道路。

这道路，会使沁水成为山西的一片绿，山西成为中国的一片绿，中国成为地球的一片绿，地球成为星际的一片绿。

现代人同在一片绿洲，愈现代的也将愈发生态和谐。

愈生态和谐也将愈发常绿常青，不知赵树理老人以为然否？

永驻在长青的村庄

——在马烽纪念馆

马烽坐在藤椅上，坐在吕梁山下汾阳贾家庄自己旧居的小院里，抬手抚摸着从前的日子和眼前的时光，发着黄铜音质般的略带磁性的声音，与日月谈天说地，与人们谈笑风生。

作为中国"山药蛋派"作家的主将，吕梁是马烽文学创作的一方根据地，而贾家庄，则是他在这个根据地的一个家。

坐在这个绿肥红瘦簇拥的农家小院，马烽由银发熠熠的形象变成金光闪闪的铜像，但他依然讲着吕梁英雄传的故事，讲着我们村里的年轻人的故事，讲着咱们的退伍兵的故事。

是的，我在这里见到他的时候，他已经不是 1980 年代见到的花白头发的马烽和 1990 年代见到的银发熠熠的马烽。

1980 年代，马烽和山西"山药蛋派"一代老作家重返文坛，在当时南华门山西作家小院开创作会。老作家们反思万马齐暗的十年文学历史，热议最多的是十年前"中间人物论"被否定、十年中"三突出理论"被张扬的事情，而当"三突出理论"被否定之后，新时期农民怎么写，又成为擅长农业题材农村故事农民形象的山西作家迷惑的问题。当然，写变化的现实，这是老一代作家不变的主题，而且，后来，老一代作家新一代作家，都以自己作品回答了之前迷惑的问题。

1992 年，老一代"山药蛋派"作家们被山西省委、省政府授予"人民作家"称号，山西举行了"文坛五战友"文学创作50 周年纪念。当时，我和同事任太龙到太原迎泽宾馆请老作家为山西环境文学题词。马烽、西戎、孙谦、胡正与一群老作家老艺术家当即挥毫写下了"爱护环境是文学创作的永恒主题"的条幅，并在条幅上签名。这代以写农村题材著称的"山药蛋派"作家，由对农民问题的关注而突然写下对于环境保护的关注，这个结果，连我当时都感到意外。

应该说，这个题词是别有突破意义的。就环境保护而言，它强调的是爱护，不仅仅是保护，是由爱至于行，以心爱环境，以行护环境，赋予保护以心灵意义；就文学创作而言，它强调的是把爱护环境作为文学创作的永恒主题，不仅仅是文学主题，而且是永恒主题。当时，山西作为中国的能源基地和中国的环保重地，老一代作家提出这样一种环境保护观念，实际也提出了一种文学创作理念。这是一方地域走向一个时代产生的观念，也是一群作家走向一个时代内生的观念。

当马烽由银发熠熠的形象变成金光闪闪的铜像的时候，我就从抚摸这个绿色题词开始，抚摸马烽走过的创作时光。

马烽坐在那里，像是说，写《吕梁英雄传》的时候他还没住在这里。汾阳是他的姥姥家，他的老家实际是与汾阳一步之遥的孝义。

这个 17 岁的青年当初就是从孝义的居义村里走出，走进抗战，走进黄河剧社，走成了山西抗战的一名文化战士。之后，马烽、西戎、李束为、孙谦、胡正，从黄河剧社和吕梁剧社起步，走成了山西半个世纪"文坛五战友"。当初，也就在与汾阳同处吕梁山的兴县，作为《晋绥大众报》的记者，马烽、西戎以 700 多位吕梁抗战模范的真实故事为素材，写下了《吕梁英雄传》。从此，写吕梁英雄的马烽、西戎与《吕梁英雄传》，在中国现代文学史上走出了自己的文学地位。

《吕梁英雄传》写的是 20 世纪 40 年代吕梁山里的抗战故事。吕梁抗战也是山西抗战，山西抗战也是中国抗战。抗战的本质是什么？抗战的本质是抵抗侵略。抵抗侵略的本质又是什么？抵抗侵略的本质是抵抗财富掠夺、资源掠夺和国土掠夺。侵略和掠夺，是一条最野蛮的财富累积之路。整个 20 世纪前半世纪，甚至更早，外国列强对中国的侵略和掠夺，本质上都是财富掠夺、资源掠夺和国土掠夺。而在世界历史上，为数不少的文明强国，都走过野蛮的侵略和掠夺之路。

文明和野蛮是一个悖论。文明的异化和野蛮的疯长悖论至极，即成为残酷的战争。吕梁抗战、山西抗战、中国抗战，在外表看，是农耕社会与工业社会的战争，古老文明与现代野蛮的战争；在内里看，是道德与非道德的战争，正义与非正义的战争；而在本质看，是侵略和反侵略的战争，掠夺和反掠夺的战争。这场战争里，吕梁人以一种勇韧的抗争精神创造了一部中国现代的英雄史诗，而《吕梁英雄传》，则以英雄故事成为中国现代文学最早记录中国抗战的长篇巨构。

马烽和西戎，不仅仅写下一个文学的故事，事实上，这个文学的故事，是一个时代人类关系的典型纪事和典型叙事。

马烽坐在那里，像是说，《我们村里的年轻人》就是写在贾家庄的电影故事，不仅写在贾家庄，而且写的就是贾家庄的事情。

不过，作品与现实不同的是，实际上，贾家庄的现实故事，是一群年轻人致力于盐碱地改造的事情，而马烽创作的电影故事，写的则是一群年轻人开山引水、引水发电的事情。山乡干旱少雨，村庄极度缺水，一群年轻人，异想天开，居然开山凿石，居然筑渠引水，破天荒地，想要建设一个北方水乡。开山引水，本质上，恰恰又是一个自然资源的问题！我们村里的年轻人，在自己干旱贫瘠的土地上以双手破解水资源奇缺的难题，这也是只有新中国的青年人可以做成的事情。

《我们村里的年轻人》之所以聚焦 20 世纪 60 年代的乡村引水，是因为水资源短缺在当时的山西农村是普遍存在的问题。

要说，资源不平衡和资源短缺，在任何地方都是存在的，只是在过去战乱年代，问题长久没有办法解决。不仅没有办法解决干旱缺水的水荒，而且没有办法解决洪水暴发的灾荒。中国的国土资源、财富资源和自然资源从侵略者手里夺回到自己手里之后，中国人才以自己的方式解决自己资源不平衡和资源短缺的问题，解决自己发展不均衡和发展落后的问题。

在这样的历史背景下，吕梁、山西、中国，从此展开了一种新的人与自然、人与资源的关系，也即，人们凭靠理想意志甚至雄心壮志，改造自然重置资源，确立人在自然间的主体地位，确立一个理念：这个世界上只要有了人，就没有什么办不成的事情。作为抒写中国现实农村的"山药蛋派"作家，马烽、孙谦敏锐意识到这样的问题，捕捉了这样的题材，创作了这样一部具有轰动效应和持久影响的电影作品，谱写了一部最早呈现山西农民改造自然也改造自己的当代史歌。

将我们村里的年轻人推向中国，也将人说山西好风光推向中国，这是人与自然关系新的时代纪实和新的时代抒情。

马烽坐在那里，像是说，《咱们的退伍兵》不是在贾家庄写的，但它依然写的是吕梁英雄后代和我们村里年轻人后代的故事。

依然是人与自然、人与资源的故事，也是人与经济、人与发展的故事，是黄土高坡走向黑色煤场的故事，也是吕梁农民以煤炭资源发家致富的故事。当我们村里的年轻人在解决了水资源引流问题之后，咱们的退伍兵怎样"有水快流"发家致富，成为吕梁的问题也是山西的问题。就在马烽、孙谦老家吕梁山里，挖煤炼焦成为乡村农民资源挖掘、资源烧炼、资源致富的一场热火朝天的致富行动，也成为乡土工业原始开发、原始积累、原始发展的一场如火如荼的经济运动。

实际上，《咱们的退伍兵》所写20世纪80年代农民炼焦的故事，取材于马烽老家孝义的事情。当时，孝义兑镇沟里燃烧起挖煤炼焦的熊熊烟火。据说，天上的卫星发现吕梁山里发生森林火灾，紧急电告吕梁，结果查明，是兑镇沟里燃烧起了一个十里长的"土焦王国"。电影就写了"咱们的退伍兵"带领乡村农民炼焦致富的故事，完全是作为吕梁农民初入乡土工业时代的开创性的故事演绎的。挖煤炼焦几乎是山西农民发家致富的起点，也是山西工业发展攀升的起点。

然而，粗放的乡土工业毕竟造成资源挥霍和生态破坏，落后的土法炼焦毕竟导致资源浪费和环境污染。在电影里，我们看到了乡民在烟熏火燎和乌烟瘴气的画里画外的忙碌，而就是这样的忙碌，"我们村里的年轻人"当年开山凿岩引来的水，恰恰被"咱们的退伍兵"挖煤炼焦的污染给毁坏了。当然，这不是电影里叙述的事情，而是现实里后来发生的事情。马烽、孙谦写这个故事的时候，尚未写到后来的现实。后来的现实，恰恰是当时未曾意识到的未来隐忧。

这是当时的人们甚至创作者也没完全意识到的：一部电影潜沉着人与资源、人与经济在人与自然背景上的复杂纠缠。

其实，贾家庄一直经历着这样的人与自然、人与资源的复杂纠缠，不过，贾家庄是这种复杂纠缠中的早醒者和早行者。

也曾铺开过土法炼焦的起步，但毕竟也曾烟熏火燎乌烟瘴气，于是，早早改造土法炼焦，走上机械炼焦的路子；当然，机械炼焦依然难逃熏染天空污染土地，于是，又早早改弦更张淘汰焦炉，竖起水泥制造的企业；然而，水泥企业仍旧延续黑色工业的污染历史，于是，再早早彻底关闭了水泥企业，而且彻底关闭一切黑色工业，开启了绿色创业、绿色转型、绿色发展的道路，走入崭新的生态产业发展的历程。

贾家庄，一切笼罩在一种海样的绿色里，现代农业的绿回归了自然的主调，工业遗迹的黑演绎成了文化的新宠，光伏发电的蓝架设在了作物的种植里，山西第一也是山西独一的现代作家村匍匐着当代文学的锦绣……所有的建筑连接外面的世界，所有的道路通向外面的世界，这里是现代城市一样的农村，是现代农村一样的城市！现代生态村，注定是现代人在人与自然关系上找到的人类生存发展的最适合人也最适合自然的家园，是中国新农村、新农民、新农业的绿的伊甸园。

马烽纪念馆就居住在这里，马烽就居住在马烽纪念馆里。马烽是贾家庄当代发展的第一见证者，他目睹了第一代贾家庄人最初的改碱治水，也就是"我们村里年轻人"的开山引水，见证了农民向自然发起农业改造的抗争；目睹了第二代贾家庄人之后的挖煤炼焦，也就如"咱们退伍兵"的资源开发，见证了农民对自然发出工业革命的邀请；目睹了第三代贾家庄人而今的绿色转型，也就是"我们村里年轻人"和"咱们退伍兵"

后代的生态发展，见证了农民在自然里创造现代文明的回归与前行。

马烽是贾家庄的一个文化符号，贾家庄也是马烽的一个文化符号。一个作家和一个村庄，成为山西年轻的文化符号。

当然，马烽是中国现当代文学的一个符号，也是山西现当代文学的一个符号，更是吕梁现当代文学的一个符号。

我以为，这样一个文学符号、文化符号，不仅应该打在他的创作的根据地，而且，也应该打在他的生命的诞生地。

我于是想起了马烽在孝义的故居，赶紧微信询问居住在孝义的作家朋友：孝义马烽故居是否得到修缮？朋友说，在城市开发的进程里，马烽故居遭遇了拆除还是保留的困局，商界意欲拆除，文界呼吁保留，官方举棋不定。

我想，在汾阳，一个村庄，尚能建立一座马烽纪念馆；在孝义，一座城市，难道容不下一座马烽故居？不过，我也相信，一座现代化发展品位甚高的城市，在现代商业开发与现代文化开发之间，应该会找到一个极好的融合地带的。

毕竟，一个历史的文化符号，远甚于一座楼宇的价值，甚至远甚于一座城市的价值，而且是一种不可再生的价值。

它不仅应该永驻在长青的村庄，而且应该永驻在长青的城市。

附记：

2024 年 5 月，我沿汾河到吕梁采访，又在汾阳贾家庄看了马烽纪念馆，到了孝义，我提出要到居义村看看马烽故居，陪同的人说，去不了啦，那片地方正在拆除。

我的心顿觉一凉。但我执意要去看看。

车开到那里，完全一片工地。穿过工地走入一个胡同，就看到了一所院落。院门尚在，房屋尚在，门墙上挂着一块不锈钢牌子，红字写着"马烽故居"，是孝义市人民政府 2012 年公布的不可移动文物。院落破旧，但依旧住着人，房屋多年拆旧换新过。西屋的门墙上贴着一副春联，春联写着"为人民写英雄具有乡土特色，风水宝地为孝义人增光添彩"，横批写着"马烽故居"。春联不工，应是出自居住者之手。

我顺着东屋屋墙旁侧的台阶登上屋顶，拆建工地一目了然，许多房屋已经被拆掉，拆掉的地方，挖土机正在挖土，挖出的新土堆了老高。堆土的地方过去，城市的楼群已经立在了那边，四周的楼群也逼了过来。据说，居义村拆掉之后，将以马烽故居为中心，建立一座现代化的马烽广场。马烽故居将被修缮恢复并以新的面貌立在广场。我没有看到马烽广场的建设效果图，但我觉得，这个说法，应该是真实可靠的。

我的心回暖了，欣慰了。我心里涌起了一种期待。

昕水河一样流进黄河

——在西戎文学纪念馆

不觉就到了西戎故居，也是西戎文学纪念馆。

我们组织"美丽中国·生态山西"生态文学创作采风团走进蒲县，不能不走进蒲县的西戎文学纪念馆。

西戎文学纪念馆，在蒲县的西坡村。

西坡村说是藏在吕梁大山深处，其实就敞亮在一条新开进吕梁深处的现代公路旁侧。大巴车在这条从蒲县城伸出35公里的高等级公路上停下，人们步行过一个右转弯，走进一截不长的村巷，就走进了西戎故居。

一棵浓荫如云的老槐树笼罩出一片民居围成的空间，一盘古旧的农家石碾，像碾过无数岁月，已陈设为一种村景。迎面一堵崭新的青砖长墙，镌刻着"吕梁英雄传"的浮雕群像，凸显着中国现代文学的一座丰碑。

故居当然是新修缮了的，但却镌刻着过去的故事。

故居里到处都是书，西戎写的书，写西戎的书；也到处都是书法，西戎写的书法，写给西戎的书法。100年前，这里完全是一座目不识丁的农家小院；100年后，这里突然成了一所满屋皆书的文学故居。就像西戎自题五言的一幅书法："吾本山里娃，竟然成作家。文坛山药蛋，也算一枝花。"

西戎是中国"山药蛋派"代表作家。"山药蛋派"是赵树理开创的一个文学流派。以山西农民语言，写山西农民生活，为山西农民代言，让山西农民看懂，是"山药蛋派"所尊崇的创作宗旨。"山药蛋派""文坛五战友"马烽、西戎、李束为、孙谦、胡正，也被山西文学界戏称"西李马胡孙"。

这是中国现当代文坛自然形成的一个文学流派。

在西戎文学纪念馆，我看到了一个作家的起步。

当年，一个名为席诚正的孩子，在西坡村听到"卢沟桥事变"的炮火，也听到"蒲县来了红军"的消息，便跑进城里看新鲜。第一次看见红军，第一次看见女红军，第一次看见女红军登台演讲，一切都是新奇的。作为青年教师的堂兄席道正告诉他，红军是东渡黄河而来的西北战地服务团，登台讲演的女红军是延安的女作家丁玲。堂兄席道正拿出一册《丁玲杰作选》给他看，给他讲述毛泽东诗赞丁玲"纤笔一枝谁与似？三千毛瑟精兵。陈图开向陇山东。昨日文小姐，今日武将军"的故事。从此，这个孩子心底种下了抗战的种子，也种下了文学的种子。也就从那个时候起，炮火粉碎了孩子的读书梦，抗战却点燃了孩子的救亡心。于是这个孩子从西坡出发，走进吕梁剧社，走向枪林弹雨，走过天堑黄河，走进圣地延安，走近了毛泽东。之后，在"吕梁—延安、延安—吕梁"之间，这个"西坡"走出的"戎戈"席诚正，以笔为枪、以笔为旗，第一次以"西戎"的笔名发表了小说处女作《我掉了队后》，第一次与马烽合作出版了长篇小说《吕梁英雄传》，第一次与马烽、束为、孙谦、胡正走到一起，开启了长达半个世纪的中国"文坛五战友"的历程。从此，中国文坛有了一个西戎。

在西戎文学纪念馆，我寻找到一个文学的细节。

馆中陈列的《西戎图传》，记载了这样一个历史细节，西戎、马烽、束为、孙谦、胡正从延安返回晋西北根据地，原吕梁剧社老领导林杉听说西戎发表过小说《我掉了队后》，就向西戎要来作品剪贴稿，送给晋西北抗联文化部部长亚马。亚马对人才培养极为关注，对西戎这样仅有浓厚兴趣但还幼稚的年轻人，非但不嫌弃，还愉快地把他们都接收下来……使他们明白，作为文艺工作者，只有无条件到斗争生活这唯一的创作源泉中，才能写出反映时代的好作品。之后，西戎、卢梦、孙谦、常功写出了大型话剧《王德锁减租》，马烽、西戎写出了《吕梁英雄传》，奠定了他们在中国现代文学史上的地位。我看到这个记载和记载里的"亚马"，觉得见到故乡长者一样的亲近。因为，名为"亚马"的李汝山，是我的故乡平定下盘石走出的现代文化名人。亚马的父亲曾把三个儿子、三个儿媳送进中国抗战的疆场，后来，这三个儿子都成为共和国在这个村庄最骄傲的人物。我父亲为此撰写的《亚马传略》里记载，亚马曾经是中国"文坛五战友"的创作向导和文学领导。我对这个事情有所知道但并不深悉。走进西戎文学纪念馆，我终于找到了这段历史的一个印证。

在西戎文学纪念馆，我勾起了一丝文学的回忆。

馆中展柜里展示着西戎一生创作出版的作品：《谁害的》《圈套》《一个年轻人》《宋老大进城》《麦收》《扑不灭的火焰》《盖马棚》《姑娘的秘密》《终身大事》《女婿》《灯芯绒》《丰产记》《寄语文学青年》……在展柜里，我看到一册1962年7月号的《人民文学》。就是这期《人民文学》，在头题发表了西戎的短篇小说《赖大嫂》，后来，这篇作品和作者西戎，成为一个时代的批判焦点。当然，我知道这个事情的时候，已经是《赖大嫂》发表将近20年的时候。当时我作为文学青年参加山西农村题材短篇小说座谈会，第一次见到了"山药蛋派"老作家，听他们纵谈文学，横论现实，知道了中国现当代文学的许多事情。当时老作家们议论最多的，是20年前中国作家协会的"大连会议"，是邵荃麟提出的"中间人物论"和西戎写下的中间人物"赖大嫂"及之后遭遇的批判。"中间人物""落后人物""转变人物"，曾经是一个时代文学的禁区。那当然是我不曾知道的事情，也是后来不是事情的事情。实际上，从那时起，不准写物和"中间人物"的时代和只准写人和"英雄人物"的时代,也就结束了。也就从那时起,文学回归了"人学",而不再只是"英雄学"。

在西戎文学纪念馆,我觅得一种文学的绿意。

在纪念馆里,我看到西戎出席人民代表会议的照片,看到他和老作家们获"人民作家"的照片。30 年前,我作为《山西环境报》记者参加山西省人大常委会会议,西戎作为人大常委会委员在讨论《山西省汾河流域水污染防治条例》立法时,力主尽快治理汾河。他说:"过去我们唱的是'人说山西好风光''汾河流水哗啦啦',而今我们看的是岸上狼烟滚滚,岸下污水汩汩,我们还能唱出曾经优美的歌吗?"之后,我作为山西环境文学组织者走进山西"人民作家"授予现场,请"人民作家"为环境文学题词,马烽、西戎、孙谦、胡正在宣纸上写下了"爱护环境是文学创作的永恒主题"的题词,并一一签上了自己的名字。也就是在这次签名题词之前,我见到了应邀出席"文坛五战友"创作50 周年座谈会的我的故乡前辈亚马。亚马曾作过长春电影制片厂厂长、文化部电影局局长,因在样板戏上态度不敏,曾被讽刺为"那个自认为水平仅亚于马克思的人"。我见到亚马时向亚马说了请山西老作家题词的事,他说,环境保护是个大事情,环境文学是个好事情……在西戎文学纪念馆,我看到亚马和老作家的合影。可惜,我们请老作家题词的时候,没有留下任何照片。

其实在老作家的文学历程里,是不乏这样的文学绿意的。

"山药蛋派"犹如"山药蛋"，是生长在土地上的作物。"山药蛋派"作家的作品，是生长在农民与土地关系之上的文学，是生长在人与自然关系之上的文学。无论作家把土地作为文学的主体对象叙述，或者把自然作为作品的背景对象抒写，自然和土地本就蕴蓄一种淳朴的意味和温馨的情感。

　　而且，"山药蛋派"老作家在走入晚晴的时候，无一例外关注和关心了自然生态和环境保护，在苍茫的文学之旅中画上了一笔反思、忧患和期望的绿色。当这代老作家渐渐离开他们爱着写着的土地与山河之后，这片土地与这片山河的改变，其结果也深深隐含了老作家曾经的反思、忧患和期望。

　　西戎文学纪念馆立着的老槐树，是否西戎形象的一种写意？

　　我看到，老槐树过去，是一棵挨一棵的村树，村树过去，是一片挨一片的绿植，绿植之外，是一田挨一田、一丘挨一丘、一山挨一山的绿意。小村嵌在绿意中，古镇嵌在绿意中，那绿意里，应该蕴含了山野草木寄予的希冀。

　　昕水河就从这绿中流过，应该也流淌着少年西戎曾经的足迹。作为黄河的支流，昕水河也像汾河沁河一样，载着清凌凌的水，走向了黄河。尽管曾经污染过，也曾经干涸过，但清流，也应饱含了小河大河本真的夙愿。

　　文学的河流，也是如此吗？

　　昕水河、汾河、沁河、黄河……都在历史和现实的轨道里流淌。历史规定着河流，现实又改变着河流。

　　离开了西戎文学纪念馆，我的思绪长长地留在了那里。

伫立在绿的风景里

——在李束为纪念碑前

凤山是吕梁城市的一方生态绿碑。

曾经是一座黄土的丘峦，而今是一座绿色的高地。

在吕梁，比离石河高的，是城市；比城市高的，是凤山；而比凤山高的，是人民作家李束为纪念碑和凤山的树。

李束为纪念碑立在凤山上，犹如李束为站在凤山上。

李束为曾经留下遗言，死后，把骨灰撒在吕梁的凤山上。吕梁是他留下青春的地方，他要看着吕梁往后的成长。

李束为作为中国"山药蛋派"作家，在"山药蛋派"作家"文坛五战友"里，唯一的，他不是山西人。他的故乡是山东东平，一个富水成湖的地方。从富水成湖的地方，到缺水干旱的吕梁，他参加了山西抗战新军。行军，打仗，在吕梁山里；演剧，办报，在吕梁山里；参加土改，写作，在吕梁山里；离开，进城，回忆还在吕梁山里。吕梁由此成为他魂牵梦绕的一方故乡，他在自己的作品里写下了与吕梁的深情。

当然，我们也许只能从作品里看到李束为早年的事情，只能在留影里看到他曾经在吕梁山里的样子。而我看到李束为的时候，已经是老作家们重出文坛的晚年，虽然那时候他已经挂着拐杖，然而却是直直站立的形象。也许是笔直的拐杖支撑了他的挺直，或许是他的挺立彰显了拐杖的笔直，总之我看到的是一个作家与一支拐杖相得益彰的形象，就如他站立在吕梁凤山的纪念碑，是一种永远的笔直挺立的形象。

遗憾的是，我在办着山西环境报的时候，曾经遇到他挂着拐杖，一个台阶一个台阶，从大楼一楼爬到报社所在的六楼，看望在报社实习的女孩儿。当时，他站立在报社的楼道里，直立的形象就是一种和蔼的威严，而我们未敢打搅老人给我们以文学的指点。据说，女孩儿是他房东的外孙女，他在吕梁山里的时候，就居住在女孩的姥姥家里。而多少年之间，他与吕梁山里曾经的乡亲，依然保持着亲人般的感情。

遗憾的是，山西"文坛五战友"创作50周年的时候，山西省委省政府授予他们"人民作家"的称号，我们当时在太原迎泽宾馆请这些"人民作家"写下题词："爱护环境是文学创作的永恒主题"，不知何故，"人民作家""人民艺术家"多位都签了名，却唯独缺了李束为老人的题签。我们后来想请老人补签，但终因拖延没有做成，终使一幅具有历史意义的文学题词，留下了具有历史缺失的遗憾而无可弥补。

不过，不遗憾的是，我后来在李束为作品里，读到了他凝结在吕梁山里的极具自然与人文情怀的情感抒写。并且，我因此以为，在山西"山药蛋派"作家里，李束为是写自然风景、自然风光以及自然之美写得最多的作家，也是写自然之忧、自然之思以及自然之爱写得最多的作家。

这也许恰恰是李束为作为"山药蛋派"作家而又不同于"山药蛋派"别的作家的地方。他是一枝开放在"山药蛋派"文学土地的素朴淡雅的"山药蛋花"。

他以一枝自然情怀之花，触动着这个自然的世界。

人为什么会拥有自然情怀？

自然是切近而又遥远地自在于人类之上的一种伟大存在。也许没有任何自然之外的东西可以左右它干扰它。于是，李束为在散文《吕梁小夜曲》里，在吕梁山自然的天野里，写下了玄妙浪漫的自然之美和人与自然的天然之乐——

吕梁山的冬夜要比夏夜明亮一些，温暖的夏夜，灰蒙蒙的雾霭妨碍视线。在冬季，只要不是阴云密布，即使没有月亮，它的夜晚就像拂晓的晨光、落日的余晖那种时辰，影影绰绰，那山，那山顶上的树，轮廓是清晰可见的。还有晴空的无数星星，大的小的，红的蓝的，忽明忽暗，挤眉弄眼，又有带尾巴的，划破长空，栽到山后去了。这些星星也给群山增添了一些光亮。所以，在这个季节的夜晚行军，那山路虽朦胧，却可辨认，不但不感到困难，还有无穷的乐趣呢！在停止前进、原地休息的时候，我们靠着山坡，仰望夜空，像儿童一样数星星，逍遥得很哪。

它不是一般意义的自然，而是战争里的人与自然。战火硝烟里的自然依然如此美丽，自然里行军打仗的战士如此乐观。如果略去战争背景，谁知道这是怎样一种自然之美、自然之情呢？然而地上行军打仗，不忘仰望星空，也许恰恰因为了战争的映衬，愈发凸显了人与自然之间的恒久延绵的人类感情。

但是，吕梁的大山里，毕竟多了许多贫瘠而破碎的黄土梁黄土沟，那里，千年万年地藏了老天给予大地的创伤。于是，李束为在《高山上的园丁》里，在吕梁山自然的荒野里，写下了水土流失的自然之忧和自然对家园的威胁——

阳畔沟像一只高举的鸡爪子，逐年向上伸延。小山沟如同撕烂的布条，支离破碎，满目荒凉。本来有沟就应当有坡，可是这里的坡却是悬崖峭壁；有沟也应当有底，沟底却是布满了土洞、土壑、土堆、土岔，满沟是黄蒿、沙蓬、圪针窝，还有芦草、菅草、野木瓜，连山羊也难下去。这条小山沟，不仅丑陋不堪，而且，危害不浅。每年的夏季和秋季，一下雨，山水带着泥沙聚集到垴畔，顺着沟掌，冲进山沟，由毛沟而支沟，而主沟，然后，流进湫水河，最后，流到黄河去了。年复一年，大块大块的丘陵地带，被洪水拉成深深的山沟，而肥沃黄土，顺水而去……

黄土高原纵纵横横的沟壑，就这样形象化地、细节化地、具象化地呈现在了李束为的文学纪实里。就是那些看起来具有旷野之美的沟壑，却年年月月、月月年年演化成一场具有悲剧意味的自然生态灾难，历久涂抹在黄土、黄水、黄河和黄色民族的肤颜上，成为一个国家和民族沉重的历史积淀。

那么，生存在黄土高原的人们，是怎样改造或再造着自己的生存家园，而改造或再造生存家园的人们，又是怎样在沟壑梁峁之间铺开了挑战水土流失的壮举？李束为就在吕梁人改造自然的壮举里，写下了愚公移山似的创造之美——

他常常在那不太陡的土坡上，脚踏黄土，头顶蓝天，拼命刨土。只要有月明，半夜还要刨土。有时从半坡上出溜下来，拍拍身上的土，再上去刨土。李福英看见了，高声喊叫："茂英哥，不要命咧！"李茂英竟说："坐了一回土飞机。"再爬上去，继续刨土。刨土、挖土、担土、垫土、拍打土，反正离不开土。以后，渐渐地取土困难了，不得不到陡坡取土，他找一条又粗又长的麻

绳，一头拴在枣树上，一头拴住自己的腰，吊在半空，
在陡坡上刨土。累了，就把他的儿子吊在半空，刨土。
然后，父子俩一担担把土垫进山沟、土洞、土豁、土岔。
每垫平一块，就拍拍打打修地，修一块成一块，或栽树
或种庄禾……连续五年，已经修到山沟里了。

人遭遇苦难的生存环境，苦难的生存环境也遭遇改变生存
命运的人，遭遇改变人与自然历史宿命的时代和这个时代的人。
李束为真实而传神地记录了一个时代的断面，实际也真实而传
神地记录了一个历史过程。尽管那也许仅仅只是一个历史或者
现实里撷取的文学的缩影，但它具有典型意义。

然而，缩影也是历史。历史会见证一切，时间会改变一切。
这是因为，改变或创造历史的人们开始了植绿，于是就改变和
创造了历史。李束为在《崞县新八景·同川金瓜》里，写下在
吕梁山里人们改造和再造自然而创造的美丽——

清明前后，一阵春雨湿润了土地，一阵春风吹破了
梨果树的花蕾。梨花开了，雪白的梨花铺满了山坡，果
花开了，红艳艳的果花点缀着梨花，红白相间，还有那
嫩绿的树叶陪衬，真是一幅动人的"花会"。到秋天再
来到同川的时候，那满山遍野的梨花果花，就变成了累
累的果实。白露前后，梨子发黄了，果子发红了，沉甸

甸的梨子和果子，把树枝压弯了，快要压断了。顽皮的孩子，躺在树下，不动手就吃梨，翻翻身，咬一口，吃了东边的梨；翻翻身，咬一口，吃了西边的梨；打个哈欠，不小心也要啃下梨来……即使在大雪飘飞的寒冬到这里来，你所看到的，仍然是满山遍野的梨花。那梨树枝头的白雪，不是和春天的梨花相似吗？

吕梁黄塬是中国典型的黄土世界，但在这片黄土世界里，黄的沟壑、黄的梁峁、黄的丘陵，就这样变成了绿的沟壑、绿的梁峁、绿的丘陵。人作为黄土世界的能动生存者，就这样改造、改变、改善和爱护、守护、回护自己生存的生态世界，走向人与自然和谐的境界，这无疑是人的希冀与行动。

这也是李束为早就发现并创造的自然生态的审美境界。

李束为这样的文学审美，构筑在他的散文世界里。

其实，在《吕梁小夜曲》《高山上的园丁》《崞县新八景》之外，尚有《第一仗》《沃野上的鲜花》《捞河炭》，尚有《露水闪》《春天的树叶》《黑峪口一瞥》……

如"山药蛋派"作家、"文坛五战友"之孙谦所说，李束为晚年被繁重的文艺领导职务缠身，但还是抽时间写了一批散文。他的语言精练而畅达，意境优美而深远，写景如明月穿云，抒情如溪水潺潺，读之，令人神往。他说，李束为曾表示，还有许多题目，只要能爬起来，一定把它写出来。

无奈，这个世界没再给李束为以时间，只给了它永永远远留在吕梁凤山的时间。不过，李束为从山东水泊大湖之畔来到山西黄土沟壑之间，来到凤山之畔，地理环境发生了易变，但不变的恰恰是他对自然世界的天然敏感和对生态环境的天然关注；而这样的天然敏感和天然关注，注定成为他审视历史和现实的独特视角以及挥洒文学和审美的独特表述。开始了这个时间之后，他就没有辜负过这个时间。

　　2023 年的春天，我们举行了一场"大地文心·美丽书写"的山西生态文学研讨会。在研讨会上，供职于中国作家协会的山西籍作家李晓东讲，生态文学在山西是一个非常好的文学传承。山西"山药蛋派"作家的许多作品，虽然写的是农村故事，但事实上体现了一种人与自然和谐相处、人与土地相依相亲的深厚感情，而这种感情一直贯穿于山西文学的发展过程。我觉得沿着他的表述，即可指向李束为和他的作品。

　　那么，作为创造了一种吕梁山自然生态审美的作家，李束为伫立在吕梁的凤山上，他而今看到听到的又是什么？

　　他看到听到的，也许是一组具有奇迹意义的概念和数字：在 21 世纪的 20 多年里，吕梁在山西已经成为植树绿化提升幅度最快的地方，山西在中国已经成为植树绿化提升幅度最快的省份，而中国，在世界上已经成为植树绿化提升幅度最快的国家。就是说，在这个世纪将近四分之一的时间里，中国的植树绿化的提升幅度，也恰恰是世界将近四分之一的幅度。这奇迹，是不是他曾看到的改造水土流失黄土世界的世纪刷新？

他看到听到的，也许是一座凤山和一座城市的变迁印证：吕梁，已经由曾经的黄土之城红色之城，后来的乌金之城白银之城，改变为而今的亮色之城绿色之城。而这绿、这亮，即是从凤山启程的，在吕梁人的手里，凤山绿了，凤山亮了，然后，一条河流过去，流为绿色的现代河流。而后，一条高速公路流进来，流为现代车流的彩色，再后，一条高速铁路流进来，流为现代飞流的银色，再后，再后……

一个曾经穷山恶水的地方，变成一个青山绿水的地方。

于是，李束为伫立在夜的凤山上，就看到了夜的凤山和夜的城市，满城星斗熠熠闪烁着流向吕梁山夜的深处……犹如李束为青年时代行走在战争的荒野里曾经遥望的星空，落在了现代的凤山上，也落在了现代的城市里……而这，是李束为的文学没来得及挥洒的世界，也是李束为伫立凤山之上看着的吕梁的成长。

从水到山的样子

我在孙谦纪念馆里伫立，注视，沉思。

曾在百度上搜索"孙谦故居"，第一个跳出来的视频是文水县南安村一排看起来并不狭小的房屋，屋前两棵高大茂密的树立着，显得房屋矮了低了许多。房屋自然是灰暗老旧的房屋，但却弥漫着人家世世代代居住过的气息。

之后又跳出了"孙谦纪念馆"的视频。孙谦纪念馆就是眼前这个样子了：苍老灰暗的祖屋没有了，高大茂密的树也没有了，有的只是清白豁亮的院落，院落大了许多也空了许多，却充盈了一种完全简朴的清雅的文化品格。

自然，孙谦纪念馆就是由孙谦故居改建而来的，老旧的孙谦故居变成了崭新的孙谦纪念馆。纪念馆里少了俗世的生活气息，却多了纯粹的文学气息。一座建在故居老屋的纪念馆，绽放着孙谦在中国现当代文学史上的独有风华。

我走进孙谦纪念馆的时候，孙谦意气风发地立在那里看着人们，也似乎没有了印象中农民大伯的样子。

这应该是孙谦年轻时在东北或北京时的意气风发的样子，而不是壮年之后回归山西的土里土气的样子。

人们印象里，"山药蛋派"，土，山西作家，土，写农民的作家，土。但是山西写农民的"山药蛋派"作家，在中国文坛是最早触"电"的作家，孙谦、西戎、马烽、胡正，都是。孙谦则早在1947年，就成为东北电影制片厂的编剧。

孙谦创作了《农家乐》《光荣人家》《陕北民歌》《葡萄熟了的时候》《夏天的故事》《谁是凶手》《谁是被抛弃的人》《伤疤的故事》《万水千山》《山花》《咱们的退伍兵》《黄土坡的婆姨们》等21部电影剧本，曾是当代中国走红的电影编剧。

早早的触"电"，绝对是超越"山药蛋"之"土"的地方。

也许如他的短篇小说《南山的灯》，写的就是山西农民最早意识到农村也要"电气化"而为之种电杆树的故事。南山所在的县要给农村架线安电灯了，但因为南山地处边远被排在一年以后，原因是南山没有列入架线通电的计划。没有列入架线通电的计划，是因为县里尚未安排电杆给南山所用。但是，南山却早在多年之前就把架线通电的电杆准备好了。早在战争年代，通信兵在南山架线的时候，因为缺树无木，找不到一根做电杆的木头，南山人只得拆掉自己的婚房用房梁做了电杆。南山人由此得到启发，意识到将来战争胜利肯定要发展"电气化"的，于是悄悄开启种树植树的历史。多年之后，终于到达架线通电的时代，在县里尚未把自己列入计划的时候，南山人却靠着自己的力量让电提早点亮了南山的灯。而就在南山的灯点亮的时候，南山人又开启了种植核桃树的历史，南山人要让南山的将来漫山满坡都是核桃林。孙谦文学里塑造的南山人，心里总有一盏射向远方的亮灯。

要说，南山人的触"电"与孙谦们的触"电"，完全是风马牛不相及的事，但是，意识深处、本质深处，一种超越土里土气而早醒的卓识和远见，是不是又是一码事呢？南山的灯，其实是早早就已经点亮在孙谦文学心里的亮灯了。

卓识远见者，其实往往也是埋头实干者、拼命硬干者，孙谦触"电"的皇皇巨著放在那里，足见其创作的实绩；而埋头实干者，往往对浮华不实者，也是爱之深恨之切的。孙谦曾经与故乡的一场文章纠葛，也见出了其心迹。

据陈为人撰写的《虎头山上拜唁孙谦墓——遗失信仰的悼祭》记述说，多年离开家乡，孙谦关心家乡的一切，每每拿起报纸总希望读到故乡文水的消息。在20世纪50年代中国浮夸盛行的时代，孙谦读《山西日报》，初读到文水的新闻，他为之欢呼，因为看到了故乡干部肤浅轻飘作风的转变，认为文水百姓有幸了；再次读到文水的新闻，依然为之欢呼，因为看到了故乡百姓不再为浮夸虚假数字而苦恼，认为文水农民有幸了；

但第三次读到文水的新闻，却欢呼不出来了，因为三条新闻对照阅读，他发现了事实之间存在的矛盾，新闻里依然埋藏着不实事求是的浮夸虚假的作风。于是，在一种复杂的情绪中撰写了杂文《言大必空——就商于文水县委会领导同志》，发表在《山西日报》上，对故乡的现实提出了批评。结果批评不仅没有被接受，反而被故乡组织回击，被指责为抹黑现实，事情反馈到北京电影制片厂，孙谦遭遇了批判。深沉的时代之爱、故乡之爱，遭遇了故乡和时代的重扼。

这是多年之后陈为人在大寨孙谦墓前的回忆。应该说，孙谦这样的作家，"山药蛋派"的作家们，是极富一种现实关注、现实忧患和现实干预精神的。这既是一种与土地血脉相连的情感，也是一种对土地深度清醒的理性观照。

之后，孙谦就回到了山西，虽遭遇了创作低潮，虽身体罹患病难，但其关注现实、忧患现实和干预现实的精神，丝毫未曾减弱，相反被现实召唤而焕发新的创作激情。

与大寨相遇也许是一次偶然的召唤，但在孙谦和他的时代却是一种必然的机缘。就在他患病休养的时候，突然听到广播，大寨连降7天7夜的暴雨，遭遇了百年不遇的洪灾，几乎所有的土地和房屋被冲毁，但是大寨人没有被冲垮，反而投入重建家园的行动。大寨人当机立断扶苗，把倒伏的庄稼扶起。立誓做到"三不少"：产量不减少，口粮不减少，卖给国家的粮食不减少；继而开始造田，修复梯田新造良田，提出做到"三不要"：不向国家要钱，不向国家要物，不向国家要粮食；接着修盖房屋，两个月时间，建起20眼石窑40间瓦房，在新村的墙上写出红彤彤两个大字：大寨。当时孙谦听到这个消息，立即抱病奔赴大寨。40天后，一部报告文学《大寨英雄谱》诞生。之后，《大寨英雄谱》被改编成话剧在北京上演，引起轰动，周恩来指示改变成电影，孙谦和马烽写出了电影文学剧本《千秋大业》。其间，他们还合作写出一部开山引水题材的电影文学剧本《高山流水》。

据说，孙谦走进大寨的时候，特意带了一箱子汾酒，就想着，酒逢知己千杯少，心有灵犀一点通。他不是去大寨做采访，而是和大寨人交朋友。他应该是预感到了实干苦干而想干的自己与实干苦干而又会干的大寨人之间的天然情感。

后来，时代窒息了孙谦和"山药蛋派"作家的实干精神。然而十多年后孙谦和"山药蛋派"作家重返文坛，创作根脉依然深扎在农村农民农业的根基上。不同的是，孙谦和马烽创作的电影《咱们的退伍兵》，写出了当代农民的现代追求。

这部电影记录了山西农民在走入经济时代的原始积累的短暂历程。在山西被列为中国能源基地的时候，挖煤炼焦成为山西的主体产业，而农民发家致富的乡土工业，也燃起了挖煤炼焦的狂热追逐。影片呈现了咱们的退伍兵回乡带领农民烧炼土焦的创业实践，昭示了新的时代里农民走向工业化的去向，就像当初农业的南山农民走向电气化的历史。但是，作为创作者的孙谦，一边与马烽合作写下《咱们的退伍兵》里挖煤炼焦的创业，一边又独自写下《访日归来话沧桑》对挖煤炼焦的深思。孙谦出访日本归来，看到日本人因煤炭资源枯竭而关闭自己的煤矿，他清醒地告诫国人，我们以煤多而骄傲，却很少甚至根本不考虑煤炭的节约和转化，我们不能再吃老本了，坐吃会山空的！如果满足于出口原煤出口原料出口宝贵资源，我们的后辈会骂我们！之后，孙谦与"人民作家"们写下了："爱护环境是文学创作的永恒主题。"对于能源山西、生态山西，孙谦有着深刻的忧患和独特的思考。

　　而这样的思考，又是超越了"山药蛋"之"土"的又一地方。

　　应该说，这样的思考，是在中国能源基地崛起最强劲的时候，也在山西乡土工业勃发最火热的时候。孙谦深扎于现实，挖掘着现实，呈现着现实，又深思于现实，透视着现实，干预着现实。立于黄土地的创作者其实始终伫望于黄土高处。

　　就如孙谦出生于吕梁山下的文水，却最终登上了太行之腹的虎头山。人们曾疑惑，作为文水人，孙谦为什么最终没有魂归故里，而是把自己撒在了大寨的虎头山上？人们猜想，孙谦因没给故乡贡献过什么还曾批评过故乡，是愧对故乡。

　　其实，走出故乡的人是思念故乡，但作为文学的创作者、历史的书写者，孙谦已经远远超越了故乡情结。

　　而作为"山药蛋派"的作家，无疑作家的根扎在农村农业农民的土地上，但山药蛋的开花却面朝远方。

我也曾在大寨拜谒过孙谦的墓。在满山的绿意里，我看到了陈永贵、贾进才、郭沫若、孙谦的墓。大寨已经由农业种植的大寨，变成了生态种植的大寨，恰恰像孙谦当年创作里的南山，电灯点亮之后，生态树已经长成了满世界的绿。

当年孙谦的遗愿是把骨灰交给大寨林业队，撒在虎头山的青松林里，但大寨人说，孙谦有恩于大寨，大寨不亏待孙谦，遂为孙谦修了一座墓碑，刻石勒铭以记之：铁肩挑起民间义，妙手绘出农家情。生前笔下英雄谱，身后大寨安忠魂。

当然，故乡文水也不亏待孙谦，后来的故乡也完全理解了当年孙谦对于故乡的爱和爱的苦心。于是我在文水孙谦纪念馆里，望见了大寨虎头山上孙谦的欣慰。应该说，所有知道的人，都会看到孙谦由水到山的历程和由水到山的扬程。

我在孙谦纪念馆里望到了虎头山的新绿。

汾水又长流

——在胡正文学纪念馆

　　我觉得，大自然是太钟爱这个地方了，不然，上天怎么偏偏给了它一块灵石，大地偏偏给了它一条汾河，而人间，又偏偏给了它一个胡正。

　　胡正，中国"山药蛋派"作家，在汾河边的灵石出生，在汾河边写下《汾水长流》，最后，在汾河岸畔枕着汾河入眠，把长梦托给了汾河。

　　我再次走进设在灵石王家大院的胡正文学纪念馆，又看到纪念馆陈列的不同版本的《汾水长流》。

　　这是进入中国现当代文学历史的一部长篇小说，也是影响了山西乃至中国半个多世纪的一部电影。

　　我知道，胡正当年体验生活的地方不在晋中灵石，而是在晋中张庆。张庆不在汾河边上，张庆在潇河边上。但胡正没写潇水长流,而是写了汾水长流。他是以童年熟悉的河流作为小说背景而写下了《汾水长流》。

胡正的汾河,曾经什么样子?

《汾水长流》什么样子,胡正的汾河就什么样子。

在乔羽的《汾水长流》电影歌曲里,汾河的样子是一曲引吭到云天里的悠扬:"汾河流水哗啦啦,阳春三月看杏花……"而在胡正的《汾水长流》长篇小说里,汾河的样子则是一种沉落在大地上的流淌:"杏园过去了,村庄远去了;晨风迎面吹来,白云向后飘去。在他们头上,是初升的红红的太阳,在他们身旁,是滚滚长流的汾河。夏天的汾河是这样汹涌浩荡,她带着管涔山源头的泉水,又沿途聚集了无数的小溪大河。汾河,当她还只是一股小泉,或者只是一点一滴的流水时,她是那样软弱和胆怯,春天的太阳都会使她害怕地躲入干涸的河床,而当夏秋之际,当她饮饱了天雨,又汇集了无数的河流时,她就显得这样勇猛雄壮。当她碰到河底或河畔有什么东西阻拦时,她就鼓起勇气大喊几声,冲垮那些障碍,击碎河底的礁石,即使遇到深坑和陷阱,也不过使她转一个漩涡,然后就扬起她那白色的翅膀,发出了战斗后的胜利的欢笑,哗哗地向前奔流而去了……"

这就是胡正笔下的 20 世纪 60 年代的农耕时代的汾河。

20 世纪 80 年代,胡正的汾河不存在了。

胡正看到的，是什么样的存在？

是别一种的存在。马烽的儿子马小林从胡正的故乡灵石采访归来，他看见胡正，就把自己看到的汾河描述给胡正，说："汾河水变黑变臭了。"乐于哈哈大笑的胡正却沉重无奈地说："是污染把汾河毁了。"之前，胡正至少两度在故乡待过，他知道曾经的汾河什么样子。童年时代，走进吕梁剧社之前，追逐革命之前，他完全一个汾河的野孩子；那时的汾河，是跳进去就能耍水的汾河。壮年时代，下放故乡之后，他又和汾河流淌在一起；那时的汾河，还是跳进去就能耍水的汾河。他自然知道，汾河曾经的样子是他写《汾水长流》时的样子，但后来……他不会不知道汾河已经变黑。马小林告诉他的汾河，其实也是他知道的汾河。他与故乡始终有着热情的走动。汾河上崛起了乡土工业，靠山吃山，山沟里流了挖煤废水；靠水吃水，河道里流了洗煤废水；有水快流自家地，肥水不流外人田，汾河就流成了一条黑河。胡正没想到的是，乡土工业居然把一条河毁了。

这是胡正痛心的山西由农业时代走向工业时代的汾河。

也就是在这个时候，汾河给了胡正一种绿色的觉醒。

应该说，胡正是山西作家里最早意识到环境保护的作家，甚至，是中国作家里最早意识到环境保护的作家。

纪念馆陈列的书里，我看到《胡正文集》《胡正散文选》，之前，胡早曾送我整套文集和散文选。在胡正书里，我曾看到，早在1979年，胡正就写下了期望山西煤乡城市空气改善的随笔。

他说："希望生活在煤乡的人们能用上煤气，在重工业城市里减少空气污染，让'浓雾'在太阳升起的时候消失。"1986年，他给《山西环境报》创刊号题词："治理污染，造福人民，加强宣传，保护环境。"当然，这题词应该是胡早供职于山西环境报社的缘故。胡早是胡正先生的儿子。之前，他将胡早送往湖南环境保护学校读书，读书出来就进入山西环境报社做记者。胡早早期写下《五万石佛身披"黑纱"》的新闻批评，是山西最早披露云冈石窟污染的记者，也成为山西早期的环境保护者。即此足以说明，胡正不仅仅是最早意识到环境保护的作家，而且是距离环境环保最近的作家。到1992年，山西老一代作家为环境文学题词签名的时候，是胡正挥笔题写了"爱护环境是文学创作的永恒主题。"

人说环境保护是为了后代的事业，胡正却直接把后代送进环境保护行列。这应是远见卓识和后代事业的融合。

我第一次走进胡正文学纪念馆的时候，曾有一个感想——"汾水长流"，几乎是山西"母亲河"的一个永久标高。

2016年，我们组织山西作家"生态汾河行"文学采风，将一次以汾河为主题的生态探访，做成了一次以汾河为主题的文学造访。山西作家60多人从汾河源头的宁武走到汾河中游的灵石，走进《汾水长流》的故乡，拜谒胡正铜像并与铜像合影。这样的拜谒，意味着山西作家见证了汾河的回归，向胡正报告着汾河归来的消息。那个时候，山西已经发出再造"汾河流水哗啦啦"的号召，拿出再造"汾河流水哗啦啦"的行动，汾河已经由过去的流失性改变转向现实的回归性改变，历史导致"汾河死了"的悲剧，已经爆出"起死回生"的喜讯。据环保部门统计，2000年，汾河优良断面仅为4.60%，重污染断面尚为77.3%；到2015年，汾河优良断面升至33.3%，重污染断面降为66.7%。优良断面大幅度提升，重污染断面大幅度下降，"汾河流水哗啦啦"的脚步已经走在归来的路途。就在胡正故乡，我曾听灵石的县长说："汾河治理不是给哪位领导人干的，而是给我们自己和老百姓干。"

胡正写出一个"汾水长流"的历史标高，之后，山西就瞄着这个历史标高，把治水写成一个又一个的汾河故事。

只是，这样的故事，无法写在胡正文学纪念馆里，而是写在整整一条汾河之上，写在汾水长流归来的波涛里。

就在我们"生态汾河行"的时候，我看到的一个水污染治理规划。规划提出，2020年，汾河优良断面达到60%，劣Ⅴ类断面降到15%；2030年，汾河优良断面达到75%，劣Ⅴ类断面趋近于0。这个规划，显然缓慢。2017年，汾河走进了共和国高层的视野，总书记第一次走在汾河岸畔，提出："一定要高度重视汾河的生态环境保护，让这条山西的母亲河水量丰起来，水质好起来，风光美起来。"之后，堵死汾河河道的污水排口，淘汰汾河两岸的污染企业，提升汾河城市的污水净化，而且，种草种树给汾河生态绿化，恢复湿地给汾河自然净化，引来黄河给汾河生态补水，到2020年，汾河全线消灭了劣Ⅴ类水质。这时，总书记第二次走在汾河岸边，提出："要切实保护好治理好汾河，再现古晋阳汾河晚渡的美景，让一泓清水入黄河。"到 2022 年，总书记第三次视察山西的时候，汾河已经全线达到了三类水质，"汾河流水哗啦啦""一泓清水流入黄河"已经成为看见的现实。

一条河的哗啦啦长流，也许来自文学的抒写，然而给一条河死而复生，却来自国家的力量。汾水又长流，即是明证。

胡正的汾河，应该是这样流过的。

我再次走进胡正文学纪念馆的时候，我相信胡正的汾河是这样流过的。就像纪念馆展柜里陈列的不同样式的《汾水长流》，这版本铺成了一条河流，而版本铺成的河流里，哗啦啦浪花激溅的，恰恰是汾河的长流。

我感到，文学里的汾河长流与现实里的汾河长流发生了神奇的感应，发生了神奇的河流纠缠。

胡正的汾河，是地理的汾河，是心灵的汾河，是历史的汾河，是未来的汾河，是永远的汾河。

只要汾河在，在灵石，我与汾河就心有灵犀。只要走进灵石，第一个想到的就是胡正，就是《汾水长流》，就是歌里唱的"汾河流水哗啦啦"。

只要汾河在，不在灵石，我与汾河也心灵相应。只要看到河流，第一个想到的就是汾河，就是汾水长流，就是由历史里归来的汾河流水哗啦啦。

诗人归去
——悼念马晋乾先生

没有文字消息，只有一幅照片。

照片是诗人坐在窗前花后沉思或写作的样子。

照片之上，最先是诗人陋岩说："惊闻山西诗人马晋乾先生仙逝，心中山河立刻发生地震。"后来是诗人赵建雄说："惊悉著名老诗人马晋乾老师不幸辞世，万分痛悼！"

又看到小说家孙涛推发《苦吟诗人马晋乾》的旧文截图，看到诗人梁志宏推发《深切悼念马晋乾先生》的新草悼文。最后，看到散文家杨新雨、谭曙方推出一只花圈的微影。

朋友圈上，双手合十，泪水潸然，一片哀痛。

遂相信，马晋乾先生的逝去，是真实无疑了。

于是，我也在朋友圈上推发了多少年之前写的一则旧文：《人与自然的生命感应——绿叶诗人马晋乾的自然物语》。

唯以之，悼念我尊敬的诗人马晋乾先生。

最早知道马晋乾先生，已是40多年前的事了，是我还在高中读书追梦文学或者做了知青插队农村的时候，就看到了马晋乾先生的诗。后来知道，他在20世纪60年代之初就已是山西的青年诗人了。而我见到他的时候，已经是20世纪80年代之初。当时，我在山西省城太原青年路的山西省水利机械厂做事，学着写诗，写了，就到刊物编辑部找编辑请教。我是在《晋阳文艺》编辑部认识了马晋乾先生。那时是写了一组关于工业机器的咏物诗，马晋乾先生看了，说："这样吧，我给你拿到《工人文艺》发表。"之后，我知道了太原工人文化宫——一个青春文学的摇篮。由此看到了太原工人文化宫主办的《工人文艺》，由此进入了太原工人文艺举办的青年文学班，由此结识了陈为人、华敏、田毅这些青年编辑和青年作家。我也在《工人文艺》上发表了最初的文学习作，并以一篇散文获得了我的第一个文学作品奖。那是一个文学鸣响的时代、一个文学轰动的时代，也是一个文学青年激情喷薄的时代。那时，最热烈的是一群青年诗人，张锐锋、陈建祖、谭曙方、张祖台、雪野，都在那里学诗，写诗，朗诵诗，最终从那个摇篮走向了文坛。我那时从太原工人文化宫出来，走在迎泽大街上，是跳着走走着跳，跳起了去抓林荫里的树枝树叶，像去抓一个梦。当时，马晋乾先生兼着《工人文艺》的诗歌编辑，他默默地做着扶植文学青年的事情。

大约是20世纪90年代初，马晋乾先生辗转到《太行山》编辑部担任副主编的时候，我也辗转到山西环境报社做了记者编辑。那时，我们以《山西环境报》为阵地，致力于动员和联络山西新闻媒体和文化媒体共推生态环境保护宣传的事情。由此，我到他编辑部去和他说事，动员《太行山》成为环境文化的同盟。说完事情，他拿出河北诗人、书法家旭宇写的一组散文诗，要我写个读诗印象。说实际，那时候的我，写文学已经不是很多了，但还是写了一个题为《解悟人生世事于美感》的评论，发在了他主编的《太行山》杂志。不久，旭宇寄来了一册散文诗集并致函马晋乾和我，请马晋乾先生将书和信转我。旭宇给我题签和致信说："我们以前没有交往，但因你对拙作的评介而相识神交了。你是我的知音，你一语道出了我的胸臆。现将新问世的这本散文诗集寄上，以求雅正。如果有时间并感兴趣的话，可以对小册子提点意见。"我从马晋乾先生那里拿回来旭宇的诗集，翻阅之后，生出些许的感受，就又写了一个题为《诗化生活》的评论，发在了《太原日报》"双塔"文学副刊上。这可以说是我写作散文诗评论绝无仅有的一次，而这绝无仅有的一次，完全是缘于马晋乾先生厚道的人缘和文缘。没有这个缘分，我怎么会神交并评论一个河北的诗人呢？诗人旭宇，应该是马晋乾先生的同一代人，如今想想，大约也进入耄耋之年了。

这之后，马晋乾先生赠我新出版的诗集，我为此写了《人与自然的生命感应》的评论。我以为，马晋乾先生以诗与自然对话，把生命的歌献给绿叶，他是一位绿叶诗人，是一位热爱自然、审视自然、审美于自然的自然诗人。他对自然怀着一种"泛美情感"。他不是统摄性地观察大自然，而是入微性地体察大自然，以诗人生命感悟方式体会自然万物的生命个性，在人类生命意识的烛照之下对自然生命发出充满爱意的审美情感，又在自然之神的风采中获得生命的美感与灵魂的升华。他对自然深缀于一种"博爱情结"。他的泛美情感来源于自然博爱，他以超世俗的审美眼光认同自然生物的彼此存在，并关爱自然之物不同的生命形式。他虽非完全超越功利超越好恶，但他在诗的国度追求超越，于自然世界追求博爱。他的诗呈现了一种生命的大爱意象。他擎举一种"崇高情怀"。自然天野的灾难痛苦，自然博弈的生死涅槃，都激起诗人壮烈的生命体验。他把生命世界的抗争、生命蜕变的苦痛、生命战胜苦难的悲壮染满诗笺，不须多说，生命的崇高已经毕现于形象。这里，如果说诗人将生命的崇高对象化于自然形象，不如说自然形象本身蕴含了崇高的生命底蕴。自然同人共为生命体，自然本身就是生命整体。这是诗人的诗观也是诗人的自然观。后来，《马晋乾诗歌精选》出版的时候，诗人摘我评论做导读，凝结了我与他的一种文友感情。

后来，进入 21 世纪之后，马晋乾先生大约已经退休而做了山西当代中国新诗研究所副所长，并且策划编辑了一套"山西当代诗人精选诗丛"。那时，我在山西发起组织一次山西文化界的"生态汾河"环境文化宣传活动，得知他策划编辑的这套诗人诗丛，便购买回来，翻阅浏览了整套诗丛。当时虽没做什么引用，但总是知道了，山西汾河这条母亲河，在现当代山西诗人眼里是什么样子。以至于到后来，我又组织山西作家"生态汾河行"采风活动并写作报告文学《流淌进一条河的文学行走》的时候，真的就从诗丛里援引了马作楫和陋岩两位诗人的诗句，补上了现当代山西诗人吟诵汾河及山西生态的现当代空白。虽然我的援引不过三五个诗句，但那是山西现当代诗人对一条汾河和汾河生态的诗的记录，而且，这记录，是于山西现当代诗人激荡汹涌的浩瀚诗海里的一种寻找和打捞。那么，如果没有马晋乾先生的策划与编辑，也许就不会有这三五个诗句的援引了；而没有这三五个诗句的援引，汾河在现当代诗坛，也许就是一片空白。而就在那个时候，在这前后两次的"生态汾河"文化文学活动之间，我曾在山西作家中组织发起了"生态文明·美丽山西"散文征文活动。当时，马晋乾先生发来了他的长篇散文诗《田野上的童话》，最后，这篇作品结集进了我主编的收录了100篇作品的由北岳文艺出版社出版的《山西绿色散文选》。

在多年不见马晋乾先生之后，突然有一天，我被拉进了一个文友群里。发现马晋乾先生也在群里，而且，他不知疲倦地发信息、发议论，思维之敏捷、思路之清晰、思想之激越，群里鲜有人可匹。当然，有人反驳，也有人力挺，他也反驳，他也挺人。观点之对立、言语之尖锐、交锋之激烈，微信里弥散着一种"火药味"。那样子与别的微信群大体一样。那些微信群里总是不乏"激越之士"和"思想斗士",而诸"士"们总在为一种什么现象或者一种什么观点乐此不疲地"交火"。其实,那些话题,争吵也罢交锋也罢,争来吵去,没什么结果;火药也好锐气也好,言语痛快过后,实在是群聊无聊。世界许多事情,当面都说不清,一生都说不清,微信群里能说清楚吗?不过,微信生态也是一种人间生态,自然生态不是什么都有吗?微信生态当然也什么都有。激愤与激辩、喧嚣与喧闹,都是生态之一种。只是,我觉得这样的微信群太吵闹了,便悄悄地退出在那些群里的潜水。自然,也退出了马晋乾先生所在的微信群。退群的时候就想了,退了群,也一定要去看望看望马晋乾先生。虽然,作为诗人,马晋乾先生在群里已经很少发诗,甚至不再发诗,但我愿意看到的还是一个写诗的自然情愫恒久的诗人,而不是思想情绪"愤青"样的老者。我觉得,他在自然诗里以形象思维创造的审美,远远超乎在现实世界以现象思维触发的思辨。

只是没想,这一退群,就失去了这位诗人的所有信息。

也没想,没顾上看望,马晋乾先生就突然驾鹤西行了。

据说,马晋乾先生是回到自己吕梁山里的老家去了。

确信他离去之后,在微信语音里,我与散文家杨新雨兄说起马晋乾先生,都唏嘘不已。新雨兄也是想着要去看望马晋乾先生的,结果,也空留下了一种遗憾。

我突然记起了诗人关于生命的几个诗句——

每一种生命都在创造自己的角色,每一种角色都会被时间定格，只有时间是不会定格的。

献身于大地的雨，是不会在大地上消失的，绿叶是它永恒的生命，花朵是它永恒的微笑。

自然诗人归向自然，自然是归得其所了。

呜呼！马晋乾先生。愿在天之灵安好！

在汾河上隽永

2022年6月20日凌晨，中国著名词作家乔羽，在北京逝世；6月26日，人们在北京八宝山举行告别仪式，送别了这位中国的"词坛泰斗"。

这位老人离去的时候，我突然觉得，我错过了中国当代歌词史上的一座巍巍山峰。是像太行山一样、吕梁山一样的《人说山西好风光》和《汾河流水哗啦啦》的山峰。

作为汾河文化的探寻者和生态文学的追访者，对于他的歌，我写汾河时会想到，写生态时会用到，可怎么就没去拜访这位把山西风光和汾河绝唱推向中国的老人？

乔羽先生，是山西未曾授予但却当之无愧的山西形象的代言人。许多山西人也许不认识他，也许不熟悉他，但却不可以

335

不知道他以及他的歌，不可以不敬重他。

本已是 95 岁的世纪老人了，我怎么就在无意间错过了这样一座将山西推向中国的高峰？

青年乔羽，曾给山西挥写出一曲田园之上的悠扬。

20 世纪 60 年代，青年乔羽走进了山西。山西著名媒体人张敬民记述，乔羽是应马烽邀请为电影《我们村里的年轻人》写主题歌而来的。他从娘子关走进山西，从太行山走到吕梁山，住在了汾河岸畔的汾阳贾家庄。

那个时候，山西的天是蓝格盈盈的天，山西的水是清格凌凌的水，天落在水里，地上又有了一个蓝的天，水流在云下，天上又有了水凌凌的蓝。天地之间，山水、田园、村庄、花草、牛羊、人……洋溢着天高地阔的恬静、欢悦与生动。

但住在汾阳贾家庄的词人乔羽，却久久找不到创作灵感。导演苏里急了，就请乔羽到杏花村喝酒。汾酒一喝，敬三杯，满三杯，碰三杯。一圈下来，乔羽诗兴大发，唤来纸墨，挥笔就写："劝君莫到杏花村。"苏里一看，突显尴尬，赶忙说："乔公喝多了，歇歇再写吧！"没等话落，乔羽第二句又挥笔落下："此地有酒能醉人，"苏里看了笑了，众人心花怒放。乔羽大笔一挥："我今来此偶夸量，入口三杯已销魂。"写罢，掷笔，众人喝彩，举杯盛赞。酒毕归来，望着山西的大好山河，清风酒意，把他从娘子关到贾家庄采风的感受倏然点燃，遂一气呵成、一挥而就、诗情如瀑，蓬勃而出——

人说山西好风光 / 地肥水美五谷香 / 左手一指太行山 / 右手一指是吕梁 / 站在那高处望上一望 / 你看那汾河的水呀 / 哗啦啦啦流过我的小村旁……

一首《人说山西好风光》就这样诞生了。之后，张棣昌谱曲，郭兰英演唱，一曲悠扬的"山西风"，风靡中国。

《我们村里的年轻人》是著名"山药蛋派"作家马烽、孙谦创作的电影剧本。之前，马烽在贾家庄体验生活，以贾家庄青年改碱治水造良田的事情为生活原型，创作了这部反映中国农耕社会由个体化走向集体化的典型作品。电影演绎了一群年轻人炸山修渠劈山引水，引来了清凌凌河水，也引来热辣辣爱情的电影故事。"我们村里的年轻人"忙碌在奔向集体农业发展和创造改天换地奇迹的自豪里，每个人的身上都沸腾着年轻的热血，每个人脸上都洋溢着由衷的欢笑。电影以清新风格将一个时代的山西推到中国面前，鲜活地呈现了山西秀美壮丽的山水风光和山西人指点江山的精神气象。

这样的山水风光和精神气象，是20世纪中叶中国的一种时代精神和时代气象。这样的时代精神和时代气象，一样地体现在之后唱响中国的《汾河流水哗啦啦》的歌曲里。

《汾河流水哗啦啦》则是著名的"山药蛋派"作家胡正根据自己同名小说改编的电影《汾水长流》的主题歌。而《汾河流水哗啦啦》这首电影歌曲，词作者竟又是青年乔羽。

20 世纪 50 年代，胡正在山西榆次张庆村体验生活。他真切地看到，组织起来的农民，热切向往共同富裕的新生活，然而单门独户的农民，依然留恋发家致富的旧时代。新的思想行为和旧的思想行为，矛盾着，冲突着，交锋着，在作家胡正的情感和思想里上演成了活剧，这使他激动不已，觉得不表现出来就有一种难以名状的憋闷。1960 年，胡正便以张庆农村的农民生产生活为原型，创作了长篇小说《汾水长流》。作品描写了汾河岸畔一个名为杏园堡的村庄，围绕霜冻、春荒、抗旱、麦收事件，展开了新的时代给农民带来的新的生活，生动形象地展现了那个时代山西农村的现实生活画卷。

《汾水长流》一经发表，立即被改编成话剧、晋剧、电影，在中国文坛引起轰动。巧的是，《汾水长流》与《我们村里的年轻人》两部作品都写到"汾河"，两首歌曲都唱到"杏花"；《汾水长流》中汾河边的村庄是"杏园堡"，拍摄电影选取的村庄是"杏花堡"；《我们村里的年轻人》的我们村是"杏花村"，两部电影词作家喝的汾酒也是"杏花村"。不同的是，《人说山西好风光》是喝了汾酒写出的，《汾河流水哗啦啦》则是写出之后喝的汾酒——当时，乔羽《汾河流水哗啦啦》所得稿酬，就是两瓶著名的汾酒"杏花村"。这首歌由高如星谱曲、郭兰英演唱，又一次唱响中国——

汾河流水哗啦啦 / 阳春三月看杏花 / 待到五月杏儿熟 / 大麦小麦又扬花 / 九月那个重阳你再来 / 黄澄澄的

谷穗好像那狼尾巴……

两首歌曲都标志性地打上了生动的山西烙印：一条清凌凌的汾河哗啦啦流来，在清亮悠扬的民歌风里，流淌出了一派清新自然的山西风光和昂扬激越的山西精神。

多少年后，电影所叙述的故事，也许已经被人淡忘，但两首电影歌曲所承载的山西，依然在中国传唱。青年乔羽，用两首歌曲把山西推向中国，这在中国举世无双。

壮年乔羽，曾给山西萦回过一声黑沉之中的亮丽。

即使在离开山西多年之后，乔羽也没忘记写过的山西。黑龙江诗人马雁凌回忆，乔羽在宜春与她谈论诗歌创作，曾经激情洋溢地咏诵："人说山西好风光，地肥水美五谷香，左手一指太行山，右手一指是吕梁……"

但那时候，山西的天已不是曾经的天，山西的水也不是曾经的水，天上看不见蓝天白云，地上看不见鱼戏清波，空气里流动的是热腾腾的乌烟。大地之上，山峦、河流、道路、树木、鸟儿、草……笼盖于黑色污染的侵袭、困扰与吞噬。

一个火热的工业时代，一个狂热的经济时代。一切，源于一个农耕社会向工业社会、一个贫困社会向富裕社会的急速转型。资源上竭力靠山吃山，经济上竭力有水快流，工业上竭力土法上马，山西、吕梁、汾阳，突然之间，村村点火、户户冒烟，田野上、山沟里、河岸旁，熏染起狼烟滚滚的乡土工业王国。

曾诞生过《我们村里的年轻人》的贾家庄，在治水改碱创造过农业辉煌的土地上，也崛起污烟飘飞的乡土工业。一片曾经青葱静谧的田园，被涂抹成一片灰色的世界。而曾创作《我们村里的年轻人》的马烽、孙谦，这时也写出电影剧本《咱们的退伍兵》，这个电影里这样唱着——

> 张村长李村长 / 在部队是个小班长 / 回来很快就当村长 / 领咱们奔小康……
>
> 张厂长李厂长 / 在部队做饭管厨房 / 回来以后开工厂 / 票子哪哗哗响……

当然，这歌词不是乔羽写的，乔羽也不会创作这样的歌词。这样的歌，不仅没在中国唱响，就连山西也没能唱响。

但《我们的退伍兵》，毕竟成为了一个时代山西的一幕活剧。从《我们村里的年轻人》到《咱们的退伍兵》，从"汾河流水哗啦啦"到"票子哪哗哗响"，已经没有了农业田园的诗意，而几乎尽显农业田园转向乡土工场的狂热。也许没人知道，或许乔羽先生也不知道，许许多多"咱们的退伍兵"在汾河岸畔点燃土小炼焦的熊熊烟火和倾泻土小洗煤滚滚黑水的时候，恰恰把曾经许许多多"我们村里的年轻人"开山凿岭引来的清洁水给污染了。而这，其实不是"咱们的退伍兵"的问题，而是一个时代的问题，一个经济发展与环境保护悖谬的时代，一方田园是无法突破这样现实矛盾的。

无奈的是，汾河，就这样被污染了。曾经哗啦啦流淌的汾河，不再哗啦啦地流淌，而是完全成了一条酚河黑河污水河。于是乎，山西作家哀叹：汾河已经死了，山西抢救无效。

　　以至于国家领导人来山西视察，看到河流，留下一个印象：山西，有河必干，无水不污；国家部门的部长们到山西检查，看到汾河，说出一个形容：汾河，在流血，汾河，在流脓。

　　以至于著名作家李存葆在到山西写《祖槐》的时候，都不无忧患地说：请问郭兰英大姐，汾河水滋润出你黄莺般的歌喉，你歌唱汾河，用汾河的澄波和阳春的杏花，去唤醒人们对美好家乡的挚爱，然而面对污染断流的汾河，你还能唱出"人心就像那汾河水，你看那滚滚长流日夜向前无牵挂"吗？而乔羽，这位中国著名的词坛泰斗，如果重返山西的话，看到当时灰色的山西，看到当时黑色的汾河，他还能激情洋溢地咏诵出"人说山西好风光"和"汾河流水哗啦啦"吗？他不会后悔自己的创作，但也许会不再咏诵，也许会不再回山西，而只会在心底留存着山西和汾河的田园诗般的美好。

　　也就在这个时候，富有天然敏感力的中国"山药蛋派"作家们醒来了。马烽的儿子马小林从汾河归来，告诉胡正，汾河水变黑变臭了。胡正不无叹息地说，是污染把汾河毁了，于是挥笔疾书："治理污染，造福人民。"而西戎，则在山西省人大常委会的会议上呼吁："过去，我们曾经唱的是人说山西好风光，唱的是汾河流水哗啦啦，而今，我们还能唱出这样的歌吗？我们要尽快治理汾河！"中国第一代"山药蛋派"作家马烽、西戎、孙谦、胡正，终于一起写下了一个文学的题词："爱护环境是文学创作的永恒主题。"其实这文学的永恒主题，又何尝不是山西的永恒主题？山西当永远是——

> 汾河流水哗啦啦 / 阳春三月看杏花……
> 你看那汾河的水呀 / 哗啦啦啦流过我的小村旁……

纵然在山西河流最为沉重的时候，乔羽远在山西之外，也吟诵着留存在歌曲里的山西风光，咏唱着激荡在记忆里的汾河流水，在他那里，透露出的，是一种心底的澄明。

即使在山西天空最为灰暗的时候，山西人在山西，也思念着回忆着曾经流淌的汾河清波，渴望着呼唤着或将归来的山西风景，在他们那里，释放出的，是一种黑沉中的亮丽。

乔羽老人，给山西留下了一曲山水呼应的和唱。

乔羽是再没回山西，也再没回贾家庄，但贾家庄的新型农民带头人邢万里却见过"乔老爷"。贾家庄人知道，"乔老爷"其实是挂念着贾家庄，惦记着汾河，也思念着山西的。他问："《人说山西好风光》，山西人还唱吗？"

这个时候，假如乔羽回来，他会看到，山西的天，还是蓝的；山西的水，还是清的；山西的风光，还是好的。其实，他不知道，这不是"还是"，而是归来。历史与现实之间，绿水青山依旧，其实不是"依旧"，而是归来，是改变。

就是贾家庄，也已经改变。"我们村里的年轻人"，已经不是曾经的年轻人，而是新型的年轻人；"咱们的退伍兵"，也已不是曾经的退伍兵，而是新型的退伍兵。新型的年轻人，把曾经改碱引水的贾家庄，变成了生态农业的贾家庄；新型的退伍兵，把曾经燃烧炼火的贾家庄，变成了文化产业的贾家庄。一个绿森森、金闪闪、红彤彤的贾家庄，一个蓝瓦瓦、银亮亮、清润润的贾家庄。贾家庄在太行山与吕梁山之间的汾河川里，建起了山西第一个著名的作家村！这个作家村建成的时候，特邀请92岁高龄的"乔老爷"题词。这个题词，就镌刻在矗立于作家村月亮门旁8米高的青花石碑上——

> 山西汾阳贾家庄，是我当年创作歌曲《人说山西好风光》的地方，电影《我们村里的年轻人》，讲的正是当年贾家庄的故事。

之后，贾家庄人就上北京看望乔羽老人了，向老人郑重地回礼答谢，送上三坛自家酿造的"贾家庄"纯粮白酒。

三个酒坛刻着纯白的字。酒坛装的不只是白酒，还盛着浓醇的乡情。第一个刻着老人创作的《人说山西好风光》的歌词，第二个刻着老人题写在贾家庄作家村石碑的题词，第三个刻着："贾家庄乡亲感恩人民艺术家乔羽先生。青山在人未老！"一生爱酒的老人，也许想起《汾河流水哗啦啦》的稿酬曾是两瓶杏花村汾酒，看着刻了字的酒坛，说："这是份最好的礼物，你们真是用心啊！"然后问："山西人还唱《人说山西好风光》吗？"贾家庄人说："唱，唱，这歌已成为我们山西的省歌了。"得知贾家庄要新拍电视剧《我们村里的年轻人》，老人说："应该再写一首《人说山西好风光》。"

再写一首《人说山西好风光》，甚至，再写一首《汾河流水哗啦啦》，这也是山西人的期待啊！毕竟，地肥水美风光清秀之后已经60年过去；毕竟，无水不污风光不再之后也已30年过去。山西和汾河，不仅风光归来清流归来，而且，山西风光的视野里，长高的城市和乡村，生长了许多耸立在群山的风电树和匍匐在原野的光伏海，汾河流水的望野里，构筑了几多延绵在河岸的生态公园和蜿蜒在河畔的生态湿地……白云在天，天鹅在河，蓝天碧水与青山绿水之间，天鹅飞起来，飞过汾河，飞过城市上空，飞进蓝天里去，化作白云，飘过楼群，飘向水的尽头，飘向天的尽头……

人说山西好风光 / 地肥水美五谷香 / 左手一指太行山 / 右手一指是吕梁……

待到五月杏儿熟 / 大麦小麦又扬花 / 九月那个重阳你再来 / 黄澄澄的谷穗好像那狼尾巴……

恰恰就在这个农历五月，在这大麦小麦又扬花的季节，还没等黄澄澄谷穗就像狼尾巴的时候，乔羽老先生却驾鹤西去了。

他不能再给山西续写新篇，他再也回不到他的山西！

不过，《人说山西好风光》和《汾河流水哗啦啦》，是越来越磅礴，第一代人唱了，第二代人唱，第二代人唱了，第三代人唱……这歌，激扬着激荡着，给山西留下了山水和鸣。

是的，中国当代绝少这样的姊妹歌曲，将一个省和一条河唱遍整个中国，在中国打出一个独有的山西印记。

这歌的历史中，高如星走了，张棣昌走了，孙谦走了，马烽走了，胡正走了，乔羽先生，这最后一位老人，他也走了……一个长长的曲曲折折的时代，结束了。

然而，歌声没有结束。就在乔羽老人离去的日子里，山西以歌向巨匠致敬；山西歌坛推起了"人说山西好风光——乔羽作品演唱会"，以歌声，纪念老人的离去。

我是没能访谈这位生态文学的前辈，也没能拜谒这位汾河文化的歌者，但我听到的是一个省在给他歌唱，我欣慰了。

那是一种生长在汾河清波上的生命之诗和盛开在山西风光里的灵魂之声，它在汾河流水和山西风光里隽永、隽永……

曾有一种生态情怀

——悼念焦祖尧先生

　　早晨醒来，打开微信，看到朋友圈跳出王子硕推发的一个题目：怀念焦祖尧先生。心里一沉，焦祖尧？何时？

　　赶紧点击文章，王子硕说，2023 年 3 月 21 日，山西省作家协会原党组书记、主席焦祖尧先生因病去世，享年 88 岁。

　　心里不禁悲叹。

　　焦祖尧先生是书写工业题材的中国著名作家，他的《总工程师和他的女儿》是山西第一部工业题材的长篇小说，《跋涉者》是山西第一部煤矿题材的长篇小说，《黄河落天走山西》是山西第一部水利题材的长篇报告文学，《大运亨通》是山西第一部交通题材的长篇报告文学……光看这些书名，就隐约感觉出中国工业化在山西古老土地上的艰难演进。

　　中国工业化给山西带来什么？当然带来许多社会经济的福

利，但也给山西带来了生态环境的破坏。之外呢？还给山西——这个以农业题材为重的文学省，带来一位工业题材的作家。这个出生于南方农家的作家，从江苏常州到山西大同，从山西大同到山西太原，又从山西太原回到江苏常州，在文坛上挥写一圈，定格于工业题材，无疑是独树一帜的。

而且这个书写工业题材的作家，也曾有一种生态环境情怀。

经历了中国工业化的山西作家，不可能不关注山西的生态环境问题。20多年前，我在《山西环境报》做记者的时候，曾就山西的生态环境问题以及山西的环境文学问题，在山西省作家协会那座民国风格的小楼里，专访过焦祖尧先生。

当时，焦祖尧先生忧患深重地说："由于环境污染和生态破坏，人类受到的惩罚和损失已经相当巨大，我们不能再漠然视之了，文学不能再漠然视之，文学应拿出社会担当，动员社会公众行动起来，改变自己的生存环境，这已经迫在眉睫。"

他当即谈了两件事情。

第一件事，他刚刚从山西南部归来，当他走过汾河河谷的时候，满河谷的烟雾弥漫，车窗都不敢开；而且，即使不开车窗，也有一股呛人的烟气扑进车来。他感叹道："我们连车窗都不敢开，老百姓却在那里生活，那是怎样的忍受！"

第二件事，他刚刚从《山西日报》上看到，山西省委省政府要下决心拯救汾河了，用10年时间，让太行吕梁变绿，让山西母亲河变清，这消息让人振奋。山西大规模的保护环境行动，就要拉开序幕了。被污染的汾河，看见希望了。

他说："人类本性上是向往自然的，新鲜空气本是老天赐给自然生命的特殊待遇，也是老天赐给人类的特殊待遇。"

我听出，这两句话，是他当时的中篇小说《故垒西边》人物说的话，也是当时的小说新作《归去》人物说的话。

《故垒西边》是写中国农村科技兴农的故事的。故事的主人翁不愿意靠走关系把妻女办成城市户口，却反而想方设法吸引城市人走向乡村。当时，故事的主人翁深深感慨说："新鲜空气是老天赐给人类的特殊待遇啊！"

《归去》是写中国农民进城以后回归乡村故事的。作为农民的主人翁进入了大工业社会环境，最终却因不适应工业社会的生活而返归乡村。回归以后，这个故事人物长长地舒了一口气，说："新鲜空气是老天赐给农民的特殊待遇啊！"

焦祖尧借小说人物之口说出了自己的感受和体会。就像王蒙说的，作家总是更容易接受环境保护的理论与实践的，因为作家毕竟更富有对自然、对生态环境、对一切生命的感受和热爱。

实际上，当年，作为工业题材的作家，焦祖尧在自己的创作实践里，已经在整体把握城乡工业化的现实，他已经做着人与自然和谐的思考。而作为作家协会的主席，他其实很早就在倡导作家创作生态环境保护题材的作品。

在中国文坛，山西作家是较早写作生态环境保护文学的作家。先是哲夫的《黑雪》，后是麦天枢的《挽汾河》《西部在移民》，再后是赵瑜的《第二国策》，我也曾写了《晋水危机备忘录》《基地之忧》，之后哲夫一发而不可收，从环境小说《毒吻》《天猎》《地猎》《极乐》，到生态报告文学《淮河生态报告》《长江生态报告》《黄河生态报告》《水土》……

那时，我和同事策划在山西新闻界、文学界、广播电视界铺开一个跨年度的大型环境文学创作活动——"环保潮"。山西作家协会是联合主办单位，焦祖尧既是活动组委，又是征文评委。他给走入环保战线体验生活的作家送行，选派富有实力的作家采写重头作品，安排山西作家协会文学刊物《山西文学》《黄河》集中推出"环保潮"报告文学作品。

我后来在《山西作家通讯》上看到，当年的"山西作家协会大事记"中，记载了这个事情，说，主办和组织"环保潮"活动，旨在引导作家涉足关系到人类生存发展的重大题材。

焦祖尧说，作为一个作家，一个具有社会责任感和历史使命感的作家，必须关注和关心环境保护问题。他说，环境问题由工业化造成，它的解决，还依赖于工业化推进。中国的经济发展，就是要缩短与现代化距离。他说，环境保护没有搞好，经济发展是不可能的，而环境保护要搞好，又必须依赖于经济发展。经济发展与环境保护，是相辅相成的。

应该说，他的这个说法，与中国后来强调和提倡的"在发展中保护，在保护中发展"的说法，理念上是吻合的。

当时，焦祖尧先生谈兴正浓，哲夫打来了电话，问候焦祖尧身体。焦祖尧不说身体，却说："哲夫啊，环境保护题材要继续写下去，要深入到底下跑跑看看，要沉到现实去体验体验。"

他当即列举山西青年作家的创作势头，说形势逼人啊！

放下电话，他告诉我，因患糖尿病和忙于机关事务，他已经很少时间写作，即使写，也已是业余创作。一部40万字的长篇《侏罗纪揭秘》，以平朔露天煤矿建设为题材，已写了5万字，却搁下七八年了，明年准备写下去；关于引黄入晋的长篇报告文学，《人民文学》约稿，也要在明年上半年交稿。他说，这两部作品，自然都会写到生态环境问题。

后来，以平朔露天煤矿为题材的《侏罗纪揭秘》，似乎只写了上部，中部和下部没有看到；而以引黄入晋为题材的《黄河落天走山西》，在发表出版后却引起轰动。两个题材都是山西的巨大工程，工程中的生态环境保护都首屈一指。

当时，访谈末了，我请焦祖尧先生给《山西环境报》题词，他翻出一种特制的宣纸信笺，想了想，写："我们都生活在这个星球上，作为地球村村民的中国作家，应该更多地关心环境保护。"这个题词后来发表在《山西环境报》副刊。

他说，环境保护是对人类命运的终极关怀，作家不仅关注和反映现实的生存环境，而且关注和展望未来的生存发展。

这样，他又走入大运高速建设现场，创作了长篇报告文学《大运亨通》。这部作品强调"建绿色通道""为环保让路"，突出"生态优先"和"环保否决"。他写道："生态优先，不仅是生产力运行的基本规律，而且是处理人与自然关系的基本准则；环保否决，意味着'高速'为环保让路，而不是环保给'高速'让路。因为，生态利益是人类最高利益。"

之后多年，我没见到焦祖尧先生，再见到的时候，好像他为一项什么环境保护技术到山西省环境保护厅说事，但厅长没在，哲夫便拉了我和他见面，便听他说了这个事。他的环境保护热情感动了我，但那项环境保护技术似乎并不先进。

而再知道焦祖尧先生消息的时候，是多年之后我组织山西作家举行"生态汾河行"的时候，陈为人当时写了一部关于焦祖尧先生的传记。他说："焦祖尧已经回到常州老家养老去了。"之后，我就在网上看到，他向母校赠送《焦祖尧文集》。

从常州来，到常州去，一个南方人在山西写了一生，最终落叶归根，回到故乡。这也许就是焦祖尧先生的人生地理。记得我当年在访谈文章里曾说："祝福这位地球村村民与绿色同在，一如他房间红漆木地板上亭亭玉立的绿色植物。"

祝福总是美好的。

却没想到，突然再在朋友圈看到关于他的消息的时候，已经不是他和文学的故事，而是——他与这个世界的告别。

就在我结束这个悼文的时候，又看到罗向东在朋友圈转图，说："焦祖尧主席已于2023年3月23日在故乡常州火化。"

向黄河

——后记

人间有一种事情真就叫凑巧，或者说，这凑巧就是一种天意。

在看完《云下山河》书稿的时候，恰巧就有了一个机会，我和一群作家跑黄河去了。去了黄河山西第一角，河保偏"晋三角"，或者说，是黄河入晋第一湾，万家寨之老牛湾。

这恰恰是我之前走汾河的时候心心念念思谋着想要去的地方。想要去的地方，恰恰就去成了。可以说是天意，是天意如了人意，人意合了天意，是人意和天意的一种契合。

河曲、保德、偏关，不是没去过，万家寨、老牛湾，也不是没去过，是不止一次地去过。

最早去的时候，还是万家寨作为水电建筑工地的时候，是河保偏作为晋西北"黑三角"的时候，是晋陕蒙作为黄河"灰三角"的时候。那个时候，这片地域，山西的黄河河滩铺着熊熊燃烧的乡土工业的炼火，陕西的山上立着污染滚滚的水泥工业的长烟，天空被黑烟笼罩，河流被黑水浸染，黄河是泥流一样的黄，两岸是枯山一样的荒。要说生态环境的脆弱，都是山西和陕西最贫瘠荒僻的地方，你说它多脆弱它就多脆弱，你想象它什么样子它就什么样子。一条黄河就那样从刀砍斧斫的晋陕峡谷间流过，荒凉叠加了污染。

这次去，是从汾河源头而去的，先是到了静乐的汾河国家湿地公园看汾河。汾河哗啦啦地流过，流出了一河绿水，流出了绿水芳草无穷碧的意境。静乐人说，水是从汾河源头流下来的，也是从黄河万家寨水库引过来的。又到了宁武的汾河源头看汾源，汾河源头的雷鸣寺，放了许多的纸杯，寺里的和尚打起来水给人们品尝，人们品尝之后用瓶和桶装了水当矿泉水饮用。我也灌了一瓶汾河源头的水，品着一样小口小口地抿，结果，没到黄河水就喝光了。而后就到了黄河，就到了曾经的河保偏"黑三角"和晋陕蒙"灰三角"的地方。

这次去不一样了，完全不一样了，是整个变了样。

怎么个不一样？

在保德，人们远远看到黄河的时候，是完全不认识了黄河。看着峡谷流过的黄河，都睁大眼睛问，这是黄河吗？人们看到，黄河这时已经不是黄的而是绿的了。一条黄河碧玉一样从悬崖壁立的河谷流过，把看河人的眼睛都洗亮了。我想切近地看看黄河，便下到保德新城的黄河水边。临水看河，看得清碧绿的黄河汩汩地流过，看得见水底的鹅卵石和细小的沙砾。我灌了满满一瓶黄河水，举起来给同行的人说："看，纯净水一样清亮，简直就是纯净水啊！"我在心里不由对黄河说了声"美"。对一瓶黄河水说美，这连我自己都没有想到。

我早在手机视频上看到过，三门峡的黄河，似乎是清了；后来，又在手机微信上看到，壶口瀑布的黄河，也不怎么黄了；之前，我沿汾河采访至河津禹门口的时候，看到的黄河是淡黄的，但水灌在瓶子里，则大体是清的。这次，之所以到河保偏，其实就是想印证一番和见证一番黄河的清浊。没想在保德的晋陕峡谷，就真的看到黄河清了。遂想起来一句概说黄河的俗话："天下黄河贵德清。"遂又立即拍了黄河的照片，推上朋友圈，说："天下黄河保德清。"结果，朋友圈上的朋友们，纷纷发来瞪大眼睛的表情，问："是真的吗？"

我只能说，我只能抑制自己的激动告诉朋友："是真的。"

不仅保德的黄河清了是真的，追着黄河到河曲，在河曲的西口古渡看黄河，黄河的清，也是真的。

靠近草树的地方，河与草树一样青绿，似乎河水也是种植的，跟着青草就姓了青，跟着绿树就姓了绿；远离河岸的地方，河与天接近了，河水又与天空一样碧蓝，也似乎跟着碧空就姓了碧，跟着蓝天就姓了蓝。也许切合了一个俗理：近墨者黑，近朱者赤。河和人一样，靠近什么就是什么颜色。像过去，挨近黑水的时候，河像煤泥一样暗黑，环境污染给了它暗黑的颜色，它不由得不暗黑；贴近黄土的时候，河像黄土一样褐黄，水土流失给了它褐黄的颜色，它也不能够不褐黄。好在这一切已经改变，已经由黄变绿也由黑变青。

不仅由黄变绿、由黑变青，而且，绿的蓝的青的河面，似乎也看不出河的样子了。在河曲，黄河没有了保德那样的群山拥挤着的黄河峡谷，黄河浩渺到像湖泊一样宽阔广阔，广阔到把太阳洒下的万千光芒都捧在了涟漪之上，广阔到把白云投下的千万云影都收到了水宫里边，广阔到碧蓝延伸向河心沙洲而又越过河心沙洲，绵延到内蒙古的草滩、岸树、山峦的远处。而绿的河与蓝的天把内蒙古的草滩、岸树、山峦，塑造成了一道卧在天边的风景，然而，这风景，怎么也比不上一湾天光水色营造的黄河本身给人的魅力和迷醉。

河曲把它的绿世界和黄河的水世界融在了一起，水世界流动就像绿世界在流动，绿世界荡漾就像水世界在荡漾。

之后就奔驰到了著名的万家寨。

说是奔驰到万家寨，不如说是大巴被群山的波浪涌到了万家寨。那个时候，山西的群山和内蒙古的群山波浪似的涌来，涌宕起伏，涌到万家寨的时候，两厢的群山突然碰撞，浪涛涌起，浪头翻卷，浪潮挺立，然后突然凝止、凝固、凝立成山西的悬崖和内蒙古的悬崖，如墙一样，竖成壁立千仞的沟壑。对，是壁立千仞！也许你明知那悬崖并没有千仞，但你依然相信，它就是壁立千仞。因为悬崖太直太陡了，鬼斧神工似的，以至于你不能不相信，壁立千仞的夸张，其实丝毫不夸张，或者说，是夸张到了恰如其分的地步。

万家寨的黄河大坝就横在这壁立千仞之间，万家寨乃至老龙头的黄河就蜿蜒在这壁立千仞之间。然后，黄河如天空的镜子一般静默在了壁立千仞之间，似乎把千山万山的绿都融化到这壁立千仞之间了。而黄河大坝本身，也竖立成壁立千仞的样子，如庞大无比的棉织机器、锦织机器，哗哗哗织出一匹长长的锦缎，生龙活虎，自酿气势，龙腾虎跃，勃然生风。载一河碧玉，驼一河碎银，走如行蛇，行如溅雪，喷珠吐玉，流翠泻绿，如一条诞生在苍老河谷的青龙，一出世就沸腾了古老的群山，滚滚滔滔，给群山世界一个无声的惊愕。

这时候，人像蚂蚁一样走进水库大坝的时候，就进入一种天高地阔的银白红蓝的洁净空间。与河谷的奔流相比，一切是静止的，白色的高墙静止，银色的顶棚静止，红色的航车静止，蓝色的机器静止。一切静止，然而又发着轰轰轰的喧嚣和隆隆隆的共鸣。这就是万家寨水利枢纽的发电工程。我知道，在大坝通向山里的那边，也藏着一个高阔深邃的山洞世界，藏着一个银白红绿的静止世界，然而也是轰轰轰喧嚣和隆隆隆共鸣的坝下世界。那是万家寨水利枢纽的引水工程。黄河就在这神秘的动静之间，焕发了神话一样的能量。

于是你看到，在万家寨的两翼：一翼，高高的输电铁塔架着升空的银线，把电流送向内蒙古的群山，给内蒙古和山西送去电力补给；一翼，粗粗的输水管线穿越群山的腑藏，把河流送向山西和北京，给汾河、永定河送去生态补水。这时你会突然想到，万家寨、老龙头、黄河，这就是山西汾水长流的现代源头，也是北京永定河长流的现代源头啊！就像一条河变成电流，成为山西和内蒙古水力发电的新的源头。一条河成为汾河和永定河两条大河的现代生态源头，堪称中国乃至世界前沿的生态补水工程，怎么说，也是一个现代奇迹。

然而我们不曾发现也不曾以奇迹视之，只能说，这是一个不缺奇迹的时代，是一个视奇迹如凡常的时代。

管涔之山，汾水出焉。那是汾河的自然生态源头。

黄河入晋，汾水丰矣。这是汾河的现代生态源头。

我把这个新的判断和黄河碧波发至朋友圈，一位生态环境记者朋友发微信说，黄河是汾河的现代源头，但在引黄工程建成之初，环境监测部门对黄河水质进行连续监测，监测结果只有一次是Ⅳ类水质，剩下的监测结果都是劣Ⅴ类水质。从水量上，引黄工程给山西引来了黄河水，是给山西添加了生态水量；从水质上，引黄工程引来的黄河水却是劣Ⅴ类水，虽然沿途会自然净化，但到了汾河水库，却把汾河水库的Ⅱ类水降到了Ⅲ类水。水量水质，影响了山西的水资源存量。朋友是中国生态环境老记者，他对生态环境历史了如指掌。

我遂给这位老朋友回复说，经国家连续监测，黄河长江已经全线达到地表水Ⅱ类水质标准，山西汾河也达到国家地表水

Ⅲ类水质标准；我之前在汾河入黄口采访，据监测人员讲，汾河入黄水质已经稳定达到地表水Ⅲ类水质标准，好的时候，达到地表水Ⅱ类水质标准。老朋友惊叹，这个变化太大了，愿宝贵的汾河水和黄河水永葆青春！那么，地表水Ⅱ类水质Ⅲ类水质什么概念？就是黄河和汾河流淌的水，达到了集中式饮用水水源地和鱼虾水生物洄游地的水质标准。要不然，一条黄河怎么会作为山西和北京的生态补水水源呢？

这个时候，汾河，是一泓清水入黄河了。

这个时候，黄河，也是一泓清水入汾河了。

汾河入黄河，黄河入汾河，这是一种什么样的循环？

现代水的循环，是自然的循环也是人造的循环。河流的水是大地补给的，大地的水是天空补给的，天空的水是海洋补给的，海洋的水是河流补给的，河流的水，是大地补给的——小河补给大河，大河补给小河，自然河流补给人造河流，人造河流补给自然河流。就像汾河和黄河，是黄河补给汾河，也是汾河补给黄河。黄河补给汾河，汾河再补给黄河，这就是现代的生态补水。不仅仅是生活补水，不仅仅是生产补水，而且是生态补水！是时代给历史的补水，是人类给自然的补水。这是人创造的现代生态循环。

20 世纪 50 年代，毛泽东主席发现中国北方缺水，就提出南水北调的设想。他在视察黄河的时候，说，南方水多，北方水少，如有可能，借点水来也是可以的。后来，山西省委书记陶鲁笳给毛主席汇报，山西缺水，准备从黄河引水200个流量，100个流量给桑干河，100个流量给汾河。毛主席说，汉武帝时代就能坐龙舟在汾河上行驶，可见当时汾河水量很大；现在水少了，黄河流经山西1000多公里，理应对山西有所贡献。但是在当时，山西引黄没有实现。40年之后，引黄入晋成为现实。并且，成为中国"具有挑战性的世界级工程"，山西第一个世纪性的生活补水工程、生产补水工程、生态补水工程。

问题恰恰又在这里，谁给黄河补水，谁给黄河净水？

是的，天给河流补水，地给河流补水，树给河流补水，草给河流补水，人也给河流补水。人给河流补水，是植造树木森林和植造草棘灌木给河流补水，而且，人给河流补水，是植被渗滤的绿化净化的补水，不是水土流失的携沙带泥的补水。黄土高原太像高原农人了，憨厚而且慷慨，水想要黄土厚土它就憨厚慷慨给予黄土厚土，结果给了水太浓重和沉重的历史背负，致使河流跟着黄土就传承了黄土的姓氏和黄土的肤色。曾经的给河流补水，补的是浑浊浑黄的水土流失的水，不是绿化净化的生态渗滤的水。完全的一个补水悖论。

而今，我在河保偏黄河"小三角"看到的，已经不是"黑三角"而是"绿三角"，是黄河岸畔种植绿化树的"绿三角"；我在晋陕蒙黄河"大三角"看到的，也已经不是"灰三角"而是"绿三角"，是漫山遍野鱼鳞坑种植的"绿三角"。中国的降水线在21世纪已经发生北移，漫山遍野的鱼鳞坑，就是中国北方铺开的生态补水和生态净水的绿网。山西的吕梁太行绿了，陕西的毛乌素沙地绿了，内蒙古的库布齐沙漠绿了。2023年《中国河流泥沙公报》说，黄河年输沙量已经由以往的年均输沙量14.5亿吨减少到2.04亿吨，减少86%之多。这就是中国北方给渭河黄河汾河生态补水生态净水的见证。

大地给河流的补水，不再是携带沉重泥沙和浓重黄土的黄水，而是捧着绿叶捧着绿草铺开绿化净化之后的甘霖。

我从晋西北的黄河"绿三角"回到太原，把在保德黄河边灌的一瓶水与之前走汾河的时候在河津黄河边灌的一瓶水做了对比，保德的黄河水是清的，河津的黄河水也是清的。

又由水想到绿，在保德黄河岸畔看到的绿和在河津黄河岸畔看到的绿，都是给黄河送来清澈的绿。黄河的清源于黄河的绿，黄河的绿变成黄河的清，这是人与黄河的生态新变。

这变，也是人意与天意的融合。黄河生态世界如此造绿，青藏高原流出的黄河，将会是彻头彻尾的青碧藏蓝的河流。

2024年6月25日于太原汾水之滨